宁夏大学优秀学术著作出版基金资助
宁夏大学文学院优秀学术著作出版基金资助

当代宁夏文学社会空间构造研究

于凤艳 著

黄河出版传媒集团
阳光出版社

图书在版编目（CIP）数据

当代宁夏文学社会空间构造研究 / 于凤艳著. -- 银川：阳光出版社，2022.12
ISBN 978-7-5525-6687-1

Ⅰ.①当… Ⅱ.①于… Ⅲ.①中国文学－当代文学－文学理论－研究 Ⅳ.①I206.7

中国版本图书馆CIP数据核字(2022)第258194号

当代宁夏文学社会空间构造研究　于凤艳 著

责任编辑 赵 倩 谢 瑞
封面设计 赵 倩
责任印制 岳建宁

黄河出版传媒集团
阳光出版社 出版发行

出 版 人 薛文斌
地　　址 宁夏银川市北京东路139号出版大厦（750001）
网　　址 http://www.ygchbs.com
网上书店 http://shop129132959.taobao.com
电子信箱 yangguangchubanshe@163.com
邮购电话 0951-5047283
经　　销 全国新华书店
印刷装订 宁夏凤鸣彩印广告有限公司
印刷委托书号 （宁）0025671

开　　本 880 mm × 1230 mm 1/32
印　　张 8
字　　数 170千字
版　　次 2022年12月第1版
印　　次 2023年8月第1次印刷
书　　号 ISBN 978-7-5525-6687-1
定　　价 56.00元

序：宁夏文学阐释的新维度

赵 明

为他人著作撰写序言，是一件光荣的事情，却也是艰难之事。为宁夏文学研究的论著作序，肯定有比我更合适的人选。但我依然很高兴为于凤艳这部分量不轻的论著写点阅读感想，的确还归因于某些学缘或私谊。

大学本科阶段，于凤艳听过我的课，个头高、不喜言语是我对她最初的印象。后来在职读硕士研究生，读书刻苦、好学敏思是我对她的另一些深刻印象。硕士毕业论文她选择日本文学，其文学理论运用和文本细读的能力曾让我吃惊且刮目相看。当时想，假以时日，她一定能够作出更好的业绩。

同在一个学科组工作，于凤艳曾任比较文学与世界文学教研室主任。繁重的课程、烦琐的事务性工作，自身不得不高标准看齐的学术追求，这些在高校里常常令老师身心疲惫之事，她都往往能于艰难中协调处理好，是个大家认可的好“领导”。年轻当然是年轻人的本钱，其实也架不住“拼命三郎”式的身体透支，加上突发的生活变故，曾一度令朋友们为她担忧。但不久后，大家看到的于凤艳，还是那个执拗且只顾埋头干活的大个子，依然透着艰辛、磨难后的自如、畅达和通透，仿佛生活里不期而至的这一切，来来去去的，也没什么大不了，只能使她变得更有韧性和追求。令人欣慰的是，这部《当代宁夏文学社会空间构造研究》所传达出的，正是于凤艳这种一直以来的韧性和追求，也是亦师亦友的我所期盼和特别愿意推荐给读者朋友的。

宁夏文学创作及其研究，虽说不上是文学界永远的“高地”和“热土”，但一直以来都备受关注，原因大家是清楚的。而且事实上，多年来，从创作和评论两个层面孕育出了许多令人赞许和继续值得期许的小说家与评论者。当然，这样说也并非意味着，宁夏文学创作和评论就没有进一步拓展的空间，尤其在多维度研究视角、多层面研究方法和评价体系建构等方面，都需要有更多研究者从不同维度去关注和探讨，以便对宁夏文学创作的价值和意义有更加准确的定位。这种新的维度下的评判尝试，在于凤艳的《当代宁夏文学社会空间构造研究》中是存在的，而且我认为并非只是换个角度与方法的技术性考量，而是一种体系性的建构努力。

为什么“好”或者如何“更好”，往往是专业文学评论工作者在评价作家作品时不得不具体面对和最终需要回答的问题。这个问题的核心或者焦点，除了评论者审美情趣等个体性因素外，关键是在什么样的坐标体系中、以何种尺度或者价值标准去衡量人人均可“言说”的文学作品。《当代宁夏文学社会空间构造研究》

所选取的，是在宏观上把宁夏文学创作整体性置于世界文学发展背景、中国当代文学发展范畴和“西部文学”发展框架之下，微观上选取文学发展的“空间构造”及其旁涉关系，通过文本细读梳理宁夏文学的地域性特征及其特殊性、定位其在中国当代文学和世界文学格局中的价值和意义。这种论证的“坐标”选取和评价尝试，是合理且有意味的，在逻辑上也是成立的。

与上述整体评价坐标相呼应，《当代宁夏文学社会空间构造研究》所采取的整体编撰结构初看会有些不太习惯，但其实蕴含着论者某种体系性的思考路径和评价策略：视角选取→宏观梳理→个案分析。这里所隐含的学理逻辑是：将宁夏文学创作及其演变发展，作为整体性“文学现象”予以宏观梳理和微观观照，而非“静态的或自足的文学形态”，甚至于只是“西部文学”或“区域文学”的特殊代名词。这种视角当然并非只是研究宁夏文学的唯一视角，但却是文学现象研究中比较合理且有可能做到扎实公允的视角。从论证结构和效果看，我认为作者至少在以下两个方面的追求是值得肯定的。

第一，作者将“空间研究”作为审视宁夏文学的总视角，并以“社会空间构造”为切入点，通过“空间书写方法”“ 空间书写视角”和“空间书写主题与角色定位”三个方面，综合考察宁夏文学在“社会文化空间中的文学生产”和“文学文本中的空间制造”的整体情形。这种思路的理念是，“将文学作为联通世界的一种载体和介质，借助于自然科学的视角重新观测文学，并通过对文学现象和文学关系的考察来分析和把握作家作品”。应当说，作者的这种意欲“打破文学封闭自足，引入外力规避熵增”

的目标，在第二编对宁夏文学社会空间构造所进行的多层面具体阐释，以及第二编第五章对宁夏校园文学发展的考察中都是有迹可循的。

第二，作者在第三编对宁夏作家作品所进行的个案研究，虽然只选择了四个具有不同创作风格但却具备“代际关系”的作家，而且这种选取和划类标准，也许换一个角度并不见得十分严谨，但这四位作家所具备的特点和创作走向，却符合“当代宁夏文学社会空间构造”的评价视角。难能可贵的是，即使在这样的作家个案研究中，作者按照“文学现象”的整体思路，自觉将他们置于世界文学体系、中国文学格局和“西部文学”框架中予以考察。尤其将宁夏文学创作与日本文学进行的比较，特别显示出作者扎实的文本细读能力和比较分析功底。

总之，于凤艳这部《当代宁夏文学社会空间构造研究》“关注的是社会学语境中的文化想象与文化交流”。作者希望“在历史真相与文本重叙的分析比较中寻找宁夏文学与中国文学关系的趋势，一定程度上是为了突破传统研究思路的束缚，建立宁夏文学研究新模式”的尝试与努力，是值得尊敬和进一步期许的。

为他人论著作序，是既光荣又艰难的事情，但焦点并不在“光荣”而在“艰难”。因为前者的“共时效应”和“历时效应”都是可见、可期许的，而后者单是“共时效应”就可能因作序者的言不由衷或评价不准确而显得莫名其妙，更不要说其“历时效应”的持续可靠性常常是存疑的。但是再艰难的事情也得继续，就像于凤艳在《当代宁夏文学社会空间构造研究》中努力的那样。所以，如果说这部论著所蕴含的话题还有进一步探讨空间的话，我以为，当我们把宁夏文学创作整体纳入“文学现象”及其空间构成关系这一视角下时，还有一些值得深入探讨的话题。比如，宁夏文学创作的异军突起，究竟是特殊时段内由于个别优秀作家带动而“偶发”形成的“点状”繁荣或示范效应，还是有着因地域性和群体性文化基因而不断“叠加”呈现的累积效应？“诉说苦难”真的就是宁夏文学（或者西部文学）区别于“他者”而彰显自身意义和价值的有效“识别码”与“护身符”吗？当然，这些话题并非于凤艳这部论著理应解决的问题，而是由她的论著延展而来的话题。或者，贸然提出的这些问题，也许根本就是伪命题，仅供方家哂笑！

目　录

上编 | 视角方法编

中编 | 文学综述编

上编

视角方法编

文学的生命力在于不断接受和涵容新的理论方法，尝试新的视角，打破传统的藩篱，不断反思和前瞻。文学以自己的方式营造社会空间，影响社会文化的走向。重大历史转折期，民族心理、文化心理的变化对文学创作的方法和角度的影响力，决定其文学形态。运用空间理论和空间批评的方法，来研究当代宁夏文学内部结构以及与社会文化的复杂关联，以文学及其背后的社会空间建构过程作为研究对象，通过对当代宁夏文学中如何对“乡土”进行重叙和对“城市”加以建构的考察，以期以全球化视野和空间理论关注当代宁夏文学重说“乡土”和“城市”建构的原因和作用，是本书的基本目标。研究既包括对宁夏古代历史和文学的现代性解读，也包括对当下中国社会文化生活的评价。

第一章　作为宁夏文学研究方法的空间研究

本书研究中关于宁夏文学的“社会空间”可以从两个角度加以解释：其一是社会文化空间中的文学生产，其二是文学文本中的空间制造。文学空间的生产是指文学作为符号参与社会空间、文化空间生产，用审美的方式来完成社会空间的历史记忆和集体想象；而文学文本空间则是从空间的角度来理解文学。

如果说文学是对生存的审美体验，那么文本中所反映出的生存世界，无论是现象世界，还是精神世界，就都具有空间性，不能脱离空间存在。文学文本空间的形成和自身内部蕴含的现实、阶级意识、生产方式的异质性，成为文学空间理论和批评关注的对象。同时，作为阐释者的多重阐释和空间批评自身，又成为文学介入现实、批判现实的一种空间结构。可以说，在当代空间视野下，文学空间自身就是现实空间的组成，文学对社会现实的批判力量的呈现最终必然借助于对文本的多次、多重阐释；文学阐释和研究本身也成为文学空间介入现实、批判现实的一种空间结构。因此，介绍作为本书的研究方法与理论视角的现象学，就不能不从哲学史的角度对其价值进行探究。

一、作为方法论的现象学空间视角

我们必须注意到，哲学的所有表现形式或内容中没有一处是完全独立于其他文化领域和文化内涵的。但是，尽管存在这样的局限性，哲学还是一再提出要求，而且是恰恰凭借受制于文化的方式试着给其问题以普适的解答。我们可以看到，我们所遭逢的每种哲学文化性的困境，这种困境或者说尴尬处境正在于，哲学的规划一方面要追求普适性，另一方面又不得不植根于某一文化语境。哲学不但从这一文化语境中获取其表达方式和特定议题，而且其合理性和说服力也必须在其中得到衡量。

传统意义上的“哲学史”是一种近代欧洲的文学体裁。从古希腊罗马时代末期到欧洲印刷时代，哲学史总是在一般的历史叙事中被一道讨论，而没有被从政治史或人物传记中分离出来进行单独讨论，直到欧洲近代才出现了将哲学的过去作为特别的对象进行描述的作品。它们运用特定的方法、问题视角和统一的编年顺序，把人类观念和精神的演进描述成一种统一的哲学史叙事。但因此也呈现出了统一形式的哲学史书写的问题，就是未能关注空间的差异性。

观念或哲学与其所置身的空间构成一个动态的发生过程，或者一个本有事件（Ereignis），而空间的多元性也指明了观念的多元性。在这里，对这种多元性和差异性的认可是我们进行哲学史书写的边界。换句话说，我们不能在多元差异的观念之上横加一个标准对之作出评判。当我们以更为宽广的空间视角，而非欧洲视角对“哲学史”及其方法进行反思后，就可以看到18世纪以来欧洲的“哲学史”方法并不是唯一可能，其背后隐含的是哲学本身的丰富可能性。

现象学视野下的空间辩证法认为，空间既是我的，我的身体的，也是我与他人、与陌异者共有的。这一点至关重要，是我们所有研究的基础和基本的方法所在。作为身体经验被表达的空间在某种意义上是内时间意识的基础，或者至少可以说，时间意识是通过空间隐喻被表达的。相较于单向度流淌的时间，作为生存基础的空间具有更为自由多元的特征。自由多元的空间经验不仅取代了时间，为时间奠基，而且也破除了西方传统观念史中的逻各斯中心主义。

现象学的空间理解强调空间事物的处身性和有限性，这同样适用于哲学史和哲学观念，正由于其有限性，任何一种具体哲学的普遍化尝试在逻辑上就是不自恰的。因此，主张每一种哲学的处身性与空间的有限性，可以得出一种诠释学观点，而其出发点意味着每种文化放弃将自己绝对化和神圣性的趋势，并拒绝使用“作为唯一阐释范式的一个单一的理论概念模型”。

哲学的跨空间、跨文化属性古已有之，按照夸西·维雷杜（Kwasi Wiredu）的看法，包括西方哲学在内的所有哲学都是依靠不同语言之间的翻译才得以传承。因此，哲学的跨文化属性是必然的。哲学的普遍性就在于多元框架整体下的普遍交流，全球化时代更要求多元空间中的哲学传统相互间的交融映照。而且即使是在康德所身处的启蒙时代的欧洲，哲学的跨文化属性也始终存在。与康德同时代的来自加纳的安东·威廉·阿莫（Anton Wilhelm Amo），就在当时的德国学术界取得了深远的影响，他能够用拉丁文出版若干著作，并在维滕堡和哈勒大学担任讲师和哲学教授约十年，这本身就说明了多元文化的存在，而且，他也并非欧洲启蒙运动时期在大学任教的唯一非洲教授。

哲学史或者观念史与其发生的空间或者世界是紧密联系和关联着的，这不仅仅是线性时间维度下的观念更迭，也是置身于具体情境和空间中的发生事件，因此在哲学史中不同的哲学流派及其空间也应该是以块茎的方式自由生长、相互勾连的思维之网，它有其随意性与无序性，而不是脉络分明、结构严明的树状脉络。关于这一点，德勒兹的“块茎”（Rhizome）概念是对空间最贴切的描述。

在“空间的时代”的块茎隐喻下，当空间取代时间成为历史叙事的框架时，它就绝不只是客观空间或者地理意义上的规划，而且是本身就成为一种产生意义的力量。空间及其差异性的引入影响、指引与限定了人类在世界上的行为与方式的各种可能性，是共同体栖居于其中的环境、身体乃至观念持续的分解与重组过程。传统哲学史遵循的是一种线性时间推进的叙述，空间性和空间差异从来没有被哲学史真正考虑，因此也没有一个全球空间视野。如果我们把欧美视为一个基本同质的空间，那么可以说，整个哲学史实际上就是基于这一特定空间的地方秩序，构建出仿佛具有普遍性、永恒性的纵向展开的线性时间。

当下，“世界”之于中国有两层含义或要求：一是中国的“置身性”，中国是世界之内的，是世界内的一个非中心的组成部分，由此应当破除自我中心主义的国族想象，二是世界空间的整体性和发生性，“世界”是人类历史普遍规律，人类共识的一个空间载体，其本身是历史性、地域性的，由此，要破除关于那个绝对外在的、高于我们的世界和西方的观念。这二者都应当在“世界哲学地图”中得以体现，今天的世界哲学地图应当是多元的思想空间的完整呈现，不是西方中心，也不是东方中心，而是在东西方之外包含了非洲、拉美、南亚等所有人类文明和思想的传统。

在全球化的时代，多元的“世界哲学”作为哲学的话题日益引人注目。这个话题正是由雅斯贝尔斯（Jaspers）系统性开启的，他的“轴心时代”构想明确提出，哲学不单单意味着“西方哲学”，我们在欧洲外的其他文化类型中也能找到与欧洲的“哲学”形式相似的等价物，并且也称为“哲学”。这意味着“哲学”这个概念外延的扩大，从独一的欧洲哲学到多元的世界哲学。

雅斯贝尔斯的轴心时代是现象学空间视野下新哲学史模式的一个尝试，现象学的空间视野致力于了解科学模式下统一的客观空间，通过具身经验的介入将空间描述为发生性的过程，这是其意义建构的来源，而空间事物的处身性成为事物的本质属性。同时，这种构建中的空间是以交互主体性或共在方式被展开的。这一视野如果被投射于地理空间及其容纳的哲学史或观念史的发生事件上，那么一种按照线型时间模式的哲学史书写模式，以及按照欧洲中心主义的书写模式就受到了挑战。因此，全球化时代的世界哲学地图就更应当在现象学的空间视野下，描述多元哲学普遍交流的多极化框架。与现象学无中心的、差异化的空间理解一致，世界哲学史也不是西方中心的一元实体不断扩张形成的，而是诸多人类文化传统，以及思想史、政治史、社会史、经济史、艺术史等等之间起承转合、互动构成的复杂的整体观念史和均衡的体系史，当代世界哲学呈现的多元化及其相互交流必然是块茎式的自由生成。

异质的空间性和线性的普遍时间包含了深刻的矛盾。随着全球化进程的推进，世界范围内的空间异质性特征被凸显出来。传统上依照线性时间展开、空间上同质的哲学史叙事变得不合时宜。因此重绘世界哲学地图，就是在多元的空间意义而非线性的时间意义上重新理解世界哲学，在新的时代背景下探讨观念史的公约数，这是展开跨文化的思想圣诞的基本前提。如果说一切历史都是当代史，那么今天的全球化时代的哲学史就应当是一幅全景式的世界哲学地图。如雅斯贝尔斯在《论历史的起源与目标》中所指出的："今天开始成为现实的世界和人类的全球化，开启了地球上真正的普遍史，即世界史，它的最初阶段始于地理大发现，并在本世纪真正开始。"① 这样一种全球化时代的哲学及哲学图景，必须找到一条在相互交流、相互批评和启发中澄清问题的道路，在普遍交往中达到统一。就此而言，现象学视野下的空间经验蕴含了一种非中心化的、交互化的空间组织形式，拓展到文化领域，就是一种跨文化的交流框架。所以我们更需要探寻的是一种跨文化视野下的世界哲学地图。

---

①（德）卡尔·雅斯贝尔斯．论历史的起源与目标，李雪涛译．上海：华东师范大学出版社，2018，312.

二、现象学的空间研究方法

近代以来，作为认知主题的空间被以不同的理论方式进行刻画，比如实体论的空间（牛顿）、关系论的空间（莱布尼茨）、属性论的空间（笛卡儿）、先验论的空间（康德），等等。从更漫长的思想史上来看，对空间的理解形态的转变也已经汇成了一条重要的思想演进线索：从中世纪的神圣空间，到自然科学物理学描绘的客观无限空间。所以我们不得不去正视亚里士多德在很早之前就提出过的观点：空间看来是某种很强大又很难把捉的东西。（亚里士多德《物理学》第四章）

今天，随着“哲学思考渴望生活，它想要返回一种强烈的生活喜悦，返回艺术等”（狄尔泰）的趋向，空间更多被置于科学批判的视野和文化场景下进行理解，即生活世界中的空间或大地之上的空间。现象学的空间思维突破了传统的主客二元的认识论模式而转向与主体和身体紧紧铆合在一起的意义空间、情感空间、差异化空间和发生性空间，成为多元差异的现代生存经验的隐喻，由此空间成为介乎客观和主观之间的赋予意义的隐秘力量，一切空间事物和生存经验都在空间中展开，也被特定空间所形塑。

胡塞尔（Husserl）关于空间的发生现象学描述引入了身体的维度，“视域”包含的视觉隐喻所基于的是我们的身体构造和身体动感。空间不是静态的对象，而是与生存经验、身体经验密切相关的发生过程。通过身体经验通达空间理解，“还空间于身体”，是发生现象学的论题。胡塞尔就将身体定义为被经验为总是被实现的并且到处都被实现的，“客观的”空间之一切被实现的东西的中心（胡塞尔《共主体性》第2卷）。梅洛·庞蒂（Merleau-Ponty）也将身体看作是心灵诞生的空间，是所有其他现存空间的matrice（基质）（梅洛·庞蒂《眼与心》）。

现象学把空间视为现象学意义构建的一个结构要素，意义发生的来源之一。现象学的“侧显”（Abschattung）描述的不是客观空间或者事物在空间中的客观存在方式，而是事物在空间中是如何向意识呈现的，空间成为主体—对象之间的处身境域或者游戏空间（Srielraum）。同时，这也是一种以感觉经验和神域经验为基础的空间理解，事物在空间中的存在（显现）是以主体—空间—对象构成的关系结构中的意向性构建为起点的。意向性构建基于对象“在场与缺席”的结构，这种在场和缺席首先是空间性而非时间性的。因此，我们就无法以对象化的方式把握空间，而是要回溯到世界中才能理解空间，因为空间也参与组建着世界。

现象学将存在者的空间“处身性”视为存在的本质属性或基调。胡塞尔将空间中的处身性作为对于空间事物的属性规定者，而海德格尔（Heidegger）则提出，此在是在世之在，空间处身性是具身的此在的本质属性，同时，这种空间处身性不仅是现实层面上的处身关系，而且还有对于敞开的可能空间的统握。“通过空间性展开的生活经验才是存在论意义上充满无限可能的自由生长的事件。此在本质上具有空间性”正是说明，空间不仅是此在自身的位置，更是敞开的空的视域，是“未被看见但被连带统握的世界”。

施密茨（Schmitz）则指出，情感是“一种从空间上涌现的氛围”，即一种类客体的空间现象。这样的理解的空间不是现在在手的客体之物，而是“半物”。作为情感的氛围所弥漫的空间不是客观的三维空间，而是以“具身在场”为基础的体验空间。基于具身在场的这个氛围空间不是由方位、距离这些数值定义的，而是占据了“无表面空间”，随着身体感受和情感可以自由地倾洒和蔓延。

其实，作为“敞开的无限视域”的空间总是在一个交互主体的或者共在的结构中被构建的。作为“视域”的空间尽管一方面基于个体的身体经验和存在经验，但同时更作为意识到“敞开的无限的视域”的人群当中的个人，“我们全体的整体性当中的个人”，是“处于无限敞开的世代关联之中的个人”，并且这样的诸多个人通过空间的构造会继续构成一个将它的陌异者与自己结合起来的，作为更高阶段的一个“家乡全体的超家乡的全体”。胡塞尔指出，这个“敞开的无限的”视域所对应的是人群，这是一个不确定的“无数的整体”。

作为文化世界的空间与人的主体一道承担了精神世界的塑造和历史的创造，这种塑造和创造意味着自身与他者以一种交互主体的方式敞开，在世界存在的意义上这是一个“发展”着的环节。现象学的空间视野揭示了这种交互主体的世界构成方式，即用交互主体的结构消融自我中心的绝对化倾向。这二者构成了一种现象学视野下的空间辩证法。空间既是我的，我的身体的，也是我与他人、与陌异者共有的。现象学首先是意义上的发生学，因此现象学的空间理解既要消解日常空间理解中所包含的先验基础的不透明性，同时也要拒斥自然科学方式下唯一的客观空间的理解。

这一点至关重要，是我们所有研究的基础和基本的方法所在。

简而言之，现象学视野下的空间理解有如下几个不同的描述维度：第一是将空间与身体经验联系在一起，“还空间于身体”；第二是把空间视为现象学构建的一个结构要素，意义发生的来源之一；第三是视空间弥散为一种介乎主观和客观之间的“氛围”，成为空间“处身性”存在的属性或基调；第四，特定的空间总是在一个共主体性的或共在的结构中被构建。这些不同的维度之间相互关联诠释，构成了现象学空间阐释的基本路径。

三、作为现象的宁夏文学与宁夏文学研究

如何定义宁夏文学？通过整理宁夏文学的研究现状，我们可以明显地察觉到：作为文学形态的宁夏文学在中国文学史上的地位，甚至于在西部文学史上的地位都是非常尴尬的。作为一个文学中长期被遮蔽、被忽视的文学形态，关于宁夏文学的研究中，对其概念的界定是模糊的。它是指一种地域文学，还是地理概念上的文学？它是属于宁夏作家创作的文学，还是在文学中反映了“宁夏的东西”的都可以看作是宁夏文学？

基于对文学空间的研究目标，本书中，宁夏文学不仅是指1958年宁夏回族自治区成立之后的宁夏籍或在宁夏生活、工作的作家的新文学写作，而且将“写宁夏的文学”和“宁夏人写的文学”都看作是宁夏文学，而非仅指“写宁夏的文学”。同时，把1958年视作宁夏文学的开端。也可以说，宁夏文学的发生与发展，是与新中国和宁夏回族自治区的诞生基本上同步而行的。

实际上，作为一种文学形态，宁夏文学这一概念中虽然包含着一个容易引起争议的行政区划“宁夏”，但却并不意味着文学一定需要通过分为北京文学、上海文学、山东文学、陕西文学这样的地理方位与行政区划，或者政治与经济的意义上来界说。相反，探寻文学形态的发生及发展渊源才是寻找文学现象及其背后文化基因的真正方法。宁夏文学的被发现，正源于其书写宁夏的过程中所体现出的独特性，将“宁夏”文学化的独特方法。作为一种空间存在，在被文学化之后，与地理意义上的“宁夏”相比，就已经发生了本质的衍变，转化成了一种文学存在。或者，更准确地说，转化成了“文学宁夏”。比如贾平凹笔下的“商州”，陆文夫笔下的“苏州”，阿来笔下的藏地，虽然与真实的地域相关联，但已经被赋予了超越空间真实性的更多更大的意义，具有更加审美的、想象的和虚构的能指。而这些，才是研究者更关注，或者更应关注的元素。因为这些符号对于定义宁夏文学更为重要。

宁夏文学中的自然山川、气候时令、人文地理的特殊性，不论是戈壁芦苇、草场山峦，还是沙尘荒滩、大河奔腾；是胡杨林、西夏陵、沙枣花、骆驼刺，是天空中低飞的禽鸟、月光下闪亮的铜汤瓶，还是老人眼中的老牛、父亲身边的骆驼，作为一个文学叙事中的“宁夏”，是一个多民族话语共同的展演空间，是多种文明融汇的地带。因此，宁夏文学的叙事话语便有了其特殊性。因为它总是要或隐或显地呈现这样那样的地域文化元素，同时又与整体的中国文化的大传统休戚与共。我们经常以张贤亮《绿化树》中马缨花的爱情表白来强调西部人的性格特性，“就是钢刀把我头砍断，我血身子还陪着你”的表白，是不属于江南女子欲语还休的温柔矜持的，粗犷中有细腻，豪放中有温柔的边地嫂子的爱情宣言，是一个被沙尘和风暴所长养的女性的宣言。如果对比一下沈从文在《边城》中对翠翠那被灵山秀水所长养的纯真然而却略带压抑的爱情等待的书写，你就会发现，宁夏文学是既属于中国文学，属于西部文学的，同时，又是不同的，是独特的。正是基于此，本书在研究过程中，不仅将宁夏文学的研究定义为“宁夏的文学”来加以研究，同时，还将宁夏文学的研究置于更大的文学场域中，将其与西部文学、中国文学甚至是世界文学进行关照和比较。

对于宁夏文学的研究，新世纪前后有着较为明显的差异性。20世纪后半期开始的宁夏文学研究可看作是宁夏文学的发现期。以丁帆主编的《中国西部现代文学史》和《中国乡土小说史》为代表，宁夏文学作为地域文学的意义被文学批评界所认可，继张贤亮文学批评之后，陆续出现了对石舒清、陈继明、金瓯等作家的个案研究，关注宁夏文学的文本特征、审美意义以及文化价值。使宁夏文学在西北大地，以“西部文学论丛”为契机而进入文学研究视野，起到了前期的符号定位作用。

21世纪以来，随着文学批评界对地域文学的关注增强，关照宁夏文学的批评家和评论者涌现。尤其是“宁夏作家群”逐步形成后，城乡对峙、乡村文明的“道德自洽”构成了对宁夏新生代作家审美批评的重要论点，文学研究视野在西部文学的基础上更强化了宁夏文学的人文关怀和苦难意义，从而寻找宁夏文学的美学价值和“宁夏特色”。如李生滨《审美批评与个案研究——当代宁夏文学论稿》就从文学的内部研究出发，从整体性和个案研究的角度分析宁夏文学的审美价值以及宁夏文学在地域文学建构过程中的意义。而孙纪文等的《新时期宁夏小说评论史》，王琳琳《张贤亮文学与电影作品比较研究》等论著，则从作家的人文关怀和文体意义的角度对宁夏近些年的文学创作以及作家的文学追求进行了分析。牛学智《2020年黄河文化与宁夏文学》是这些文学批评中较为特殊的一篇，他不仅梳理了黄河文化分期以及重要的黄河文化特征，还在此基础上分析了黄河文化范畴中宁夏小说、诗歌、散文创作的共性审美习惯和价值诉求，更中肯地指出了宁夏文学创作和对宁夏文学的文学批评中的问题。并相应地提出了在新时代背景下，宁夏文学急需用文化现代性思维打量题材，用文化现代性视角调整写作方法，急需用文化现代性价值打破二元思维。如何面对现代化的社会趋势和更开放的文学观念，仅仅以“苦难”为言说对象，迎合外界对宁夏文学和西部文学的想象，那么文学创作和文学批评在更高层面展开批判性的力量就会被弱化。

从空间角度对文学进行解读，寻找文学创作背后所蕴含的权力关系，是当代文学研究的重要方法之一。它对文学的考察，既是文学自身的，也是社会历史的，是以现象学、符号学和叙事学的研究为基础，在文本中从具体的空间关系出发去寻找其背后的权力运作。相比于其他的地域文学研究从都市与文本写作、与作家体验、与文化记忆、与出版传媒等方面探讨地域文学城市文化与现代文学的关联，这种空间表征的探讨尚缺乏自觉的批判意识和建构意识。

探讨多元文学空间话语及其重叠变化背后隐含的关系和脉

络，不仅可以弥补空间批评的不足，深化消费文化语境下宁夏文学以及地域文学的研究范式，而且可以对研究当代中国文学的叙事功能，以及21世纪中国社会在各领域多层次交互发展做有益的借鉴。正是在对“乡土”的重叙中，在对代表现代文明的城市空间想象中，宁夏文学才具有了更为现代的特色和方法。因此，在对文学与历史的关系中展开研究，对当代宁夏文学对城市与乡村的文化经验与文化记忆的分析研究，包括对原因的探究，都可以为当前的一些热点问题的解决提供参考。比如：在当代宁夏文学发展的过程中，乡村与城市的空间对立关系是通过作家所讲述的乡村经验完成的。乡村记忆作为城市的对立面，更多的表现为其人性美、人情美等方面，或者表现其自然属性，这与现代以来中国“乡土文学”的发展方向是一致的。这并不表示宁夏文学中没有“城市”。了一容、季栋梁等作家的作品就指向了城市新移民的生存处境。韩银梅、马晓雁、阿舍的作品展示了“城市化”进程中的人生变故，接近于准城市题材，个人经验更为突出，而金瓯、张学东的小说则已经具有了一种城市文学的基本素质。甚至是石舒清这样的被认为最具乡土意义的作家，其作品《底片》《果院》等也隐含着城乡的空间对立所带来的文学困惑。而马金莲小说题材的转向，则更应被视为一个有意味的文学现象加以关照。

作为地处西部的文化欠发达地区，如何既保持文化的独立性，又建构和谐的文化交流环境，是宁夏地域文化建设的重要环节。在地域文化交往和跨文化交往中强调文化差异，意义在于构建“他者”以确证自我。研究宁夏文学中叙事行为与社会空间构造生成的关系，以及在叙事行为中空间建构的生成过程，通过对文本的梳理，进行不同时期宁夏文学研究的评估，以及地域文化发展的梳理就有其现实意义。

以当代宁夏文学中有空间意识的文本为分析对象，以文学和社会形态在地理层面、文化层面、社会层面契合为切入点，回到历史具体语境探究文学空间生产与社会各层结构的互动关系，需要解决几个问题。

第一，空间理论视阈下的中国特色消费文化语境与当代宁夏文学的关系问题。

分析新世纪以来具有中国特色的消费文化语境，其表征出怎样的空间生产模式和消费模式，如何认识中国特色和宁夏地域特色的消费文化空间对文学空间生产的整体性渗透，分析消费文化与文学空间的关系，文学空间成为消费文化的"符码"，开始逐渐商品化，以及如何参与消费文化的生产和消费。

第二，文学文本空间与都市—乡村之间的想象和断裂的关系问题。

乡土的文学想象呈现出两个维度：一个维度是历史性的乡土空间想象和建构，突出表现在回忆和怀旧类的空间想象文本。怀旧空间的生产及社会文化效应意味着全球化语境下对本土文化的重建和认同；另一个维度就是现实性的空间。作家借助艺术生产参与到城市景观空间的象征性生产和改造中，表达出了其城市欲望的焦虑，又赋予乡村以传统气质和"异托邦"式的文化理想。李进祥、了一容、季栋梁与张学东、韩银梅、金瓯的小说就构成了宁夏当代文学中对城市和乡村感受的异质性表达。

第三，文学文本空间与国家—边地文化空间的空间建构与身份认同问题。

一个国家的民族特性离不开象征性、表演性、共享的仪式化空间的营造，它是国家用来增强合法性信仰的重要形式之一。当代宁夏文学以审美的方式提供了关照国家的经验，提供了仪式化的空间景观。通过日常生活的仪式化、仪式的政治化、仪式的神圣化等景观的书写支撑了国家共同体稳定、和谐的社会秩序，进一步形塑了主旋律文化空间，实现国家民族的形塑和自我认同。“边地”具有双重空间性，边地人对生存之地的依恋而生的家园意识和寻根行动与都市文明中的漂泊状态形成了鲜明对比。

第四，文学文本与私人—公共空间的关系问题。

私人空间本质上就是个体微观的视野与有限经验的存在。相对于公共空间而言，它总是以或隐或显的方式与公共空间发生意义的指涉。文本中私人空间的建构并不意味着彻底舍弃了公共性的意义关怀，文学在私人化的“真实”中表征出现代性生存焦虑，以及如何以个人方式进入公共空间的叙事策略。宁夏文学中对被规训的“身体空间”的体验，以及采用拆解宏大的历史叙事、颠覆男性中心话语的叙事策略，由公共空间到秘密空间的位移，标志着具有女性意识的文学走向成熟和自觉；同时，当代宁夏文学在日常生活空间的平庸和神奇建构中，通过“有意义”的日常生活来沟通公共空间，这个“意义”具有公共性，是面向他人并与之发生关系，平庸的日常生活因此变得“丰饶快乐”，并间接潜入了公共历史中关于空间政治的深层肌理中。

理论研究的基础是文本资源，目的是现实关怀。仅仅搭建理论的平台并非文学研究的归宿，在细致的文本分析的基础上表现特征，寻找方法才是目标所在。社会空间理论的批评对象，是出自一个民族（社会、文化）的文学空间，是由创作者特殊感受所创作出的文学空间。因此，创作者创造的社会空间与真实之间并非机械性模仿与被模仿。它们似是而非的联系和贯穿其中的社会空间建构及成因，正是需要加以研究的重点。关注作为文学形象的创造者，即作为想象主体的宁夏作家如何在想象和创造宁夏地域空间的同时言说自身，作家本人的文学想象、生命记忆和作家对处身的世界这个他者的集体想象，是研究该作家笔下的社会空间生成不可或缺的。作为想象主体，作家既有个人的特殊性也具有代表地域文化心理的典型性。新时期社会转型期这一特殊的社会文化背景下，作为宁夏文学对社会空间的集体想象物，文学文本的空间生成是在城市与乡土之间的历史连带和当下的相互关系共同作用下形成的，与当代的历史、社会、文化有不可分割的联系。

在社会文化空间的剥离中，不仅要注意到具象空间的显在变化，还要注意到对于各种空间的体验怎样在文化和意识形态层面被转换成文化、文学话语的。空间的具象“文本”和关于空间的话语写作相互重叠，两相评论。文学空间的生产方式、传播媒介、文学空间的美学要素、基本功能都发生改变，阶级、种族、性别、现代主义、后现代主义、消费主义、种族主义、后殖民主义等诸多问题聚焦在空间中，其背后隐藏的多重关系产生了制衡力量，空间的审判和革命，空间重组背后的文化政治内涵和社会历史意义使消费文化语境下文学空间和社会文化空间的关系成为充满诱惑力和生机活力的思考题域，同时也是一个充满挑战的课题。以当代宁夏文学中有空间意识的文本为分析对象，以文学和社会形态在地理层面、社会层面、文化层面契合为切入点进行研究，才能回到历史具体语境中探寻文学如何运用独特的空间书写方式参与到全球化进程中，参与到中国特色的文化自觉的实践中，进而探究文学空间生产与社会各层结构的互动关系，最终在当代文学律动的轨迹中建构中国本土化的空间批评和对地域文化的重新审视，并且洞见21世纪文学空间书写的发展态势。

在重建文本基础的过程中，本书的研究也生发出了一些新的问题。比如：在民间故事的收集和口述史的整理过程中去考察宁夏文学时，口述历史作为个人记忆，有史料价值，也有社会科学的资源价值，它采集人类记忆，建立人类个体记忆库，是大数据时代应有的思路。口述史的研究要从档案学、历史学、社会学、心理学、传播学、语言学、教育学等多重视角来讨论，接受多学科检测鉴定，从而寻找新路径，提供新资源。那么，在作家自觉地进行口述史的整理并以之而进行文学创作的时候，如何从文学文本的角度对这一现象进行批评？再比如，从文化人类学的视角来看宁夏文学中的民间叙述与对民间文学的使用，其与中国文学的整体思维方式的连带关系如何体现？当代宁夏文学中的“乡土”的重叙与“城市”的建构是以何种方式来完成的？历史真相与文学想象的差异性何在？各时期宁夏文学中的差异性叙述及其原因为何？又该如何看待“异托邦”建构的深层民族文化心理结构在现代化的过程中带来的影响及其表现，等等。这些都促进了笔者对宁夏文学社会空间构造方法的新的思考。

理论的力量不仅在于表现愿景，更重要的是揭示困境。如何回应全球化时代文明与文明之间、民族与民族之间、国家与国家之间、人与人之间的对话与和谐的问题，才是文化交流研究的最终目标。条分缕析，达成共识，避免出现新的文化霸权和权力骗局，是所有学人共同的探索方向。理论建构的基础是文本，只有立足于对历史真相和文学叙述间的比较，引入跨学科的方法，才能从社会空间建构的角度入手寻找差异的原因，对真实与虚构，想象与重构进行细致的文本解读。

文学空间研究隐含着文学对政治功能的关注，宁夏文学中的乡土与城市，既是文学形象，也是意识形态形象。这些来源千差万别，视角也是千变万化，叙事建构有时会因为意识形态影响而产生误解，产生分歧性的信息来源。在这些文本当中，基于对“真实”人为的取舍和改写产生了差异，其在叙事效果上也会产生相当大的差异。学术根植于问题之中。不同研究范型的出现与转换，其关键意义在于以专业的方式介入现实问题。因此，本课题的研究并未将宁夏文学作为一种静态的或自足的文学形态加以研究，而是将其放置于西部文学的行列中，放置在整个中国文学的格局中，甚至是放置于世界文学的体系中，研究宁夏文学的文学生产方式和文学价值，寻找其最具价值的文学性。歌德曾经说过，只有民族的，才是世界的，虽然现代人类学的研究强调民族的特性而指责歌德的论述带有武断性，但事实上，在文学的世界中，民族性必然是生成文学魅力的重要来源。写作的初衷，文本的形态，接受的视野，都与民族性或者说文化的独特性密不可分。那么，宁夏文学的民族性，也恰恰是其走向世界的关键力量。

第二章　置身于世界文学框架中的宁夏文学研究

探讨多元文学空间话语及其重叠变化背后隐含的关系和脉络，不仅可以弥补空间批评的不足、深化消费文化语境下西部文学以及地域文学的研究范式，而且可以对研究当代中国文学的叙事功能，以及21世纪中国社会在各领域多层次交互发展做有益的借鉴。在地域文化交往和跨文化交往中强调文化差异，意义在于构建“他者”以确证自我。作为地理区域概念的宁夏文学在整个西部文学中，如何既保持文化的独立性，又建构和谐的文化交流环境是地域文化建设的重要环节。从文化记忆的媒介文字和仪式角度入手去研究族群的文化或族群认同的形成是中国文化人类学正在兴起的热点，也是本书对宁夏文学与西部文学关系研究的重要理论资源和有待深入的角度。文学作为符号参与文化空间生产，用审美方式完成社会空间的历史记忆和集体想象，阐释者的多重阐释和空间批评自身又成为文学介入现实、批判现实的一种空间结构。从文化记忆的角度进行新时期西部文学研究的核心目标，即以文学文本为对象，通过对文本在书写、接受和传播过程的整体性研究讨论在华夏民族的整体意识和气质的形成、民族主体性形成的过程中以文字和仪式为主要媒介的族群认同所具有的重要意义。

一、宁夏文学：中国文学框架中的“西部文学”与地域文学

西部文学的出现，根源于西部作家的创作实绩和自觉的理论推动。20世纪70年代末以来，西部作家的创作引起了文学界的高度关注，以杨牧、昌耀、周涛和林染等为代表的新边塞诗；贾平凹、路遥、张贤亮、陈忠实、王家达、邵振国等的西部乡土小说；张承志、马原、扎西达娃等的草原藏地小说等都成为重要的文学现象。同时，理论批评家也捕捉到了这一文学现象，开始理论的探索与批评。1983、1984年，兰州、乌鲁木齐等地相继开展了新边塞诗的讨论，学者孙克恒、唐祈指出，正在兴起的西部诗歌是新型的地域性文学；1985年，《西藏文学》发表评论《西藏：西部文学的圣地》，第一次提出了西部文学的口号；《当代文艺思潮》1985年第3期召开了西部文学笔谈，西部文学正式在中国文坛上被提出。多年以后，有人曾这样评价过《当代文艺思潮》杂志之于中国“西部文学”概念生成的意义：“《当代文艺思潮》杂志虽然只存在了短短六年，但它对振兴西部文学评论所起的作用是巨大的。正是因为有了这么一块阵地，西部文学评论界才形成了一股凝聚力，它发出的声音才获得全国学术界和读者君的高度重视。西部地区的作家、评论家也借此被推向全国。”[①]90年代初，管卫

① 丁帆主编．中国西部现代文学史．北京：人民文学出版社，2004，467.

中的《西部的象征》，燎原的《西部大荒中的盛典》，周政保的《高地上的寓言》，余斌的《中国西部文学纵观》，可以说是90年代以来关于西部文学讨论的理智、冷静的学术总结与延伸。

但由于《当代文艺思潮》的停刊以及其他种种原因，西部文学的研究在一阵喧闹之后却终归寂静，其最重要的原因在于，对西部文学的“冷处理”正体现了当代文坛与文学批评界的“逐新”趋势与西部文学所体现出来的“守旧”倾向的矛盾。正是因为置身于这样的一种边缘化的“他者”的困境之中，才使得西部文学既没有在新时期以来的文学格局中形成大的文学创作气候，也难以在批评界和学界得到公认的话语地位。甚至于，随着国家“西部大开发”的战略决策提出之后，随着西部作家如张贤亮、路遥、扎西达娃、张承志等人的重要作品的问世，西部文学似乎已经开始初具规模地进入了批评视野，受到批评界的热议。但当我们仔细加以考察的时候却应注意到，90年代以来的这种西部文学研究热的背后，更多的是异质性的非文学因素的作用，是国家行为及其舆论导向的运作，而非如80年代初的那种从西部文学本身发展态势孕育的学术自觉。国家社科基金项目及各省区所设置的“西部课题”的倾斜，也是将西部文学研究纳入主流话语体系中来的重要环节之一。所以，西部作家的写作仍未能真正得到认可。从西部文学经验中升华的有普遍意义的理论成果不足，而文学史叙事中的西部作家仍然被史家有意无意地遮蔽了。

因此，追溯西部文学的“他者”境遇是文学批评的必要环节，只有这样，我们才能够从中透视出西部文学的现实存在，并拓展其生存空间。而研究相对于在西部也属于经济欠发达地区，地域面积小，人口少，资源不足的宁夏文学的生成和发展中的这种“他者”身份就更意味深长。因为对于宁夏文学而言，不仅存在着在中国文学中的“他者”身份问题，甚至于在西部文学当中，宁夏文学也存在着这样的一个“他者”身份问题。这就使我们在进行文学批评和文学分析的过程中，去洞见宁夏文学在新世纪的逐渐发展和其独特性的保存，具有了非常好的理论意义。

西部文学中的西部是一个由自然环境、生产方式以及民族、宗教、文化等因素构成的独特的文明形态的指称，与地理意义上的西部呈内涵上的交叉。西部文学以地域为依托，融合了历史的、时代的、民族的、文化的等诸种因素，有其深厚的意蕴内涵与精神向度。所以，西部文学呈现出的面貌也是独特的。对于西部文学的研究，以丁帆主编的《中国西部现代文学史》和《中国乡土小说史》为代表，发现西部文学作为地域文学的意义，通过对陈忠实、贾平凹、张贤亮、昌耀、阿来、张承志等作家的个案研究，关注西部文学的文本特征、审美意义以及文体价值，进行符号定位，在西部文学的基础上强化了文学的人文关怀和苦难意义，从而寻找西部文学的美学价值和地域特色。这类研究一直延续到21世纪，对文学创作的人文性和文本特征的持续关注正是对文学的深度的关注。城乡对峙，以乡村文明的“道德自洽”批判城市文明的“自我迷失”构成了对西部新生代作家审美批评的重要论点。可以说，西部文学现阶段对于文学的时间与空间范畴的研究与中国当代文学的研究态势是基本一致的，只是还未成大观。

但综合来看，在整个研究史的发展过程中，我们会发现，批评界对于如张贤亮、陈忠实、张承志、贾平凹这样的可以被归入文学思潮之内的作家多有关注，并在对其进行分析的过程中更强调其文学史的共性，而将其文学的个性消解或遮蔽，对于那些处于“潮流”之外的，具有更明显的“西部性”的作家如路遥、昌耀、周涛、杨志军、石舒清、漠月、马金莲等作家，则作为一个时期的文学景观的必要构成标志，而非文学批评的重要对象。而他们的努力实际上也是构成一个时代文学景观的必要环节，尽管他们的创作方法未必新颖和时尚，但他们的叙述相对于文学史而言却具有一种不可替代性。文学史的基本功能当然不是为了忘却，而是为了记忆。是为了更“真实”地反映文学发展的趋势。这个趋势是多元的，动态的。以思潮的演进为不变之宝来面对丰富多彩的文学现象，显然有失公允，同时会造成一定的遮蔽与失真，难免也会有捉襟见肘之憾。有研究者在论及甘肃诗人昌耀的文学境遇的时候曾经说过，“昌耀身上发生的一切，很典型地说明了偏僻省份文学写作的遭遇。而这，还是出现在一名有广泛影响的诗人身上，更遑论其他新锐了。在这里，公正、道义、正派、艺术良知仍然显得那么缺乏，其实，难以理解的不是偏僻，而是对偏僻的无形的轻视和歧视。”①

但是，从另外一个方面来讲，这种文学的遭遇也正是构成文学记忆的一个层面。

20世纪末以来，无论是在西方还是东方，“记忆”都是一个名副其实的热门话题，并已经成为这个时代的一个标志性现象。

① 韩子勇．西部：偏远省份的文学写作，见《第二届鲁迅文学奖获奖作品丛书》（理论批评卷）．北京：华文出版社．2001，142.

而冠以“集体记忆”或者“文化记忆”的记忆研究也更是日益发展成为一门显学。在国内，较早关注此问题的是史学界，与此同时，与“文化记忆”研究挂钩，产生了一系列跨学科的研究成果。除了对这一研究方法的介绍如阿斯特莉特·埃尔、冯亚琳主编的《文化记忆理论读本》之外，冯亚琳等著《德语文学中的文化记忆与民族价值观》从文化记忆与文学的角度认为文学作为一种文化文本或集体文本，具有对文化记忆的承载功能，文学既是文化记忆的媒介也是文化记忆的对象；陈平原、王德威、陈学超等先生编写的系列《都市想象与文化记忆》从考古历史、文学作品、建筑、文化遗迹等角度去考察文化名城所具有的文化记忆与文化符号，去展现对一个城市的“阅读”“记忆”与“想象”；王宵冰、迪木拉提·奥迈尔主编的《文字、仪式与文化记忆》则从方法论角度出发，讨论以文字和仪式为主要媒体的文化记忆对民族主体性的形成具有的影响。

关注当代宁夏文学中有空间意识的文本对象，探讨其与宁夏文学的关系，对宁夏文学的影响，寻找宁夏文学的特殊性，以文学和社会形态在地理层面、文化层面、社会层面的契合为切入点，探究文学空间生产与社会各层结构的互动关系。运用文学地理学和文化人类学的空间批评方法，研究当代西部文学内部结构以及与社会文化的复杂关联。对宁夏文学文本的研究，关注的是通过文学文本实现的文化内部的传承和交流方式，对文化记忆的媒介形态的研究。更为重要的是对当代中国文学文本生成的文化环境及未来走向的分析研究，是对文学发展的整体性研究。

文化学意义上的地理空间建构是一个复合的过程。既包括了创作者的创作空间，即生存空间和其创作所呈现的文学空间，也包含着读者的接受空间，还包含着作品的传播空间，媒介成为文学的文化地理空间特征形成的重要依据。读者的阅读和接受环境，图书音像的出版发行，书店书吧的私人评价，地方志的编撰研究，与文学创作相关的各种文化活动的开展，都构成了对文学创作的影响和指向。20世纪90年代以来具有中国特色的消费文化语境以及其表征出的空间生产模式和消费模式是这一部分的核心对象。

语言文字直接关涉的是文化记忆的恒久性、持续性。对于国家、族群、信仰者而言，经典的确立不仅是社会和文化自身延续的需要，也是一个社会自我理解、自我描述和阐释的依据。因此，与记忆直接相关的文献、对旨在进行或促进记忆的形式和活动的书写都可以纳入文化记忆研究的范畴，比如对神话、仪式、纪念物、普及文化传统的活动和过程的整理、撰写和出版。文字在当下的基础上不断记录新的内容，用所保存的过去来丰富和确认当下，以迎接未来。文化记忆的媒介或载体往往都是在象征层面上被使用，成为文化记忆的一部分。

文化人类学研究的最终目标并不限于对文本的评价，更重要的是对文本所呈现的文化现象进行还原、分析和研究。阿莱达·阿斯曼（Aleida Assmann）的文化记忆理论中，在记忆选择时道德、良知和权力观念一直显现其中。文化记忆不仅能够对当下起到支撑作用使其合法化，也可能成为批评，甚至构成颠覆性和革命性的机制。由于后来的统治者有系统地消除和销毁遗迹和痕迹，所以出现了社会对某一时期文化记忆的认同和遗失。因此，这种张力可能导致官方记忆对群体文化记忆的认同，也可能是官方记忆强行介入去形成新的文化记忆。陈忠实在其小说《白鹿原》中对白鹿原的历史变迁的描写，就涉及文化记忆和官方记忆的张力问题。

从文化的角度来看待记忆，将集体记忆放到一个更宽广、更系统化的视野中来考察，着重关注当代文学中文化记忆的生成基础，以及如何因此而强化族群认同。研究不同时代、不同媒介、不同文类表现的、作为思想主体与作为表现对象的宁夏，其核心意义在于基于记忆的重建性、构建身份的作用，研究媒体、象征、符号等方式和手段如何通过对过往的再现实现对当下的关照。从文化的角度来看待记忆，并重视诸如文字、仪式、文本等在记忆中所起的作用，其目的是用以概括人类社会的各种文化传承现象，解释当下出现的新的社会问题和文化问题。文化记忆强调对族群身份的构建和认同所具有的重要意义和作用，而完成构建和实现认同的过程和方式却不尽相同，那些实现文化记忆的文化设施和文化机构正是在立足于过去的基础上，强化着身份认同和使自己合法化。当代西部文学通过“有意义”的日常生活来沟通公共空间，并间接潜入了公共历史中关于空间政治的深层肌理中，作家借助艺术生产参与到城市景观空间的象征性生产和改造中，表达城市欲望的焦虑，又赋予乡村以传统气质和“异托邦”式的文化理想，以审美的方式提供了关照国家的经验，提供了仪式化的空间景观。这种书写支撑了国家共同体稳定、和谐的社会秩序，进一步形塑了主旋律文化空间，实现族群认同。从这个意义上来讲，《野葫芦引》《未央歌》甚至于《无问西东》的价值就不仅在于西南联大的历史记忆，还在于其呈现的强烈的族群认同。

文学文本通过对现实中的具体展现，进而超越现实指向更高一级的象征领域。因此，研究文本中所呈现出来的社会生活、民俗民情、建筑风格和语言变迁，就分明具有了一种文化记忆的指向性。同时，对作为文化中心的城市古今变迁的研究，对文本中地域文化的生产状况诸如教育、出版、文学艺术以及学术研究的研究，也就成为文化记忆研究的重要部分。西部文学作为对地域空间的集体想象物，文学文本的空间生成是在城市与乡土之间的历史连带和当下的相互关系共同作用下形成的。西部并非中国的异托邦，然而西部文学却构成了中国文学的异托邦。无论是沈从文所构筑的湘西世界，还是阿来所呈现的藏地风情，或者张贤亮笔下的河的子孙，无不在丰厚的文化蕴含与苍凉的地理风貌、不发达的经济状况中发现了一种矛盾中的希望，一种有别于当代消费文化的文化理想，这是研究宁夏文学、乡土中国的意义，因为文学传达的不仅是文化记忆，更是文化建设的趋势和可能性。

二、置于世界文学中的宁夏文学及其意义

中国形象的生成是以“中国故事”的讲述和中国元素的使用为基础的。本书还将从跨文化传播的角度，运用空间理论和形象学的研究方法，对当代宁夏文学与世界文学之关系进行研究，尤其是与日本文学进行比较研究。将具体的比较放入课题研究中的原因主要是因为宁夏与日本虽然在地缘政治的身份上并不对等，但具有一些非常有意思的共性特征：1. 文化传统上：都是相对而言地理环境上比较封闭的区域，且资源优势不明显，虽然一个是

地域文学，一个是国别文学，但其文化形态都是在东方文化尤其是中国文化的直接影响下发展起来的，同时，在现代性的文化语境中都不同程度地受到了欧美文化的影响，又都实现了对其独特的“民族性”和“地域性”的坚守；2. 文学创作者上：在当代文学的发展中，出现了大量的女性作家。这种共同性使得将宁夏文学与日本文学的女性书写进行比较具有了一定的可行性；3. 文学主题上：探寻现代文化身份是明治维新以来日本文学的核心问题，也是新世纪以来宁夏文学的重要主题。当今社会，冲突与误解最深刻的地方，往往是前现代社会曾经构成某种文化共同体的区域。曾经与中国共处东亚儒家文化圈的日本和共享佛教文化的印度，进入现代性世界秩序后对中国形象表现出的强烈否定态度，正是这一事实的最好证明。

20世纪以来，随着人们时空观念的巨大变化，社会空间理论、文化、文学空间理论越来越引起国内学者的注目。但是就社会空间理论来看，资本如何以空间形式得以体现，以及空间理论的深化转型问题，即中国特色空间生产的哲学话语的建构还待探索。从文学空间理论看，虽然在形式美学、社会、文化层面的研究都取得了突破，对文学空间的关注也成为当下文学理论的热点，但理论研讨多而具体的文学批评少。在具体的文学批评过程中，文学空间的概念在各种指涉关系层面如何界定，尤其对具体的文学作品批评实践还比较少而有待深入。在西方文化中的中国形象研究中，虽已见有研究者对“异托邦”概念的引入和分析，从空间研究的层面分析文学文本，但在日本文学的研究中，尤其是中日文学的比较研究中，目前这一领域还有待深入开掘。

在文学史研究的基础上，用比较文学的理论和方法对文学现象和文化现象进行整体性研究，在中日文化交流中早有先行者。川西政明《我的梦幻中国》就以中国地域为线，评论了从永井荷风直至村上春树几十位日本作家的中国题材作品，对日本人的中国观有所反省。但对中国文化修养和体验的缺乏，转述多而评论少，分析浅尝辄止，未能深入探究这种重叙背后的文化心理。

在日本现代文学发展的过程中，乡村与城市的空间对立关系是通过作家所讲述的城市经验完成的。日本近代文学缺少对乡村的抒情性描写。这并不表示日本文学中没有“乡愁”。青木正儿所编《对中国的乡愁》就选择了包括芥川龙之介在内的十数位有过留学或者游历中国的实际经验的汉学家的散文。而将其命名为“乡愁”，更可从中窥见作家在日本近代发展过程中的矛盾心态。日本近代文学的现代性批判，乡愁与乡怨的指向是代表宗法传统的中国。正是在对“中国故事”的重叙中，在对代表现代文明的城市空间想象中，日本文学渐臻成熟。

作为海上丝绸之路的最东端，对日本而言，西方不仅包含着欧洲，也包含着中国。在日本现代文学发展的过程中，乡村与城市的空间对立关系是通过作家所讲述的城市经验完成的。乡村记忆作为城市生活的对立面，更多呈现了乡村世界的自然景观，以及宗法社会落后的一面。这并不表示日本文学没有对宗法生活的回忆和留恋，相反，这种类似于精神怀乡的文化心理最重要的表现形式正是日本文学对中国形象的构建和对中国故事的重叙。日本文学的现代性批判，是在对代表宗法传统的“中国形象”的重叙中，在对代表现代文明的城市空间想象中发展成熟的。这一点，与宁夏新世纪文学中所呈现出的“移民”主题以及代际冲突有着非常微妙的相似性和差异性。

迄今为止，全球化语境文化认同问题、知识分子的批评话语、全球性和本体性关系等仍然是带有国际性的学术研究课题，其归根结底首先是研究思路和范式的空间转向问题。探讨多元文学空间话语及其重叠变化背后隐含的关系和脉络，不仅可以弥补空间批评的不足，深化消费文化语境下日本文学以及中日文学关系的研究范式，而且可以对研究当代中国文学的叙事功能，以及21世纪中国社会在各领域多层次交互发展做有益的借鉴。

文学以自己的方式营造社会空间，影响社会文化的走向。日本古代文学中对中国形象的塑造，是日本民族在社会期望与审美期望中的儒教的集体乌托邦理想。明治维新以来，中国形象作为令人紧张的“他者”，表现出日本人现代性身份认同的特有焦虑。日本当代文学中取材于当代历史的“中国故事”的矛盾性重叙，以及对历史事件的重新生成，纠缠着日本现代性身份自我构建的过程。比如村上春树在其小说《海边的卡夫卡》中就将日本的侵略战争改造成为“集体昏睡事件”。而不同于自我设定为东方大国的中国、印度，日本既要摆脱东洋进入西洋，又要回归东洋对抗西洋。越是意识到这种现代性身份危机，就越是强烈地希望从仰慕西方贬抑中国的“文化势力”取向中确认自身。因此，重讲中国故事具有文化心理和社会空间建构的双重需求。很多研究者注意到井上靖历史小说中有大量关于丝绸之路和中日文化交流的内容，从孔子到鉴真，从楼兰到敦煌，这绝对不仅仅是一个地域空间的建构，而是隐含着井上靖对中国的异域审美心理和对中国传统文化品格的弘扬。

战后的日本文学中的“中国故事”的叙事特征以及与此前文学想象的差异性中可以发现，异国形象隐含着文学对于政治功能的关注。中日文化的交流和影响是一个互动的过程，互为表里，构成了与当代中国文学中的日本形象的互证关系。日本民族心理在几次社会文化转型的基础正是对中国这个文化“他者”的认知和建构。这既是一种心理需求，也是政治文化需求。梳理文本中所呈现出的日本社会生活中的中国元素，以及其所构成的符号性“中国”，这是日本社会空间建构的形式。从形象“中国”到符号“中国”的变化，隐含着重建国族身份，重新进行国际关系的权利分配的诉求。

以当代日本文学中“中国故事”的重叙及其背后的社会空间建构过程作为研究对象，探寻当代日本文学重说“中国故事”的原因和作用，将之与宁夏文学的新发展加以对照，既可以看到其中中日两国共同经历的历史事件的解释，也可以挖掘对当下中国社会文化生活的评价。中日之间两千年的文化交流史，日本的中国形象再现为作为“文化帝国”的中国形象、作为文明的比较对象的中国形象和作为文化“他者”的中国形象。两国乃至东西方之间的权力关系、支配关系、霸权关系决定了日本人的中国认识与中国想象，也决定了日本文学如何言说中国形象的生成与转化。相比而言，宁夏文学则呈现为强大的道德传统与民间形态对文学的影响，并进而形成了宁夏文学关于土地与家园的特殊视角。这样的文化心理和言说视角，在80年代以来中国文学“重写文学史”的思潮当中，当然显得格格不入，并因此而被边缘化。但一定要注意到，宁夏的边缘化，成因并非源于文学传统，更多是因为经济与政治原因。

作为一个中华人民共和国建立之后才有的行政区划，历史上的宁夏长期具有暧昧不明的行政身份。周王朝疆域以北地区，包括内蒙古河套地区，宁夏全境及陕西、山西北部称为朔方。春秋时期，今固原地区为乌氏戎所居，银南地区以盐池为中心是朐衍戎的势力范围。战国，秦惠文王攻取乌戎地，置乌氏县（今固原市南泾水北岸）辖今固原地区。之后又在盐池县境设立朐衍县、辖今银南地区。秦昭襄王三十五年（前272年）后，两县划归北郡管辖，这是宁夏地区有行政设置之始。秦朝时宁夏为北地郡，郡治在甘肃宁县。并在此地修建了秦长城和秦渠，引黄河水灌溉农田。

汉代时宁夏属朔方史部。十六国时为匈奴铁佛部首领赫连勃勃所建大夏国的领土。北魏、北周，继续推行移民兴屯，宁夏开始有了“塞北江南”之称。至唐代，宁夏全境属关内道。北宋属秦凤路，后宁夏北部被党项族李继迁占领，北宋只控制宁夏南部，宁夏南部改属泾原路。后来李元昊在兴庆府建立西夏，直至南宋末年被蒙古所灭。

元朝在西夏国故地设西夏中兴等路行中书省。至元二十四年（1287年）设宁夏府路，这是宁夏之名的由来。明初在宁夏设府，后改卫。又改设宁夏镇和固原镇，长城沿线设九个防区，称九镇，为明代边重镇之二。清顺治五年（1648年），在宁夏设巡抚，属陕西布政司，下制卫所，宁夏为准省级。后改设宁夏府，下设州县，归属甘肃，但又升宁夏总兵为提督，继增置满营将军府于宁夏。

1912年，民国中央政府改府为道。初名朔方道，第二年又改宁夏道。民国十七年（1928年）建立宁夏省，1929年1月，宁夏省政府成立。

1949年9月23日，宁夏解放。

1949年12月23日，成立宁夏省，沿用了宁夏原称。额济纳旗划由甘肃酒泉专区代管。10月25日，成立了宁夏省人民政府。1953年9月，宁夏省建制撤销，并入甘肃省。1957年7月15日，第一届全国人民代表大会第四次会议通过成立宁夏回族自治区的决议，以原宁夏省行政区域为基础成立宁夏回族自治区。1958年10月25日，宁夏回族自治区正式成立。

这部行政区划史，标明了宁夏的行政身份的尴尬。作为长期摇摆于中原与异邦，正统与狄戎，中央与边疆之间的宁夏，始终没有连续的行政身份，无法形成长期稳定的居住群体，作为地域，也就难以形成稳定的文化形态。加之范围小，人口少，交通不便利，又没有出海口可供交通，使得宁夏的经济发展也长期受限。这一点，即使是新中国成立，宁夏回族自治区建立之初，也仍然未能改变。历史上，来宁夏的人，除了边疆少数民族之外，主要是屯垦戍边或者流徙外放的，不具备长期稳定性，这给宁夏的区域发展造成了相当大的影响，也使宁夏并未真正形成稳定的区域共同体意识，使宁夏文学很难产生具有特色的文学作品或者文学传统。而没有统一的文化心理，又使得宁夏更难在行政区划设置当中具备可能性。这一点，直到宁夏回族自治区建立之后才有所改变。而接下来的大规模的支援边疆的移民活动，才真正意义上开始了地域宁夏的发展。

这部行政区划史，看起来是一系列宁夏文明发展滞后，生存空间封闭，文学发展较晚的现象。但如果我们将目光放置于一个更长久的人类文化发展过程中，又会发现另外一些现象。在宁夏境内所分布的山川湖泊、沟渠河道、建筑遗址，无不与中华文明的发展同脉动，与黄河文化的发展息息相关。位于宁夏灵武市临河镇水洞沟村，距银川市19公里的水洞沟古人类文化遗址，是1923年由法国古生物学家发现的，遗址中出土了大量石器和动物化石，水洞沟因此而成为中国最早发掘旧石器时代的古人类文化遗址，被誉为“中国史前考古的发祥地”“中西方文化交流的历史见证”，被国家列为“最具中华文明意义的百项考古发现”之一。截至2014年，经过六次考古发掘，在水洞沟出土了三万多件石器和67件古动物化石。其中构成水洞沟文化基础的一些石制品、工具及石器制作修理技术，可以和欧洲、西亚、北非的莫斯特、奥瑞纳时期人类栖居地的石器相媲美。尤其出土的大量勒瓦娄哇石核，与欧洲相当古老的奥瑞纳文化的形状接近。

古老的水洞沟村里有北方的先民们创造的窑洞式和地穴式的居室方式。水洞沟村聚落共有29处地穴式建筑遗址。这种居室建在黄土层较厚的山坡或沟岸上，具有冬暖夏凉的特点。水洞沟人在此基础上改进了这种居住方式，发展成半地穴式建筑形式。我国西北地区群众习称其为“地窝子”。这种居室风格虽然历经发展改善，但始终是古代北方房屋建筑的基本方法，在陕、甘、宁等多地习见，也反复通过文学文本成为创作者所构造的地志空间的符号。

贺兰山东麓贺兰山中段的贺兰县金山乡境内，距银川城区50

余公里的贺兰口，分布着上万幅个体图形的贺兰山岩画，记录了远古人类放牧、狩猎、祭祀、争战、娱舞、交媾等生活场景，以及羊、牛、马、驼、虎、豹等多种动物图案和抽象符号，揭示了原始氏族部落自然崇拜、生殖崇拜、图腾崇拜、祖先崇拜的文化内涵，是研究中国人类文化史、宗教史、原始艺术史的文化宝库。

贺兰山岩画是自远古以来活跃在这一地区的羌戎、月氏、匈奴、鲜卑、铁勒、突厥、党项等民族的杰作，时间大致从春秋战国到西夏时期。画面艺术造型粗犷浑厚，构图朴实，姿态自然，写实性较强。这些“岩画”确切地说是岩刻。我国云南、广西也有不少岩画，亦称崖画，是用颜料画的，而且多用红色颜料；而我国北方的“岩画”多半是岩刻。贺兰山的众多“岩画”，只有白芨沟的是用颜料作画，其他的都属于岩刻。这些古老时代边地民族的文化遗存也已经成为众多宁夏文学作者们的灵感来源与书写空间。

宁夏的文化空间遗存还包括遍布宁夏境内的长城遗址与黄河。中国自秦至明的历代长城在宁夏皆有遗址，故宁夏有“中国长城博物馆”之称。在宁夏境内的主要有西长城、北长城、东长城和固原内边墙。作为自然场域的黄河滋养了中华民族，形成了黄河文化，是中国文化形成的基始。而作为人工建造的“档案”，长城则见证了发生在宁夏这片土地上的权力关系和政治历史的变迁。它们是中华文明的物质载体和文化档案，也是构成宁夏这一文化场域的空间符号。

作为现象，如何看待人类的文化变迁？这始终是我们社会学人的共同追问。世界的联通，原因很多，载体很多，小如一砖一瓦，一人一家，村落城镇，阡陌通衢，大如民族国家，地球宇宙，各种文明形态，文化样态，物质的和非物质的载体都使他们相互关联。他们可能说着同样的语言，用一样的文字书写；他们可能有相似的容貌，处身于相邻的区域；他们可能面对同样的地貌风光，或者曾经使用过类似的工具和器物；他们也可能经历过相似的成长阶段，不管是年龄的成长，还是文明的成长。他们也可能经历过文明的断绝，生命的消散，光亮早已熄灭，又在多少个时光流转的日月后被重新发现，通过遗留下的片瓦只字，几把种子，一幅窗花，半只茶盏，一本书，得以重新被研究，被了解，于是那些熄灭的文明之光，又一次被联通，被点亮。每一个具体的生命的节点，每一盏生命之灯，文明之灯，都与时间和空间相关。就仿佛他们被构造于一个巨大的网络复杂的电路之中，有各种物质或者非物质的形态将他们联接在一起，他们有的很亮，有的微暗，有的曾经亮过却最终熄灭，有的正在慢慢变亮，有的还未曾亮起。但不管是并联还是串联的方式，不管位于电路的哪个层级，哪个位置，一盏灯曾经被点亮，又以什么方式保持光亮，自然科学关注的是负载导线的形式，过载发生的机制、熔断如何发生的量化指标，而社会科学却更关注其演进的内部机理。

万物联通，世界乃成。在人类的生命共同体中，文学正是联通的载体之一。在浩瀚的宇宙当中，生命亦当是联通的方式之一。

不论是遥远聚落的水洞沟先民，还是神秘的贺兰山岩画与长城遗址，其中所包含的文化与生活图景，是中华文明长期以来的多民族杂居状态的体现，也是中国中原文化与边地少数民族生活形态的物质载体。它们记录着遥远古代，那些缺少影像资料的时代，人类生活的饮食状况，相互关系，文明程度，文化方式，生活情态，也体现着作为黄河文化的一部分，宁夏文化生活与中国文化的关联性，以及作为移民地区的宁夏，其文化空间的特殊性。因为长期的边地身份，使得宁夏长期以来作为军事战略要地和边塞苦寒之地，成为远戍边关的男儿们烽火硝烟的战场，成为春闺梦里遥不可及的他乡，成为流徙贬谪的苦土，因而很难形成如同中原地区的，稳定而持续的文明形态与活跃的文化氛围。但同时，也正因如此，才使宁夏的文化形态在中华文化的发展历程中，在黄河流域的变迁之中，具有了真正的独特性。而这些物质的载体与非物质的遗存，它们又不断地出现于宁夏作家所构造的文本空间之中，亦成为宁夏文学空间中的一道风景。

当中国新文学运动以及十七年文学、新时期文学包括“重写文学史”等文学思潮滚滚而来的时候，由于地理位置与经济发展的限制，边缘化的宁夏成为被忽视的角落，很难听到自己的声音，在文学史中挤占一席之地。在被强大的文学潮流挤压中，在因为各种原因的边缘的共同合力之下，宁夏文学反而保有了一种比较亲近于民间与道德的中国文化传统，并致力于以文学关照自己被封闭于中央之外的生存空间和生命体验。而这一点，恰恰是新世纪以来重新发现西部，发现宁夏时最为闪耀的优势。

这是移民文化形态，是不同于基于长期稳定发展的共同体形成区域文化心理与共同体意识的形态的，由于历史中和当下反复多次的大规模移民和长期不断的移民，使宁夏文学在边缘化的同时，也具有了一种相当大的包容性和多元性。同时，对处身的土地、当下、民间与道德的关注，又使中国文化传统成为它所具有的文学特质。这种传统与现代多元复合的文化形态，才是宁夏文学面向世界的文化品格。

第三章　宁夏文学的阅读与传播媒介

综观中国现代文学史，现代文学源起的一个重要依据在于，清末民初中国文学的转型，是随着现代出版业的兴起而来的。作家、文学编辑、出版商、市场和读者等多种主体因素共同参与，文学出版成为公众化的文化产业活动，文学媒介、文学市场、文化制度和文学教育等客观因素的文学史功能凸显。现代文学发展史上出现的同人办报，“意气之争”等现象，实际上正是这些因素的合力所致。此后中国现、当代文学的转型，文学出版模式的转型也是其重要原因。文学发展与文学期刊构成双向互动的关系。前文所述《当代文艺思潮》与西部文学之发生和发展的关系就是一例。

宁夏文学的发展始于改革开放之后。1977年底，《宁夏文艺》（后改名为《朔方》）刊发了《〈庆祝宁夏回族自治区成立二十周年〉征文启事》，表达了选拔培养本地作者，壮大宁夏文坛的办刊宗旨，开宁夏地方刊物之先。依托《朔方》的持续推介，作为宁夏文学走向“前台”的第一人，“宁夏出了个张贤亮”成为一时之热。

此后，宁夏“三棵树”“新三棵树”的起步，“西海固作家群”的崛起，获得“鲁迅文学奖”的宁夏作家石舒清、郭文斌、马金莲的早期创作，均得益于本地文学期刊的“慧眼识珠”与大力扶持。大量关于宁夏本地作家作品专栏的设立，各种文学活动的推动、文学奖项的设立以及文学批评的开展，构成了刊物对本土文学的强势参与，使宁夏在经济发达相对滞后的前提下最终呈现出了文学的繁荣局面。

学术界自1980年代已经开始对文学期刊与文学的关联问题给予关注。洪子诚的《问题与方法——中国当代文学史研究讲稿》具有方法论的意义，陈平原、袁进等在考察中国文学的近代变革与转型问题时，对文学媒介作用的研究开一时之先。此后，现代文学研究者们通过个案研究，开始逐步探讨报纸杂志和图书出版等文学媒介的重要意义。王晓明对《新青年》杂志及其同人群体的研究、杨扬对商务印书馆与新文学中心南移问题的研究、刘纳对创造社与泰东图书局的研究、鲁湘元对现代稿酬制度的研究等，从各自角度揭示文学媒介之于中国现代文学史的影响；研究方法上，陈思和、丁帆主持的中国现代文学社团史研究考察文学社团情况时，将文学出版活动作为主要考察内容、王本朝从文学社团与组织制度、文学论争与批评制度、文学媒介与传播制度、文学审查与评奖制度等多个角度，探讨中国现代文学活动机制及其与现代文学史的关系；整体研究中，黄发友的中国当代文学传媒研究将文学与传媒的互生关系作为研究目标。中国现、当代文学史上重要的文学出版机构和出版人也逐渐成为研究对象，当代文坛有较大影响的刊物如《人民文学》《收获》，甚至西部的《当代文艺思潮》《飞天》等刊物的研究渐次出现。囿于篇幅，不一一罗列。

当代中国文学研究的视角，也是宁夏文学研究的基本内容。作为新的学术增长点，与文学媒介相关的研究成果主要针对特定期刊或特定时间段，研究文学创作的生成环境及其特征。对宁夏文学期刊的所有文本资料及相关文献资料的收集和数据整理，包括刊发的作品的整理，对各刊物各期目录、栏目的整理；对作者手稿、回忆录的收集；对与期刊相关的文学奖评选及结果的整理；期刊刊载作品的获奖、转载及出版成书情况的整理，刊载作品与改革开放四十年间文学史上重要文学活动及文学思潮的关系等，从中寻找有效的信息，是寻找在新世纪文学发展趋势之原因的必要环节。真正的文学活动从不只属于创作者本人，而是由世界、作者、文本和读者所构成的多元共生的生态体系。文学是发展变化的，只有全面了解文学自身的现象，才有可能找到现象背后的规律。宁夏文学期刊的历任主编和文学编辑，很多是活跃在宁夏文坛上的创作者，他们对文学的认知影响了文学期刊的办刊方向和编选原则，影响了投稿作者的文学理念与创作风格，进而对宁夏文学整体风格的形成产生了影响。张贤亮、高耀山、南台、西川、梦也、漠月、郭文斌、火会亮、张学东、许艺，等等，这些双重身份的参与者，他们的创作与选稿，进一步呈现了文学媒介和文学活动的双向互动关系。

对文学期刊的生存策略研究，对期刊的封面、画页，期刊作者的稿酬单，期刊登载的文学广告、期刊刊载作品的影视改编情况等商业运作模式的归纳与图像文字资料的收集整理，亦是研究时代与文化生活的有意义的角度。一个期刊的生存策略，是对期刊文学身份的建构。《六盘山》的期刊版面20世纪八九十年代多次改版，至1990年代末才基本稳定，封面设计的商品化、内页插画的艺术化和栏目标题的时尚化，影视文学专栏的设立，显示了在商品化浪潮中，一个地方性文学刊物既希望保全文学定位，又不得不受制于经济因素的处境及对策。

文学活动既是开放的，也是发展的。改革开放四十年来宁夏文学期刊与文学所构成的互动关系及其发展趋势是宁夏文学得以发展的前提。面对新媒体、次生文化现象不断出现，需要对传统文化以及文学深度的重新认识，探讨融媒体时代背景下，文学期刊与文学的未来发展方向，以及如何相互促进。

文学期刊为文学研究提供了丰富的史料，为文学生产机制的考察提供了有效性样本，与文学思潮、文学事件构成了互文性关系，将其置于当代文学史的整体文学环境中加以考察，可以寻找文学媒介与文学之间的关联及意义，并联系当代媒体融合的文化特征，寻找未来文学与媒介的共生之路。引入文学生产的传播维度，将文学期刊与文学的关联问题置于整个中国文学史的框架中加以研究，既是对文学史的总结，也是对未来文化产业发展趋势的研究。基于大数据研究对改革开放四十年来文学的文献研究，对海量数据的整合使用、分析归纳，去梳理文学史发展中的多种关系和发展全貌，才能解释作为一个经济欠发达的西部省区，宁夏文学何以能够在当代西部文学乃至整个中国文学中呈现出一种独特的地域特征和文学风格。

当代文学史是多维互动下的文学史，这既是不能忽略文学传媒研究的理由，也是研究文学传媒的方向。文学传媒研究以专题形式开展相关研究，打破了学科局限。自觉地开始理论建设，奠定当代文学传媒研究的理论基础，同时从文化研究的角度扩展了文学史书写的边界范围，使文学史的建构工作更加全面与真实。对宁夏文学期刊的传媒研究经由20世纪80年代的失语，到90年代初期期刊主编自述性记录，再到21世纪初开始，逐步从单一分散的文字走向具有理论支撑和学术范式的研究。从狭隘的角度转换成更开放的视野，融入其他各研究分支中，不仅可以弥补传媒研究的不足、深化消费文化语境下宁夏文学以及地域文学的研究范式，而且可以对研究当代中国文学的文化生产功能，以及21世纪中国社会在各领域多层次交互发展做有益的借鉴。在众多当代的文学事件和文学现象中，文学文本不是唯一主角。文学期刊常常扮演了重要甚至关键的角色，通过文学期刊来考察文学事件与现象，从文学期刊的文本编选个案入手，通过研究在某一时段的编辑方针、选稿标准等的演变，来发现期刊与当时文学事件、思潮的内在关联，也可以借此研究宁夏文学创作格局的形成、生产机制的运行及作家个体风格或群体风格的养成。

宁夏地处西部，经济发展和文学创作的基础相对薄弱，因而，“宁夏文学”在20世纪50—70年代的中国当代文坛一直是一个隐性的存在，而其作为当代文学中的一种区域文学的命名，真正被人所识、所评和所誉，始于新时期。宁夏文学的特殊性，根源于宁夏的“小”，这既是历史上宁夏经济欠发达的原因，也是改革开放以来宁夏经济发展态势灵活，近年来不断成为试点的原因，更是宁夏文学在商品化的浪潮中独辟蹊径的原因。依托期刊媒介，张贤亮的亮相和扬名、“三棵树”“新三棵树”的起步和惊艳，以及“西海固作家群”的崛起，都令宁夏文学成就瞩目。随之兴盛的是有关宁夏文学的研究，它们大多关注作家个体的创作、群体的风格，或是从回族文化、地域特点等层而丰富了“宁夏文学”的内涵和文学史价值。

将文学作为一个封闭场域，研究其生产过程及特征固然重要，作为文学生产过程中的传播环节与文学生产构成的互文关系也是文学史补缺的重要环节。倪万军《新时期宁夏诗歌生态的形成与建构——以〈朔方〉为核心的考察》以《朔方》杂志所刊载的诗歌为研究对象，分析宁夏诗歌与写作环境的关系，虽然仍然是从文学内部进行的研究，但客观上呈现出了文学文本与其媒介载体之间构成的关系。从文学的外部生产机制讨论当代文学传媒与文学发展的互动，是对文学传媒研究的文学史意义的新发现。白亮的《〈朔方〉与新时期宁夏文学的发生》将文学期刊在文学生产中的作用作为研究视角，对1978—1985年间《朔方》的编辑出版对宁夏文学发生与发展中的推动、引导与形塑作用进行了总体分析，但其将宁夏文学主要定位为回族文学，其研究也主要是对《朔方》杂志的前史、复刊及其在对宁夏回族文学发展过程中推动作用的个案研究，对文学期刊及其背后各种文学话语、文学力量的多元互动的过程呈现不足，尚未能构成整体性研究。

在当代文学研究中，文学期刊是基础性的文学史料，也是了解地方文学最为直接的来源，其中包含着更为具体的文学史信息。作为一个文学风格相当独特，文学发展轨迹也具有特殊性的区域文学研究，却未对于文学生产中的外部机制给予充分关注和研究，这不能不说是一大遗憾。从文学传媒的角度进行新时期宁夏文学期刊与（宁夏）文学发展之关系研究的核心目标，通过对改革开放以来宁夏文学期刊的整理和研究，在宁夏文学的格局中得到更多的细节上的丰富，并从新的角度拓宽地域文化、民族文学的阐释空间。考察宁夏文学发展过程中的具有重要影响的文学期刊的历史过渡与改革方式，研究其的编辑出版、生产机制在宁夏文学发生和展开过程中所起的推动、引导与形塑作用，并进一步研究其与文学生产的内在关联是必要的。

对当代文学期刊对新时期以来宁夏文学发展的影响、引导与形塑，以文学和社会形态在地理层面、文化层面、社会层面契合为切入点，探究文学生产与文学媒介的互动关系可以从几个角度来加以考察：

文学媒介关注当代文学在封闭性与开放性的双重发展中所呈现出的特殊的文化经验，进而探究在这样的文化环境中当代西部文学所呈现出的族群认同与国家认同，这也是文学期刊的重要功能。文化学意义上的地理空间建构是一个复合的过程。新时期宁夏文学的文化空间建构及其媒介，既包括了创作者的创作空间，即生存空间和其创作所呈现的文学空间，也包含着读者的接受空间，还包含着作品的传播空间，媒介成为文学的文化地理空间特征形成的重要依据。对于当代宁夏经济而言，生态移民、沿黄治沙、生态建设、给水扶贫、大力发展文化产业，这些是当代经济文化生活中不可回避的现象，也成为构成当代宁夏文学研究的重要角度之一。隶属于银川市文联的《黄河文学》以构建地域文学精品为目标，逐步形成了独特的办刊思路。刊物不仅对刊选的稿件有文学性的遴选，更从视觉效果、符号定位的角度进行审美建构，正代表了一种文学刊物的文化品格追求。正是基于此，本书中对于《黄河文学》原主编高耀山的文学批评就以他作家与编辑的双重身份展开。

期刊的文学立场与形象定位对文学创作的影响意义重大。语言文字直接关涉的是文化记忆的恒久性、持续性。对于国家、族群、信仰者而言，经典的确立不仅是社会和文化自身延续的需要，也是一个社会自我理解、自我描述和阐释的依据。因此，文学期刊是否构建了经典化对象，以及其对文学身份建构的努力也是这四十年间文学环境的演变走向、期刊文学观念调整与特征的重要标志。相对于宁夏文学而言，《朔方》《黄河文学》《六盘山》这三本重要刊物对于"经典"的生产策略有比较明显的差异。《朔方》作为宁夏唯一的省级文学期刊，其对经典的生产过程尤其值得关注。以其20世纪90年代所辟栏目为例，除小说、诗歌、散文、文学评论栏目外，报告文学、纪实文学也是主要栏目，1994年的《文学与社会改革》专栏，1995年的《纪念抗日战争胜利五十周年》栏目，1999年《西部作家》栏目，都体现着在从发现走向命名的过程中不仅致力于寻找"经典化"对象，更通过公开表达对"经典"予以确认，本世纪以来更辟出了诸如《女作家专号》《回族作家专号》《鲁迅奖获奖作家专号》《宁夏青年诗人专号》《本期一家》等栏目，标识其价值。2018年12月20日在北京举行的"中国文学的宁夏现象"的研讨会，以及20卷本的"文学宁夏丛书"的出版，正是这一过程的集中呈现。

文学媒介的生存策略直接影响其文学态度。研究一个期刊的生存策略，与新媒介文学互动，文学与当代文学思潮的关系、文学评价的诉求，是对期刊文学身份建构及其对作家作品评价的外部研究。主题作品的选择、文体选择的倾向性，发刊词的定位意义，文学评介主体力量的认定与转化，这些研究看似是对文学传播的研究，但其中却体现出了不同期刊的文学身份定位，同时，也体现了文学传媒对文学史建构的拓展。总体上说，文学期刊与文学事件研究的最终立足点还是通过外部研究来“重写文学史”。

同时，宁夏的校园的发展，也有赖于地方性文学期刊的大力扶植和培育。不论是以杨梓、导夫、刘中为代表的1980年代以来的宁夏校园诗人群体的出现，还是植根于现代视野和立场上的新世纪的宁夏大学生“原创文学大赛”，都离不开文学期刊的不断推介和扶植，这使得宁夏文学后继有人，同时，也使宁夏文学中的某些类似于“文化基因”的文字密码不断传承下去。

中编

文学综述编

本编是对宁夏文学的整体分析与个案研究的结合。在大量阅读了宁夏文学的文本之后，主要对宁夏文学的空间书写方式进行三点考察。即宁夏文学的空间书写方法、空间书写的视角与空间书写的主题与角色定位。

第一章是在文本研究的基础上对宁夏文学的发展进行了一个总体趋势的介绍。包括宁夏文学六十年的发展过程中的几个重要的节点，其一是对宁夏文学的确立阶段，即“张贤亮”时代的分析，其二是对宁夏本土作家群的总结，这是宁夏文学发展的深入期和持续推进期；其三是对宁夏文学的未来发展趋势的评估和对宁夏文学现在所面临的问题的分析研究。

第二章主要考察的是宁夏文学空间书写的方法，即民间文学的知识分子重述。宁夏文学所呈现的民间特点是非常突出的。笔者梳理了中国文学的历史叙事传统，然后提出了在中国文学的历史叙事传统中，在宁夏文学的创作中，对历史的关照是其重要方法。因此，当作家们以知识分子的话语系统去讲述“民间”的时候，往往会以一种符号化的方法将历史与现实勾连在一起，因此，“互文”就成为知识分子书写的突出的特点。但是，值得注意的是，宁夏文学所表现的“民间”，与80年代以来，中国文学中的“民间”书写的方法和视角是不完全相同的，而是更多体现出了古典文学中的“民间”形态。在书写历史的过程中，宁夏作家自觉地将一系列的非文学的写实或者纪实方法引入文学创作，使得非虚构的现实关照与文学的虚构性之间构成了一种张力，这一点，是宁夏文学不同于80年代以来的中国文学的重要特征，也是宁夏文学的魅力所在。

第三章是对宁夏文学空间书写的视角问题的考察。主要是从文本的叙述视角入手去分析宁夏文学如何将社会空间关系的社会学探讨文学化，使其以文学的形象性和感受性来获得一种叙事效果。在这一叙事的过程中，“观看”的角度和姿态，又构成了现代的话语形态。“看”与“被看”，“观看”“旁观”与“窥视”也成为文学对人类生存状态与生命状态的一种有效表现。

第四章是宁夏文学空间书写的主题与角色。宁夏文学中大量表现了对乡土的关注，而其叙事过程中，往往是以一个成长中的个体来实现这种关注的。虽然这一成长中的个体社会身份各异，但形成的空间效果却构成了乡土与都市的辩证关系。将其称为辩证关系而非矛盾关系，最重要的原因在于作家们并非一味将乡村与城市进行简单的空间场域的二元对立，而是更多地发现了这种对立背后的社会角色的矛盾性，以及造成这一尴尬处境的社会历史以及文化原因。因此在进行乡村叙事或者城市书写的过程中，以何种视角来加以讲述，就成了文学创作的一个重要命题。

本编最后一章是对正在发展中的宁夏校园文学的考察，作为一种已经出现和正在发展的文学现象，校园文学书写这种特殊的形式既是地域文学的组成部分，又是其中的不稳定因素，也有可能成为某种趋势或走向。对校园文学的考察也是对区域文学整体特征及其文学环境和文学生产机制的考察之一种。

在这种考量下，其后的作家作品编部分是对宁夏文学作家作品所进行的个案研究。主要是选择了四位不同创作风格和不同时代特征的作家。虽然以时代特征来进行作家划类并不严谨，但四位作家在时代的转型过程中所受到的影响却是非常明显的，也因此形成了比较不同的创作的自觉选择。

第一章　宁夏文学六十年的历史与现状

一、“宁夏文学”的出现与“张贤亮时代”

1958年10月，党的文艺政策逐步开始落实，随着宁夏回族自治区的成立，北京、天津、上海、东北等地一些有影响力的文艺工作者为支援社会主义建设来到宁夏，还有一批陕甘宁解放区的老文艺工作者也陆续来到宁夏工作。他们是宁夏文学主要的拓荒者，为后来宁夏文学的发展壮大打下了坚实的基础。1961年3月，宁夏文学艺术工作者代表会议召开，宁夏回族自治区文学艺术界联合会正式宣告成立。1959年5月，《朔方》文学月刊的前身《群众文艺》创刊（1960年7月改名为《宁夏文艺》，1980年4月再改名为《朔方》），宁夏文学终于有了自己的专门刊物。此后，《朔方》对宁夏文学的发展推进发挥了无以替代的重要作用。

这一时期的宁夏文学创作队伍很小，作品比较单薄，影响力甚微。来自上海的程造之一人是中国作家协会会员，他的长篇小说《地下》与《黄浦春潮》（1960年）具有一定的影响力。直到

20世纪60年代初，中国作家协会才在宁夏发展了包括朱红兵、姚以壮、哈宽贵、王十仪等人的第一批会员。在这一时期，李震杰、罗飞、赵玉如、高深、吴淮生、丁文庆、刘国尧、路展、秦中吟、王世兴、杨少青等人的作品陆续发表在《人民文学》《收获》《诗刊》《宁夏文艺》等刊物上。1968年，宁夏人民出版社编辑出版了宁夏第一本诗歌集《飘香的沙枣花》。此后，“塞上诗人”肖川开始发表诗歌，先后发表了二百余首诗歌，成为“新边塞诗”的重要代表人物之一。这一代作家普遍具有较为扎实的教育背景和较为开放的文学视野，创作与现实生活关系紧密，在诗歌创作方面成绩较为突出，而在小说等其他文体上成就不高。同时，他们还没有形成文学集团化的群体，也没有形成共同的区域特征。

宁夏作家的创作具有独特的地方性乃至民族性特征。从1979年到1992年，是宁夏文学的崛起时期，也是宁夏文学赢得全国性乃至世界性声誉的时期。这一时期形成了以“两张一戈”（张贤亮、张武、戈悟觉）为代表的创作团队，尤其是以张贤亮的创作最为耀眼和突出，一度成为当代文学史上极为重要的文学热点，宁夏文学迎来了真正的机遇，文学事业开始全面发展。在这一时期，除张贤亮之外，张武、戈悟觉、高深、路展、高嵩、肖川、吴淮生、罗飞、秦中吟、李唯、马知遥、冯剑华、南台、余光慧、查舜、荆竹、郑正、都沛、吴善珍、导夫等作家和诗人，都有较高水准的作品。

1979年重新开始创作后，张贤亮的创作就呈现出井喷的状态，先后发表了短篇小说《邢老汉和狗的故事》（1979年）、《灵与肉》（1980年）、《肖尔布拉克》（1983年）等；中篇小说《土牢情话》

（1980年）、《绿化树》（1984年）等；长篇小说《男人的风格》（1983年）、《习惯死亡》（1989年）等。其中《灵与肉》《肖尔布拉克》分别获1980年、1983年全国优秀短篇小说奖，《绿化树》获第三届全国优秀中篇小说奖（1984年）。

张贤亮的作品把宁夏文学提升到一个前所未有的高度，产生了巨大的文坛反响，也预示着宁夏文学张贤亮时代的到来，著名文学批评家阎纲将其称为“宁夏出了个张贤亮”。作为一个有着重要影响的和重要的文学史地位的作家，张贤亮充满思辨色彩的作品已经成为宁夏文学重要的文学标签。张贤亮对马克思主义哲学与黑格尔美学有独到理解，他以自己丰富的人生经历为切入点，以具有强烈的知识分子意识、家国情怀以及哲学气质的作品对“苦难”独辟蹊径加以书写，将人的生存空间与心理空间同质化，并构建了一个知识分子的精神原乡。这一点，虽然鲜有人注意到，但却是其文学创作的独特之处。这个不断被深化也不断发展着的“原乡”虽非他的“怀乡”，却也具有中国知识分子共同的文化“怀乡”的特质。这为日后宁夏文学中书写“苦难”这一命题的视角提供了资源，只是未成大观。无论是小说的主题内容，还是表达形式，张贤亮始终是一个探索者，他的文学，就是在不断打破自我的基础上重新构建自我。他被认为是新时期最早写性心理的作家（《男人的一半是女人》），第一个写饥饿心理的小说家（《绿化树》），第一个写城市改革的，第一个写中学生早恋的，第一个写劳改队的……在当时宁夏作家的创作中，张贤亮无疑是最具有先锋意识的作家。

从张贤亮的“横空出世”，到“三棵树”（石舒清、陈继明、金瓯)、“新三棵树”(季栋梁、漠月、张学东)的崛起，再到“文学之林”(“宁夏作家群”“西海固作家群”“宁夏诗人群”“文学银军”等)，宁夏文学经过数十年发展和积累，已经渐成景观。除了张贤亮曾连续获得全国中短篇小说奖(鲁迅文学奖的前身)之外，石舒清、郭文斌、马金莲相继获得鲁迅文学奖，路展、赵华获得全国优秀儿童文学奖，在十一届全国少数民族文学创作骏马奖评选中更有二十人次获奖，还有多人捧回其他各种级别和类型的众多奖项(如“五个一工程”奖、《人民文学》奖、《小说选刊》奖、《中国作家》奖、《上海文学》奖、《诗刊》奖、《十月》文学奖、《民族文学》奖等)。宁夏作家的作品频繁出现在各种重要的选刊、年度选本当中，有很多作品被翻拍、改编或者译介到国外，引发越来越多的关注。除了张贤亮的大多数小说被搬上银屏之外，近年来，宁夏作家的作品频频“触电”，比如张贤亮的小说《灵与肉》不仅被搬上银幕，还被改编成电视连续剧，石舒清的小说《清水里的刀子》和《表弟》都已经被改编为电影，漠月的短篇小说《放羊的女人》被改编为电影《白云之下》，广受各界关注。近期张学东的小说《裸夜》又被改编成电影《夜跑侠》，正在紧张拍摄中。

除此之外，宁夏的基层作者的文学梦想也是值得注意的力量。文学生活在宁夏人的精神世界中占据着非常重要的地位。文学生活，既是一种自觉自在的文化习惯，更是一种执着的精神信仰。这些写作者来自各行各业，怀着对文学的热爱，扎根宁夏进行创作。正因为对文学与生俱来的偏爱与推崇，宁夏这块曾经“出卖苍凉”的“苦甲之地”，被外界称之为“文学的福地”。2011年10月10日，宁夏西吉县被中华文学基金会命名为“中国文学之乡”，西吉县也成为中国文学史上首个被命名为“文学之乡”的县；2017年10月13日，同心县被中国诗歌学会授予“中国诗歌之乡”。近期，银川市西夏区、灵武市和固原市原州区这些历史更为悠久、文化积淀更为深厚的城市，正在积极申报“中华诗词之乡”与“中国诗歌之乡（城）”，着力打造更具文化活力、更具人文气息的都市文化景观。2018年12月20日，由中国作家协会和宁夏回族自治区党委宣传部主办、中国作协创研部和宁夏文联承办的“中国文学的宁夏现象”研讨会在北京隆重召开，同时编选了中青年作家作品二十卷作为“文学宁夏丛书”，由作家出版社出版。丛书基本代表了当前宁夏文学的最高水准和整体风貌。这在某种程度上是当代文学史上一个标志性的事件，是将宁夏文学提升到中国文学现象层面的事件。

二、宁夏作家群的创作

从1992年之后到新世纪的第一个十年，是宁夏文学的成熟时期，是宁夏文学真正的本土化时期，也是形成“中国文学的宁夏现象”的时期，宁夏文学的本土作家群逐渐崛起。以1992年这个时间为节点，一个原因是张贤亮在这一年之后逐渐淡出，宁夏文学的张贤亮时代结束；另一个更重要的原因是这一年邓小平发表南方谈话，中国社会全面步入市场经济发展阶段，宁夏文学也因之呈现出全新的态势。这一时期中最具标志性的事件当然是石舒清、郭文斌相继获得鲁迅文学奖，同时，“三棵树”“新三棵树”以及“文学宁夏”等这些概念开始深入人心。

20世纪90年代中期，宁夏青年作家群开始在中国文坛发出声音，显现出其文学活力，形成以石舒清、陈继明、金瓯、季栋梁、漠月、张学东、杨森君、梦也、杨梓、王怀凌、郭文斌、马宇桢、郎伟、单永珍、了一容、火会亮、唐荣尧、杨建虎、马占祥、林一木等为代表的青年作家群，掀起宁夏文学的第二个高潮。1994年，石舒清小说集《苦土》入选中国作协和中华文学基金会主持出版的“21世纪文学之星丛书”，宁夏青年作家开始在国家级的层面崭露头角。之后，马宇桢的《季节深处》（1996年）、陈继明的《寂静与芬芳》（1998年）、张学东的《跪乳时期的羊》（2002年）、了一容的《挂在轮椅上的铜汤瓶》（2006年）、牛学智的《世纪之交的文学思考》（2007年）、刘汉斌的散文集《草木与恩典》（2014年），宁夏共有七人七部作品入选“21世纪文学之星丛书”，这是宁夏文坛的盛事。

2000年，《人民文学》《小说选刊》等联合在北京召开宁夏青年作家陈继明、石舒清、金瓯等的作品研讨会，合力推出陈继明、石舒清、金瓯“宁夏三棵树”，宁夏文学开始集体发声。2001年，石舒清以短篇小说《清水里的刀子》荣获第二届鲁迅文学奖，再次为宁夏文学带来巨大的声誉。同年10月，石舒清又以短篇小说集《开花的院子》入选《中国小说50强（1978年—2000年）》。2002年，《中国作家》《人民文学》《文艺报》等在北京和银川联合举办宁夏青年作家小说作品研讨会，再度向全国推出宁夏作家群，以及季栋梁、漠月、张学东即宁夏“新三棵树”，宁夏文学已然成为中国文学风景中之一景。2004年，中国作协开始启动重点作品扶持项目，经宁夏作协推荐，杨梓的长诗《西夏史诗》、杨森君的《西域诗篇》、张学东的长篇小说《超低空滑翔》、查舜的长篇小说《月亮是夜晚的一点明白》、李义的长篇小说《景绿叶》、了一容的长篇小说《黑河》、牛学智的理论专著《批评30年地图》先后入选。2005年,《小说选刊》、宁夏人民出版社、宁夏作家协会联合在北京召开宁夏青年作家郭文斌小说研讨会，其小说集《大年》引起热烈反响。与此同时，李进祥、韩银梅、平原、赵华、张九鹏、林一木、马金莲、阿舍等作家也进入文坛。2006年,《十月》杂志全年开辟小说专栏“文学宁夏”推介宁夏青年作家作品。同年，郭文斌以短篇小说《吉祥如意》获得第四届鲁迅文学奖。2009年,《民族文学》刊发“宁夏少数民族作家作品专辑”,集中展现了宁夏少数民族作家的实力与风采。

这一时期的宁夏文学，青年作家以群体的方式集体涌现，文学生态发展良好，文学创作成果丰厚，尤其是在短篇小说创作方面成就最为突出，同时，诗歌、散文、杂文、报告文学、儿童文学等领域也都有重要的创作，大大丰富了宁夏文学的内涵，拓展了宁夏文学的版图。以诗歌为例。诗刊杂志社主办的“青春诗会”迄今为止宁夏已有杨梓（1999年）、单永珍（2006年）、高鹏程（2006年）、马占祥（2012年）、马骥文（2017年）、马泽平（2019年）六人入选。无论是在对文学主题的深化，在对宁夏地域文化特质的开掘，在对历史人文的审视与想象，还是在艺术形式的探索与创新等方面，都有非常丰富的成果。在这一时期的长篇小说也取得了丰硕的成果，创作人数激增，作品数量与质量也有提升。20世纪80年代，宁夏的长篇小说只有张贤亮的《男人的风格》（1983年）、《习惯死亡》（1987年）等屈指可数的几部，但从90年代中后期开始，在作家、文联、出版社等各方的共同努力之下，1992

年张贤亮发表了长篇小说《烦恼就是智慧》(后改名为《我的菩提树》)，此后，1996年张武的《涡漩》和南台的《一朝县令》相继出版，1998年，高耀山的长篇小说《风尘岁月》出版。宁夏文联和作协的“金骆驼丛书”出版计划，到2008年为止，一共出版了五辑共十六部长篇作品，这些作品推动了宁夏长篇小说的发展。2000年，高耀山出版《激荡岁月》，2001年高嵩的历史小说《马嵬驿》，回族作家查舜相继出版了《青春绝版》(2002年)、《月亮是夜晚的一点明白》(2007年)等多部长篇小说。2005年，火仲舫的三卷本长篇小说《花旦》出版。2011年以来，黄河出版传媒集团、阳光出版社更推出“阳光书系·长篇佳作系列”，继续为宁夏长篇小说助力。

自媒体涌现出的自由作家群体的写作也呈现出其相比于传统文学的异质性。查文瑾、木耳、刘岳、马泽平、马晓雁、王强、火禾、念小丫、马生智、曹兵、雪漫六盘、禾必等人的诗歌，代表了宁夏诗歌目前的新实力。在这些活跃的新媒体中，影响力比较大的微信公众平台有“心的岁月”“萤火虫智库·地平线诗刊”“甘宁界”“泥流”“枕旁书”“原野湃”“暖书房”等，它们对宁夏文学的宣传推介与深化发展起到了积极的作用。

时至今日，“宁夏文学”依然还是需要更多研究者的深度开掘。《清水里的刀子》《吉祥如意》《1987年的浆水与酸菜》相继获得鲁迅文学奖，正因为他们的作品具有典型的“宁夏文学”的特征，对这些作品进行解剖分析，将会更加有助于我们去充分认识宁夏文学的特质与魅力。石舒清、郭文斌和马金莲都是出自西海固的作家，他们的作品对于那些习惯了都市的物质过剩与感官狂欢的读者来说，始终保持着独立的品格与精神的纯净，与主流文学保持着若即若离的距离。作为地域文学之一种，研究三个文本的空间构造方法上的共性特征，也是对于宁夏文学被中国文学认可的最具地域特征的文学符号。

从文学与世界的关系来看三人的创作，石舒清获奖的时代是中国社会市场经济走向繁荣的时代，在欲望写作与身体写作日盛的喧嚣中，“清水”和“刀子”使人看到了“暗处的力量”；郭文斌获奖的新世纪，在经历过市场经济的冲击后，人们在变得更加迷茫空虚之时，需要心灵的抚慰和安详；而马金莲的创作时代则是关注民间，张扬文化自信的时代。她笔下执着坚守的女性群像，更进一步显示了中华民族坚韧自强的精神力量。

同样是写西海固的日常生活，同样是写乡土乡村，石舒清赋予了文学以金色的理想光辉，他的视角是老人的，但却不是衰老的，而是充满希望的，恬静自洽的；郭文斌作品中的童心、童趣、童真表达了一种诗意的安详和幸福，他的视角是儿童的，却不同于一般以儿童视角对抗成人世界的作品，那个隐含的作者拒绝被现实所异化，意图成为一个“麦田里的守望者”，郭文斌的作品中的儿童是充满着童真和童趣的自然的儿童，是对世界充满了感受和好奇心的儿童，“甜”和“香”是他们对这个世界的身体感受和觉知，是孩子式的直观的幸福体验。而在这种体验中所潜藏的，对这个充满了香甜感受的世界所表现出的接纳和学习的姿态，正是郭文斌小说中文化传承力量的由来；而马金莲的未加提炼的自然的叙述和女性视角为她的小说注入了一种柔性的叙事效果，在丰富的场景与细节中还原了生活本身。

宁夏作家笔下所表现的"真挚的同情"并非写作者以启蒙的立场在文本中倾吐悲悯的情感。正是从这个意义来说，宁夏文学创造出了与五四时期的启蒙文学、20世纪80年代的"寻根"文学都截然不同的乡土书写形态。宁夏作家的"在地写作"以故乡为异乡，又在对异乡的书写中怀乡，保持精神上的独立与超越。其实在宁夏不同的作家的笔下，诗意有着不同的内涵。比如漠月的诗意，在作品《白狐》《湖道》《锁阳》《放羊的女人》等作品中表现为一种宁静、温情和单纯；而郭文斌的诗意，是一种童真的诗意，他的乡土小说洋溢着故乡的气味，带给了我们一种归乡的温暖与宁静。他以"唯美主义""安详诗学"与"农历精神"在文本中建构了一个无限美丽的存在的家园；张学东的小说则是感伤的，他着力于表现生存的困境、社会的险恶以及人性的幽微，始终保持着作家对世界的同情与怜悯，保持着对人性的期待、希冀和守护。这在他的文本中所构建的那个与现实世界既相关又相别的高远的艺术世界中有清晰的反映。

三、宁夏文学发展趋势和面临的问题

宁夏文学的发展取得了众所瞩目的成绩，但还有更大的突破有待实现。这其中，坚守与突破是比较突出的问题。在形成了较为稳定成熟的风格与传统的同时，宁夏文学表现出了同质化与自我重复的现象，作家的视野和知识积淀的不足，使宁夏文学作品的体量和深度与当代顶尖作家相比还有很大的差距，同时，在丰富度和多样性方面依然比较欠缺。如果绝大部分作家的写作都集中在乡土乡村，甚至更多停留在记忆中或是被过度诗意化了的那个乡土乡村，而对真正发生了翻天覆地变化的、在很多方面都在遭遇严重危机的乡土现实与都市景观缺乏应有的关注和审视，未来的文学书写必然会受到很大程度上的限制。坚守与突破并不是简单的二元对立关系，而是相辅相成的辩证统一。李进祥的《拯救者》（2016年）在一个极端化的封闭空间中去逼视社会现实的人生百态，揭示现代人的生存困境和精神病象，让人不能不想起遥远的上海，几十年之前，张爱玲所写下的小说《封锁》。令人遗憾的是，2019年6月18日，李进祥因病早逝，不能不说是宁夏文学的损失。

相对于文学大省，宁夏的历史、底蕴与体量都呈现出了“小”的特征。这是宁夏文学的优势，但首先是劣势。在这方面，“70后”作家张学东的长篇小说创作非常值得期待。从2007年发表第一部长篇小说至今，张学东的创作就具有很高的辨识度和文学自觉。他的小说文本中所构建的文学空间，所选择的叙述视角以及视像效果，表现出了一个作家在创作上的有意识的思考。文学创作的内容与形式从来都是相互关联，互为促进的，没有任何一个作者可以仅凭思想的深度或者情节的魔力就跻身一流作家之列，当然更谈不上成为经典。只有有意识地去寻找二者之间的契合关系，才有可能更进一步推进自己的创作，当然，也会使自己的作品更具有文学性而不是说教气或者市井气。张学东的笔下，地域空间与社会空间紧紧扭结，现实的波谲云诡与往事的惝恍迷离，构成了一个人的生命进程中的必然与偶然，也构成了一个具有无限意味的文学时空。对城市空间的关注，以及比较突出的文体自觉，使张学东的小说呈现出了个体与人类，外在与内在的强烈的对话和镜像效果。

同样是“70后”，被誉为“星际联络官”和“最温情的科幻作家”的儿童文学作家赵华，也是一个值得期待的“异类”。他的《大漠寻星人》系列作品已经具有了很好的市场关注度。这些作品立足于现代视野，西北独特的历史地理风貌恰恰成了他的写作优势，成了他可以无限开掘的写作资源。这些地志空间正可以成为他的时空构造体系中具有特殊吸引力的文化符码，而以一种前所未有的形态进入科幻文学的独特书写之中。正是因为如此，我们才更有理由给予他以厚望。

宁夏文学发展的不平衡现象，制约了它的进一步发展：山区与川区发展不平衡，主要是“西海固文学”强而其他地区文学相对比较弱；写作题材不平衡，城市文学弱而乡土文学强；文体发展不平衡，小说相对突出，更受外界关注，诗歌整体实力不俗但缺乏高峰与突破。而散文、戏剧、儿童文学、报告文学都相对较弱，虽然已经形成了一定的规模和态势，但还是很难与诗歌和小说抗衡；创作队伍发展不齐整，年龄段分布不平衡，目前宁夏最为活跃且最具实力的仍然是“60后”作家和“70后”作家，而后续的“80后”作家、“90后”作家，甚至“00后”作家，越来越少。除了代表性的如马金莲、许艺、王西平、马晓雁、田鑫、刘汉斌、刘岳、马泽平、马骥文、石杰林、禾必、云瓦等之外，从创作队伍和作品数量上，已经很难与“60后”“70后”作家相提并论了。

面对六十多年的文学遗产与生动蓬勃的文学现实，宁夏文学尚未建构起一套自己的理论话语，尽管众多本土评论家们都付出了很大的努力，但宁夏评论界在更大的范围内依然处在弱势地位，关注度和话语权不够，很难发出响亮的声音。而专业性评论人才的缺乏，批评视野的相对狭窄，方法单一，也使其对宁夏文学的解读和批评不足。

作为“非中心化”的写作，宁夏文学曾经是远离政治中心、文化中心、经济中心和文学中心的写作，即使在西部，也与当代文学史上的西部中心保持着某种程度的疏离。这在很大程度上形成了宁夏文学自由而独立的品格，但也成了宁夏文学难以回避的短板。

第二章　宁夏文学的空间书写方法

一、中国文学的历史叙事传统

如果追述中国叙事性文学的起源，那么，我们会发现一个很有意思的现象。其他民族的小说在发源上基本都可以追溯到民族早期的神话、寓言、民间故事，但我们中国文学中的小说，其源头还有一个重要的部分，那就是历史。作为一个史传文学特别发达的国家，中国最早的小说是从历史中分离出来的。这一过程基本上是一个“史”—“传”—“演义”—“小说”的传统。构成了“文史一家”的特征，有非常多的史书，非常多的野史，非常多的史传文学和非常多的演义。当你去赞美一个人的文学创作的时候，就会称赞他的作品具有一种史诗规模和效果，后人赞美杜甫的诗歌的时候强调的是其作品的“诗史”意义，还有被鲁迅称为“史家之绝唱，无韵之离骚”的《史记》，更让我们看到了“诗”与“史”这两种文体在中国文学中的合流。

在这样的一种文学传统中，历史书写，对文学而言到底构成了怎样的一种影响呢?

简要来说，中国古代的小说叙事主要可归为四类：神魔小说、世情小说、侠义小说和讲史小说。神魔小说出现最早，从早期神话演变而来，其间经过六朝“志怪”的加持，又与佛道等宗教题材产生一定的关联，形成了以《西游记》为典范文本的形态。其中的“唐传奇”和明清的“笔记小说”中又包含世情因素和历史因素，比如《聊斋志异》和《封神演义》一类；世情小说出现相对较晚，最典型的应该是话本和白话小说，被称为“天下第一奇书”的《金瓶梅》，中国文学中集大成的小说《红楼梦》，以及明清之际的才子佳人小说，都可归入这一类；相比而言，侠义小说是比较边缘化了，不论是《水浒传》还是晚近的诸如《三侠五义》《七侠五义》之类的小说，甚至于当代的新武侠小说，比如金庸、古龙、梁羽生等人的作品，因为中国人对“侠”的定义，使这类小说一直不被主流文学所认同，也导致那些追求文学正道的作家们都不屑于去进行创作；另外就是讲史小说了。它的起源同样很早，而且文学实践众多。从《汉书·艺文志》中所记的“稗官”一直到宋元以后的“说话”，讲史小说成为一种日常文化消费形态。他们是文人和一般市民阶层共同创造出来的，实现了两者的某些共同诉求。讲史小说的大量出现成为一种文化现象，以至于在中国的正统史书中都因此而出现了“演义”之作。可以说，对历史的消费，是中国文学，乃至中国文化的一个特殊的现象，这种现象的背后，是中国人的强烈的历史意识和发达、丰富的历史创作。而蕴含其中的历史美学就更值得我们去观察和分析了。

基本研究目标的确定，我们不再去分析这种历史消费中所呈现出的文言与白话的斗争（其实在这种斗争中，我们可以看到言语方式在叙事性文学中的特殊作用，并以此来关照宁夏文学中的特殊的言语方式），只考察中国传统小说中的对于时间和空间的关系的构造。

中国文学中的时间观有一个最基本的特征，那就是对于时间的记录方式。西方文学中的时间是以公元纪元的，这源自于他们的宗教传统——将基督教的教主耶稣的出生年作为公元纪年的基点。因此，这种对时间的记录就具有了一种整体性。而中国文学中的纪年方式则是以“年号”来作为标志的。这个标准不是统一的，而是经常处于重复开始的状态。因为每个朝代都要换国号，每个皇帝都要换年号，甚至有的皇帝在位时还要几次三番地换年号。于是，每换一次，这种记录的起点就要重新开始一次。直到中华人民共和国成立之后，我们才采用了世界通用的公元纪年。这其中包含的潜在意义表明：中国人在经过对传统历史与近代悲剧的认识和反思之后，决心要加入现代世界共同的时间秩序的链条之中，当然，它也是对西方进化论时间观的认同。这种时间观是从生物学领域深化到社会学领域的，现代世界的基本价值观念诸如“现代化”和“现代性”的观念，都是由此而来的。而关于这两个概念，相信当下的中国读者，一定已经毫不陌生了。

但事实上，中国传统的时间概念，主要包含了两种解释和态度。其一种观念，时间和历史是无始终的，而另一观念，它又是循环论的，是与人生同构的。这两种角度，在中华民族的历史中基本上是并存的。先秦时代对于个体生命的考察，基本上就是对有限与无限的结合，是人对于有限的个体生命的从容接受，而不是对抗。所谓“朝菌不知晦朔，蟪蛄不知春秋”，也就是这样的一种生命态度和时间观念，不要通过个体生命的尺度去丈量无限，因此而生无穷烦恼，而是要以认同自然的态度来宽解。尽管庄子也做过关于蝴蝶的梦，也在半梦半醒中问过了类似于我是谁，我从哪里来的问题，但这种追问是不包含生存与死亡的焦虑的，并不能算是对于存在本身的追问。

而在秦汉之后，一种基于生命本体的时间观念出现了。我们的研究无须去考察这种观念最初的产生到底是在什么时候，但从文学来看，对个体生命的忧虑却自有一种开创意义。无论是《诗经》还是《楚辞》，其咏叹感慨，苍凉凄美，浪漫悲怆，其中是不包含对个体生命本身的感伤的，其主题也不是个体本身的关怀，更多的，是对于家国命运的感慨和悲悼。直至无名氏的《古诗十九首》，人生短促的焦虑和绝望，突然成为一个重要的主题，甚至是核心的主题。“生年不满百，常怀千岁忧。”人生作为宇宙中的一个时间单元，显然是如此微小，如此令人无奈。而初唐诗人陈子昂的名句“前不见古人，后不见来者，念天地之悠悠，独怆然而涕下”更是将这一主题发挥到了极致。人生的短暂易逝和宇宙的无限构成了一种强烈而悬殊的对照，成为中国历代诗人们永远的生命情结，也成为他们观照历史与追问宇宙的基本的认识起点。

这种历史观的影响，不仅是历代的中国诗人都怀着一种哲学式的视角，去表达有限对无限的遥望，无论是对酒还是悼亡，无论是问月还是伤春，“人生代代无穷已，江月年年只相似”的表述，都构成了对于人世的倏忽，生命的易逝，个体的存在的无常和虚妄，成为一种关于生命本体论的感伤主义。而这种生命本体论的时间尺度与价值观念，又构成了中国文学中的非常突出的人本主义历史观。从《史记》而下，中国历史书写的并不是基于时间本体的历史，而是基于“人”的历史。这种历史的叙事，使《史记》的基本篇章的结构标准，无论是“本纪”“世家”还是“列传”，都具有了一种强烈的以人物为核心的叙事结构，并在叙述的过程中加入了明显的文学色彩，构成了一种对于历史细节的虚构。究其根源，其实都是基于写作者对于历史的道德与生命关怀。因此，在这种历史叙述中所呈现出的，就不仅仅是朝代的更迭和重大历史事件本身，而是带有了强烈的悲悯的精神和人格的见证冲动。这一点，才最终构成了中国文学中的“文”与“史”的合流，使历史成为写作者自身的使命体验与人生境遇的镜像，成为写作者书写苦难和忧愤的一种手段。

二、民间文学的知识分子重述

如果我们将“文学”理解为民族精神的一种自我表达形式，而将“现代”理解为与“古代”相对（不同但是有关）的历史自觉，那么，宁夏文学正发生自中国当代文学重新寻找诗学审美的时代。

一个让我觉得很有意味的问题是：为什么宁夏文学鲜少有魔幻现实主义式的写作？在现代派文学日益影响中国文学，很多作家也将其视为文学创作的重要范例加以尝试的时候，为什么宁夏文学中在题材、叙事上都明显逐渐接受了现代主义文学影响的时候，却鲜有作家去尝试这一领域？

对于作家而言，创作一个文本，其实也是在创造一个独属于自己的文学空间，或者更进一步说，是一个时空复合体。他就是这个“小宇宙”的创造者和主宰者，他决定着这个宇宙的时间流向，空间关系以及道德秩序。虽然我们一向说文本一经创作就独立于作者而具有自足性，但事实上作家在创作文本或者创造自己的文学时空的时候有权决定采取什么样的时间秩序，可以加速时间流动或者暂缓甚至停滞，或者强化空间场域或者虚化，这些完全不符合现实逻辑却又在文本空间中无处不在的现象，就是他的权力。甚至于，他还可以决定对什么样的道德秩序加以褒奖，对什么予以批判。现实世界中仅凭着短暂的人力无法实现的文化诉求，完全可以在他的文本中以一个意念就贯穿始终。甚至，我们还可以发现他们还会把自己的“小宇宙”与别人的“小宇宙”相联通。而这种“小宇宙”的联通，其实就构成了文学的一种重要的表现方法——“互文”。这样描述似乎有将文学低俗化的倾向，硬要把文学与现在流行的“修仙”或者“玄幻”拉扯在一起。事实上，笔者完全无意于去分辨其中的高与下，作为通俗文学之一种，“修仙”也好，“玄幻”也罢，其实同样是以文学形态来呈现当下人类的时空观念与视野。作为一种文学现象，这一点其实非常值得我们欣喜，因为这样的时空观念并不是封闭的和保守的，而是更具有科学意味和探索意义的。只是这些通俗文学的写手们大多并不具备更好的学养和思想深度，无力在这样的时空跨度之中去表达题材之外的关怀和深思。

我们在生活中经常会用到一些比喻，比如多年前就有人感叹，“人生的路为什么越走越窄？”比如哈里王子脱离皇室，有人就说哈里的妻子是“第一个把王子变成青蛙的人”，这就是一个更复杂的比喻。“青蛙王子”这个故事我们都知道，“把王子变成青蛙”，就建立在大家都知道“青蛙变王子”的基础之上。这其实就是文学的互文所构成的效果。也许有人觉得这是一个简单的比喻，但这种比喻其实是通过两个形象之间构成的关联建立起来的，一旦这种关联建立起来了，那我们就不用再去强调喻体的形成过程或者其特性，因为这种特性是具有通约性的，所以大家都早已接受和认可。那么，文本当中，或者一个作家的多个文本之间，一个作家与另一个作家的文本之间，因为有这样的通约性的存在，也就具备了构成本体和喻体的关系的可能性，这其实就是我们所说的互文。在这个基础之上我们还可以去追溯文学原型的问题，也即是对这一文学现象的文化溯源。而这种溯源，如前文所述，亦可以成为追问文学关系的方法之一。

多年前，美国一个历史学教授写了一篇题为《学历史饿不死》的文章。他说人文学科一直在走下坡路，不过，学历史、学文学也不是全无用处，你会有读写能力，能更理解语言，还有就是你会学到大量比喻。“你的老板像那喀索斯还是梭伦啊？”这就是一个比喻，那喀索斯是神话故事中一个特别自恋的人，梭伦是雅典城邦里一个很明智的改革家，上面的问话就是在用比喻来让你描述老板是个什么样的人。换到我们熟悉的语言体系里，我们会问：“你的老板是像岳不群还是左冷禅？”我们比较熟悉的比喻有很多来自金庸小说和《三体》。一说“黑暗森林”，大家就知道是什么意思。《学历史饿不死》说头脑中有大量比喻的人比那些有很少比喻的人，想问题能想得更精确。如果你上完大学却没有读过修昔底德、希罗多德和吉本，你就丧失了重要的比喻才能。

当我们说，瘟疫流行我们要重回中世纪了吗？你一下子就知道所谓中世纪是什么样。

这些文学对历史和现实、当下和未来的表达交互在我们整个的文学创作过程中，最初可能是一种文化形态内部的，随着世界文学的交流，又越来越多地穿梭于异文化形态当中的关联，这正是“互文”这种知识分子书写的特殊意义所在。因为互文要求你第一要对各种历史与现象了解得多，认识得深刻，这样你才具有了超越性的眼光和视野，能发现其中的相似性而加以利用；其二还要求你有一种自觉的文学书写意识和悲悯的人类情怀，这样才能够在关联的过程中将现实融入自己对人类的生存体验和思考当中，而不仅仅是作为游戏文学的手段与方法。

这样的文学空间构造方法在宁夏诗歌中经常经由历史与现实之间的空间交互关系来实现。

导夫的诗《十一月四日的雨和雪》中写道：

十一月四日的雪落在它的雨上轻轻的
轻轻的雨里的瘦树当空聆听
旅中消瘦的雪轻轻的
轻轻的墙里墙外两种轻轻的声音
轻轻轻轻的
踏落今日的雪于它的雨上[①]

①导夫.无言之心.上海：上海文艺出版社，2018，61.

这首短小的诗写的是游子，羁旅还是故园，思妇，我们无从在文本中得知。但是十一月四日那一天静静落下的雪和雨，和雨雪中的现实景观却给诗歌带来了一层朦胧的能指。而且，这样的题目，让我们不能不想起另一个时空中的另一首诗，陆游写于南宋末年的诗《十一月四日风雨大作》。

公元1192年11月，68岁的陆游罢官三年，闲居家乡江阴。一场冷雨，让这个心怀壮志却无力报国的老翁失眠了。也许青灯照壁，冷雨敲窗，他躺在床上，写下了那组著名的《十一月四日风雨大作》。僵卧孤村的老人格外寂寞地梦入沙场。铁马冰河，收复失地。到底是梦境还是梦想，无人知晓陆游此刻的心境，甚至“溪柴火软蛮毡暖”否。应和着风声，雨越大，内心的渴望越甚，现实的残酷与无奈也越甚。然而当风卷江湖，四山声作海涛之时，那梦应该和着北方的雪，慢慢地将老人的梦中铺满了吧。此刻，这个孤愤的老人并不知道，八百年后，在他梦中的北方，一个诗人也在十一月四日的雨中失眠了。

和陆游相比，导夫的十一月四日的夜晚如此安静，安静到雪落在雨上的声音都清晰可闻。旅中的一切都是消瘦的，瘦树，瘦雪，还有一个于墙里聆听墙外冷雨的羁客消瘦的诗心。以至于终于踏落今日的雪于它的雨上。相较于诗人之前雄阔的《黄河交响曲》《世纪情绪》，这诗连诗行都是瘦的，短短六行，行行皆言其轻，意象更瘦，雨雪之外，一树，一人，一墙而已。然而正是在这瘦得可怜的“无”中，才催生出了无限的“有”。雨和雪，秋和冬，墙里和墙外，相对无言，声气相闻。外在越是安静，内在越是澎湃。壮阔也罢，轻盈也罢，豪放也罢，婉约也罢，愤怒也罢，忧伤也罢，尽在这场细雪覆盖的绵绵秋雨中被沉默聆听。雪的轻盈铺满了雨的沉滞；雪的飘动充盈了树的缄默；雪的丰润弥补了墙的孤寂。

卡尔维诺谈及文学创作之轻与重时曾说，“柏修斯的力量在于他能做到不去直接观看，而不是在于他拒否他命定生活于其中的现实；他承担着现实，将其作为自己的一项特殊负荷来接受现实。”[①] 文学的魅力与张力，恰恰是由这轻与重，简与繁不断交叠而成。卡尔维诺在解释他的观点时说，“（轻与重）它们呼应两种不同类型的知识。一条道路深入有没有实体的理性构成的精神空间，你可在其中追踪各条回合的线索、各种投射、各种抽象形式、力矢量。另一条道路穿过一个不满物体的空间，试图通过在纸上填满字句来创造那个空间的文字对等物，其中涉及最小心谨慎的努力，要是写下的呼应没写下的，呼应一切可说和不可说的。”[②] 所以他引用了乔治·瓦莱里的话来做个阐明，“轻是与精确、果断联系在一起的。瓦莱里曾说，要轻得像一只鸟，而不是羽毛。”[③] 实际上，卡尔维诺的整个《美国讲稿》自己就是一个庞大的互文系统，与希腊罗马神话，对莎士比亚，对塞万提斯，对历代作家的作品文本，构成了对话。

符号学将每一个文本都看作是其他文本的镜子，每一文本都

①（意）伊塔洛·卡尔维诺．美国讲稿，萧天佑译．苏州：译林出版社.2008，3.

②（意）伊塔洛·卡尔维诺．美国讲稿，萧天佑译．苏州：译林出版社．2008，75.

③（意）伊塔洛·卡尔维诺．美国讲稿，萧天佑译．苏州：译林出版社．2008，16.

是对其他文本的吸收与转化，它们相互参照，彼此牵连，形成一个潜力无限的开放网络，以此构成文本过去、现在、将来的开放体系和文学符号学的演变过程。相隔八百年的两位诗人在十一月四日的雨中诗心相握，在孤寒清冷的寂寂之中，倾吐着自己内心的波涛。

不单是雨，月亮这个意象在中国诗歌中也是屡见不鲜，唐代的诗僧寒山所写《秋月》诗，就是以月喻心：

> 吾心似秋月，碧潭清皎洁。
> 无物可伦比，教我如何说？

诗人想要说“吾心”，但禅心的境界却无法言说，只能说它像秋天的月亮映在皎洁的水潭，清澄而静谧，一尘不染。我们想象这个图景，也可以从另一个角度去体会：月轮高悬秋空，像是一个既亲切又神秘的媒介，将人心从凡俗生活的喧闹、焦躁中引导出来，升向宏阔幽深的宇宙。看上去好像就是一个简单的比喻，天上一轮月、水上无穷影，就仿佛这世间，万物万象，千变万化，但本质和根源只有一个。人心各不相同，求法和证悟的过程也是千变万化，但终归于一体。《楞严经》卷二有这样一节：“如人以手指月示人，彼人因指，当应看月。若复观指，以为月体，此人岂唯亡失月轮，亦亡其指。”[①] 意思是说有人用手指指着月亮让你看，你应该看月亮而不是看手指，否则不仅没有看到月亮，连手

---

① 南怀瑾．楞严大义今释．上海：复旦大学出版社.2006，25.

指也没有看明白。这里用“指”譬喻讲解佛法的文字，以月譬喻佛法，强调不可执着于文字、名相。加之以佛法禅宗内涵之后，这里的月亮就一方面继承了诗歌本身的传统，以此表现天地自然的美好，同时也渗入禅家的哲理，使月色具有更丰富的含蕴，借莹洁澄明的月轮，象征禅者的心性。如此看来，互文的运用，早已经不仅仅局限于某一文体或某些文本，而是具有了跨文化，跨时空的可能性，并以此传达了人类的共性思考和体验。这就是互文的力量，还有什么的意境，比这样的寥寥数语更开阔蕴藉呢？

宁夏诗歌有一个天然的语境，那就是“西夏”和“自然”。“西夏”是关于历史、记忆和生存的，“自然”则是关于空间、当下和生命的。当“西夏”与“自然”进入了诗的世界，宁夏诗歌就具有了一种特殊的意味。

“一群不明身份的人，正在
向小南川挺进

战马，早已放归南山
车轮，也已演进草丛
唯有蒙古包，还站立在那里
接纳，一批又一批游人

我从来没有像现在一样
在小南川，放纵一次自己
我坐在成吉思汗的战车上

向着青山吆喝，我躺在茵茵的草地上
看着白云从头顶飘过

当影子从我的眼前掠过
我多想，抓住你的手
在凉殿峡，制造一段传奇
放马小南川，我就是你的王
你就是我，蕙质兰心的阙氏”[①]

爱情与历史、当下与历史，就这样在王武军的诗歌里交织在一起。如今已是游人如织的小南川，凉殿峡，曾几何时，却是金戈铁马的古战场。然而苍凉的古战场早已经变成了绿草如茵的观景台，人们观看着当下，观看着历史，观看着自我也观看着他者。但英雄的气概仍在，指点江山的壮怀依然。一首爱情诗以怀古情写成，不能不因为与历史的对话让人回肠荡气。

如果说诗歌是以意象的方式与历史、前人相应和，使日常的生活具有了更强烈的诗的向度，拒绝成为现代社会的单向度的人，那么，具有叙事特征的小说和散文，就更呈现出了对历史与现实的思考。如前所言，中国文学具有明显的历史叙事的传统，这种向历史遥望的方式，实现了中国文学对人类生命的思考，将有限的生命过程中，不同个体的生命体验与中华民族整体的道德诉求和人格追求相联系，构成了对于完美人格的守望。

① 王武军．放马小南川·宁夏诗歌选．银川：阳光出版社，2015，435.

郭文斌的《孔子离我们有多远》以孔子一生对自己和弟子的人格要求为线索，用自己在写完《大年》和《点灯时分》之后对文章的删改，以及作为编辑的自己对稿件的编改，致敬曾经“删诗书，定礼乐，修春秋，序易传”的老圣人，以圣人的情怀为自己的人格目标；李进祥的《老树》将老树称为“村庄最久的居民，最后的守望者”，梦也笔下“曾是哺育过西夏成群的战马，浸泡过党项人、蒙古人和汉人的尸体的河流，过去，它曾是一条咆哮的河，波涛汹涌不止，这可以从它宽阔的河床得到证实。如今大部分河床已经干涸，裸露出龟裂的地皮，上面布满了卵石”[①] 的祖历河；季栋梁笔下沟壑中遍布的仙女化成的名叫崖（nai）娃娃的小精灵，都是通过历史、民间的意象和典故，使文学从日常的琐碎细节和庸常中发现另一种诗意，使个人的生命与民族文化的潜流有了共通之处。

如果仅仅关注宁夏文学中大量的互文形式，很容易会得出文学是在消费历史，消费传统的结论，事实上，通过这种与历史、传统、人文精神的对话，宁夏文学的创作者们自发地完成了对自我文学形态的民间立场的选择。这一点，至关重要。

“民间”这个词，作为一种文学或者美学概念，其出处大概可以溯源到冯梦龙的《序山歌》。在这篇短文中，他提出了同主流文学、文人写作相区别的“民间”一说。并且能过“风”与“雅”的区别将民间歌谣与庙堂之辞加以区别。虽然后代在文学流变的过程中，这个源头经常被人遗忘，而且还将民音排斥出正统文学

---

① 梦也. 秋天的秘密心脏. 青年文学，2002 年第 2 期.

之外，变成一种所谓的“山野之歌”，但不管怎么说，这种民间所包含的真实自然，不虚伪不矫饰的形态却比“荐绅学士”的文学天然具有一种可贵之处。

讨论当代小说的民间性、民间走向、潜在的民间因素，需要关注几个问题：一是当代的“民间”理念与小说创作的艺术传统之间的关系，另一个则是当代文学“回到民间”的原因和意义。后一个问题在下文中关于乡土文学的分析中还有论述，在这里主要讨论中国小说创作中的民间传统与当代文学观念的流变关系如果构成了文学中的民间书写，而宁夏文学中的民间书写又有何意义。

中国古典小说中的民间特征其实主要是三个方面，江湖空间或市井生活场景、道德化的民间，以及遵循着消费规律的文本特征。而当代小说中，尤其是在20世纪90年代之后，这种民间的因素在演变过程中被逐步放大。在当代小说中，城市民间与古典小说的美学传统是一致的，而乡村民间是20世纪中国文学中独特的社会结构所造就的，同时又是被主流文化所不断修改和形塑的。还有一种民间形态，即大地民间，这是受到现代西方哲学影响力而出现在当代文学中的一种特有的现象。关于“民间”的话题是当代中国文学的重要内容，也是当代小说变革的重要标志与成就。民间本应是小说艺术的本然之处，是“小说”这一文体在中国文学中的家园和基础，但实际上，在当代中国文学的整体格局中，民间却成为一个值得讨论的问题，因为它包含着本体与隐喻的双向意义，也包含着进步与变革的双重趋向。对当代文学而言，“回到民间”不仅意味着对小说基本形式与艺术追求的把握，还意味着对历史的批判和反思，以及对当下仍然存在的非艺术性的外力作用的反拨。[1]

而传统小说的“江湖空间”或市井空间，与中国文学中传统的主流道德理想所肯定的书写对象不同，它所呈现的不是英雄圣徒式的理想人格，而是“引车卖浆者流”或者聚啸山林、“飘蓬江海漫嗟吁”式的传奇的生活景观。《水浒传》和《金瓶梅》作为两个最典范的民间世界的符码，基本上将江湖和民间做了充分的展现。传统小说的民间特征，还包含着道德的民间化，或者我们可以把它称为反正统道德。庙堂的基本道德尺度是“忠”，而江湖的道德尺度是“义”。“忠”是主流的，“义”则是民间的。“忠”所表达的是等级制度下统治者的道德诉求，而“义”所期许的则是平等的民间道德。民间道德的内涵是非常复杂的，我们在白话小说的话本中可以看到诸多表现。不管是《杜十娘怒沉百宝箱》还是《灌园叟晚逢仙女》，忠奸对立、善恶报应、富贵无常、祸福轮回，都是民间最常见和最典型的道德评判模式，而大量的古典小说正是依托于这样的教化模式才为自己的道德合法性获得了基本依据。

民间特征，无不包含着传奇性和故事性的因素，这就是所谓的遵循消费规律所肯定的因果，其实就是要好看，故事性要强。这是小说兴盛的原因，也是中国小说自魏晋以来的基本文本诉求。志怪、传奇、警世、拍案，无不强调一个“奇”字。

---

① 关于民间的三分法，主要参考了陈思和教授在考察中国文学的发展之后，在《民间的浮沉：从抗战到“文革”文学史的一个解释》和《民间的还原：“文革”后文学史某种走向的解释》两篇文章所提出的观点，以此谨作说明。

20世纪80年代以来中国当代小说的发展中关于民间的种种讨论，我们不作赘述，但值得注意的一点是，海子在其文中所说的那些民间的本真和原发、自在的特征其实在“第三代”的诗歌运动中是有所转向甚至是大相径庭的。而20世纪90年代之后小说的革命中，知识分子写作者们则是怀着强烈的精英意识而刻意强调了民间的边缘性和自发性。

关于民间理念的出现和“风俗文化小说”的出现，以及其中的文化动因，陈思和教授在考察了中国文学的发展之后，在《民间的浮沉：从抗战到“文革”文学史的一个解释》和《民间的还原：“文化大革命”后文学史某种走向的解释》两篇文章中进行了详细而深入的分析，并将这种民间诉求的发生发展以及其影响进行了归纳，并提出了城市民间、乡村民间和大地民间的三分法。笔者对此非常赞同。陈先生认为，城市民间是对社会政治身份的模糊化，主要写城市的边缘人、文化闲人或者精神痞子，人物表现出了突出的反正统道德倾向，而叙述风格表现出大众俗文化倾向。王朔的痞子语言和王安忆的小说《长恨歌》是这类小说的典型。

乡村民间追求“站在农民的立场上看农民”，但无论是对乡村的现实的悲悯还是对乡村生活的浪漫诗化，都不是真正的乡村，而是被文人加工过了的民间。因此这一类文学中真正具有原创意义的不是鲁迅和文研会的诸家，而是赵树理的小说。只是他没有能塑造出真正具有文化本源性格的人物，更多的是对于场景的描摹和漫画式的人物素描。80年代之后的高晓声、贾平凹、刘恒、路遥、刘绍棠这些作家的创作也不能够完全接近真正纯粹的民间。那么，是否小说只有通过性格之一途来实现乡村民间的诉求呢？

笔者认为，其实也不尽然。20世纪以来的文学发展，早已经超越了历史上的任何时代对文学的狭窄定义，而将更多元的方法与视野纳入文学创作之中来。因此，通过构造特殊的文学空间而形成对乡村民间的呈现效果，亦应该成为文学创作的方法之一。因此，后文中专用一章来谈宁夏作家高耀山先生如何通过构造乡村文化空间来实现对乡村民间的“志书”式写作，并因此将他的三部长篇小说界定为是一个具有系列特征的“乡村志”三部曲。

如前所述，大地民间是一个受西方哲学影响而产生的概念。大地民间是诗性的，更是知识分子的，是哲学意义上的民间，是具有文化隐喻的民间。中国文学中最早体现这种民间诗性审美理念的作家是莫言，他的“红高粱大地”暗合着酒神精神的狂欢和受难，正是对中华民族历史与文化中被压抑的生命激情、灵性和诗意的书写，是一个诗意的乌托邦。

从这个角度来考察80—90年代的文学寻根以及风俗文化小说的发展，我们大概可以看到文学创作者借民间立场来实现自己的文化诉求的目标以及努力，也大致可以梳理出文学发展的基本方向。但是从这样的角度出发去考察宁夏文学，就会发现，宁夏文学中所秉持的民间立场与这场轰轰烈烈的文学运动有着本质的区别。宁夏文学中的民间，既不是充满了道德批判意义的边缘化的城市漫游人，也不是为了放弃启蒙身份，而站在农民的立场上去观察和反思农民的知识分子书写，也不是纯粹哲学意义上的诗意的民间。在宁夏文学的民间书写中，创作者们大多是出身于乡村，从一开始接受故事形态的影响，就受到了包括民间戏曲、故事、传奇、话本等真正意义上的民间文学的影响和熏陶。这种熏陶使他们从最早的创作开始，就对民间文学的话语方式和叙述方式充满了本能的认同感，对自己所生活的乡村充满了热爱。这种热爱不是知识分子启蒙式的悲悯，不是自上而下的改造，而是基于生命形态的认同。我们谈到宁夏文学的时候，经常也会谈一下例如海德格尔关于存在的诗性哲学思想，谈到对大地的归属感的终极哲学意义的审美之境。但这仅仅是源自于人类某些共通的心理诉求和精神需求在哲学上和美学意义上的相似性，却并非以此来证实宁夏文学所受到的哲学影响构成了文学形态的某种特征。

恰恰相反，这种文学上的自发选择是来自中国古典小说的直接影响，因此而使得他们的创作具有了一种更为贴近自然、贴近生活、贴近传统的意义。火会亮的小说《挂匾》就体现了这样的一种民间立场。他笔下的人物和他们的生活场景，在漫长的山路上走几个小时请先生来相看迁坟，三兄弟在生活中渐渐拉大的生活差距，老实吃苦的大哥在乡村的土地上耕作但生活贫困。进城教书的老二是别人眼中的城里人，却缺乏行动的力量。中学毕业就开始经商的老三凭着狡黠经营获得财富，生活挥霍却又对家人吝啬刻薄。为了替父亲当年所受的折辱而专门开工厂以变相手段去报复的年轻人，凡此种种，无不体现着古典小说中的市井生活与江湖气息。了一容的小说《绝境》《红山羊》《沙沟行》，更是体现了中国古典小说的传奇特征。更不要说如石舒清、季栋梁、漠月、马金莲、郭文斌、李进祥等人的小说与叙事性散文中的民间书写。作家们是怀着对乡村和土地的真诚的热爱，是不假雕琢的言语方式书写自己对土地、对生命、对人、对自然的理解和体验。这种真诚的生命体验中有其哲学性，但并非哲学式的，有无限诗意，却并非刻意的知识分子式的旁征博引，字斟句酌。很多人谈到宁夏文学书写苦难的特点，事实上，对于这些作家而言，在他们的创作之初，苦难就只是其生活的真实状态，它构成了文本基本的叙述语境，而非作家刻意营造的氛围或者是卖点。

至于造成这样的特殊的文学形态的原因，除了上面所说的最初的文学影响之外，还有一个比较有意思的原因，大概在于宁夏地处偏僻，相对封闭。而正是这种相对封闭的环境，造成了宁夏文学源自于民间的文学自足，实现了宁夏文学回归传统，贴近大地的文学特征，使文学真正意义上地“回到民间”。

在长篇小说创作并不高产的宁夏文学中，以《一朝县令》和《只好当官》和《七步一笑》三部长篇小说自成风格的南台，其创作就逐渐呈现出一个具有诗意的民间文学空间。《一朝县令》与《只好当官》被定义为讽刺小说，受到大家的认同，在消费文化语境中当然值得我们去研究，但笔者认为更具有研究价值的是其后期的小说《七步一笑》。这部打破了长篇小说的叙事节奏和叙事模式，看起来文体特征有些模糊的作品，到底应该如何进入，或者说，其文体的特殊性应该如何评价，是我们批评者应该思考的问题。对于写作者自己的创作期许，当然应该了解，但是批评者也需要寻找自己的立场和视角。南台将自己的作品定义为比《堂吉诃德》更伟大的作品，举世无匹敌者，虽然有嫌过誉，但他的小说对文体的尝试确实是非常有建设性，而且在某种层面上可能也暗合了当代文学发展的某种趋势。小说的叙事因素弱化，人物性格淡化，又不同于当代小说弱化情节而关注细节，以实现日常生活的真实书写。小说将主线人物王三丰称为“废话艺术家”，其情节核心正是围绕着王三丰以“废话”形式表达的对现实问题的种种评价。这评价包含着对历史与现实，人性与欲望，权力与道德，自我选择与群体意识等方面的多重思考。而正因此，初读者也许会在这种片段性的书写中产生对其文体特征的质疑。

事实上，欧洲的短篇小说一直就有框架结构的传统，让短篇和长篇的界限变得模糊，让很多短篇之间构成了关联。当代的小说仍然有这样的尝试。比如福克纳的《你好，摩西》就可看作这样的尝试。中国的短篇小说也有两个很有意义的传统资源可为参考。一个是语录体的散文。这些经典本来就在传道的目标下有叙事的特征，又承载着自上而下的传递知识与智慧的目标，所以篇幅不长，也不重在塑造人物，而是针对一个特定目标，阐发观点，辨析和讨论。但是这种辨析和西方的对话体作品不同。对话体重在平等对话，是两个不同观点的主体之间的智慧交锋，各执一词，由观者来评价。这个大概应该和他们自古希腊就出现的辩论之风有关，古希腊喜剧结构中设计的“对驳”和“评议”环节就是这种传统的体现，直到狄德罗写《拉摩的侄儿》其实仍然有这个倾向，只不过一个声音比另一个声音更激烈，陀思妥耶夫斯基小说中的复调结构是否也与这一传统有关，虽未能确定，但确有相似之处；另外一个资源是笔记小说。笔记小说是一种带有散文化倾向的小说创作形式，它的特点就是兼有“笔记”和“小说”特征。笔记小说篇幅短、内容杂，天文地理、朝章典制、草木虫鱼、风俗民情、学术考证、鬼怪神仙、艳情传奇、笑话奇谈、逸事琐闻等尽可纳入，虽然同样缺乏人物刻画的目的，也没有特别铺张情节的发展，但同样成为传递知识、智慧和文化品格的有效途径。

“笔记”使其在记叙上获得了一种散文化的记叙空间，在这一空间里，作者可以叙述，也可以表达别人及自己的思考以及观点，而“小说”则是一种带有故事性的叙述和创作，由于“笔记”本身获得的自由空间，又可以使“小说”创作与散文化的“笔记”叙述相互交叉，具有很大的优势。

从南台先生的自述来看，他受到的影响不仅包括中国传统文学，也包括西方文学。《七步一笑》的立意就是传递智慧，设置的是对话形式，但这种对话显然不是平等的对谈，而是佛家所追求的开悟，所以这两个资源就变得很有意义。

另外还有一点，也是我们应该考虑的：当代中国文化发展的一个新现象，就是时下的“脱口秀”热。最初的时候只是对时人时事的所谓吐槽，经过几年的发展，脱口秀的表演性和“智慧”特点却逐渐附着在一起。在特定的视角下，对某一些事件、现象、形态剥去其表象，寻找内里的本质，构成一种点拨的智慧美感。这种点拨是创造性的，另辟蹊径又符合逻辑，受众群很广，尤其是在受教育程度更高的阶层当中更有市场。这些年参加脱口秀，吐槽大会的人从最初的演艺界开始扩展，各种职业，各种专业背景，各种语种，像许知远、傅首尔、易立竞，还有很多博士、科学家和医学家都曾经去过。他们重新去关注生活，解释现象，用戏谑的方式表达态度，让人从愤怒当中找到自我娱乐的方式，而不是自取其苦。李诞在他的几本书里谈脱口秀的时候将其定义为喜剧，笔者虽然并不完全认同，但却觉得有所关联。也有人谈其与日本的漫才之间的联系，说不完全相似。但两者之间的关联其实就正在这种点拨的效果上，因为日本文化追求的“侘寂”品格本来就是以被时光磨洗后的朴拙寻找事物的本相而非当下的瞬相，其实也就是透过现象看本质的意思。当代的阅读方式和媒介的变化，让传统的长时间的深度阅读发生了变化，轻阅读，碎片阅读成了新宠。《七步一笑》和南台之前的创作都不相同，虽然作者将其仍然定义为讽刺小说，但笔者认为这个作品更可定义为“幽默”。这些“幽默”的点，具体内容当然非常重要，也是南台的智慧所得，但其实这种形式更可关注，因为它暗合着某种发展和可能性。文学是发展的，变与不变相互关联，没有恒定不变的“体”，也没有恒定不变的“文”，有时候创作者也许并未意识到自己创作的全部价值，但他的文学敏感却能捕捉到时代的趋势或者某种可能性。幽默地去重新解释生命和生活，用“禅”的精神去启人开悟，使人跳出世俗中的琐细之苦，以新的视角重新解释生活的本相，获得超越和内心的平静。这大概是南台写作的初衷，但以什么样的形式承载这个创作目标，却是创作者的匠心所系。

三、口述史、影像志：在非虚构写作与文学的虚构之间

口述史学本身是涉及多学科的，它与很多个体性和多样性的东西相关，也涉及记忆的研究、民族学、人类学，以及社会学等多个学科。其中对记忆的研究尤其重要，因为记忆是所有口述历史的基础，它能把口述历史工作中涉及的不同的人和不同的时代连接起来。记忆是属于每个人的，并没有哪一个学科可以告诉我们，如何去开发或者利用记忆。如果我们把历史作为一种证据来

看，那不论是纸质的档案、书写的历史，所留存的都是对事件的记录，而并非记录人的主观感受。而口述历史记录的是具有主观感受的经历和判断。意大利口述历史学家亚历桑德罗·波切利认为可以把这件事情反过来看：我们去关注口述历史能为我们做什么。口述历史所记录的记忆是主观的，但口述历史学家寻找的并不是记忆中的具体数字，而是讲述本身的意义。比如对于某一事件，某一埋藏的记忆，我们需要研究的是每个人的记忆有什么不同，如何记忆，以及记忆当中的主观性。所以口述史、影像志，甚至于非虚构写作，对于文学创作者而言，最具吸引力的就是对消失的历史的记忆，或者被疏漏的历史，因为这些是与个体的人密切相关的。当我们进入这样的历史真相的时候，你就会发现，历史本身是由许多的普通个体的生命体验构成的，而非是一个宏大的口号或者观念。口述历史的意义就是记录那些没有被记录的历史，记录那些没有被记入史册的人。

个体的口述形成了群体的声音，群像衬托下的个体的肖像轮廓也更为清晰和鲜明。当我们换一个角度去观察人类和社会的时候，会发现个体与群体之间构成了一种有意味的联系。口述史和影像志是近年来人类学研究的一个重要角度，在文学创作的过程中，这一角度也进入了作家的视野。但非虚构写作在展示灾难性事件或者宏大叙事中的小人物的时候的确非常有震撼力，但是这种震撼力的来源是作者声音的退出，就类似于复调小说一样，以众多具有个性和立场的个体的声音来构成对历史和社会的独特经验，让历史回到个体的立场和基础。因此，这类写作通常是出现在新闻性的纪实文学中的，如何将这种非虚构写作的目标与文学的虚构性结合在一起呢？近年的中国文学的创作以及文学批评中对此多有关注。

石舒清大概是宁夏文学中关于这方面的探索中走得最早也是最远的作家了。他最近发表的长篇小说《地动》中，这一探索有非常突出的表现。作者以口述史的整理作为故事基本的叙事基础，通过许多亲历者的故事，重现20世纪海原大地震这一灾难性事件。口述的历史是不稳定的，每一个人对于记忆的描绘都有不稳定性，所以有人提出，我们对于历史的回忆，其实是一个充满了加工性质的行为。在叙述过程中，最值得注意的就是文本中反复出现的隐含作者的声音，并且形成了与视角人物的对话关系。成为历史与当下，记忆与评价的对话。作为一部具有明显的口述史性质的作品，这应该是有意而为的文学尝试，是重新发现历史，直面创伤与道德治愈的一种尝试。

其实，早在他2012年的小说《底片》中，我们就可以看到他的书写所具有的影像特征。小说《底片》的得名也大抵来自此。黄花被、老木床、大立柜、皮匠爷爷、乡村电影，那一帧一帧的底片，既是关于个体的记忆，也是关于民族、关于时代或者关于乡土的记忆。这种记忆以物象为基础，以视觉为特征，然而与之联系的却是记忆。它也许是一个人所独有的，却又因为其中的生命体验而与同时代、同地域、同经历的其他人构成了关联，而这正是影像的价值、声音的意义。所有关乎人类的行为与感觉，最终还是要通过个体的行为和觉知来体现的。再多的宏大的字眼也需通过普通的生命个体才能够得以实现。在这个意义上，石舒清的文学探索是深沉的，也是广阔而真诚的。

福柯在《词与物》中认为，分类学是形成知识系统的重要基础。人们对事物秩序的理解取决于事物的分类，人们的经验、知识和价值观，也相应地受制于分类。由此，分类既是认知的方法和路径，同样也是限制。对于石舒清来说，宏观上认可非虚构和虚构这种分类，大概是取其方便，在具体写法上又打破虚构和非虚构的藩篱，则是因为意识到分类本身对于写作来说是有局限的。

事实上，如果将虚构和非虚构的手法各自为界的话，可能会把人们阻挡于真实世界之外，也会把人们阻挡在文学世界之外。正如伊瑟尔所认为的，在人们的日常生活中，虚构与想象同样扮演着重要的角色。文学的特殊之处在于，它是虚构与想象两者水乳交融的产物，文学作为媒介的多变性也正是想象与虚构造成的。

这种态度影响着很多作家最初的写作。如果说马金莲的《1987年的酸菜和浆水》是向着历史进深，在两代人的间距里耕犁，以虚构的方式织补、重建记忆。《底片》则直接地体现为通过记忆行走与找寻，故乡和记忆成为对照，进而可以反思当下之人的情感与精神状态。这么说起来，似乎写作的动因与标尺只是现实。但奇怪的是，我们所瞄准的真实，往往不是客观世界现存的真实。故事所依附的现实土壤，新与旧参差互现，让作者获得了新的观看、言说与想象的空间。这些景观来自对现实的抽象与凝缩，带着象征的美学。

按照德勒兹的观点，当一切都围绕着“发生了什么？到底已经发生了什么？”这样的问题被组织起来时，短篇小说就出现了。而故事是短篇小说的反面，因为它让读者被一个完全不同的问题压得喘不过气来："将会发生什么？"至于小说，则将短篇小说和故事的要素整合于其持续的流变之中。

人类如何记忆？这是诸多学者一直在研究的问题。其实，就一般意义上的历史而言，当一个时代终结的时候，人们通常不是因此而完成了对这个时代的记忆，相反，而是完成了对它的遗忘。甚至于我们还会因此发明一些语词来承担过于沉重的历史责任，而将自己，将自己的所有行为从中解脱出来，并冠之以"代之受过"之类的话语。前些年曾经流行过一个改编自小说的电影叫作《朗读者》，很多人都趋之若鹜，但很少有人真的从中去发现个体在一个时代中的记忆是如何随着这个时代的消亡而有意识地被遗忘的。影片《靡非斯特》根据克劳斯·曼的小说改编，它借鉴了歌德诗剧《浮士德》中关于魔鬼靡非斯特的构思和原著中靡非斯特作恶的本质特征，重新创造了一个新人物。影片构思非常巧妙，一个在台上演靡非斯特的德国演员霍夫根，在台下也是一个靡非斯特，卖身投靠法西斯纳粹，成为纳粹柏林国家剧院的经理。而电影的最后一个镜头是霍夫根为自己的罪行辩解的台词，"我只是一个演员"。人生如戏，戏如人生，霍夫根始终在表演，他以演戏的角色来开脱他的卖身投靠，隐藏他个人恶的品质，蒙蔽大众视听。靡非斯特是虚伪、邪恶、叛变、野心上爬的象征。《靡非斯特》的电影改编说明靡非斯特并非只是歌德时代的人物，他具有全人类性的普遍意义，如同莎士比亚的伊阿古，莫里哀的答尔丢夫，巴尔扎克的伏脱冷。歌德揭示了人类本性中存在的恶，电影改编抓住这一关键元素将它凸显出来，给人们提供了一面镜子，引人思考。而"我只是一个演员"的自我辩护，也向我们提示了人类面对自我的作恶，是如何善于遗忘和辩护的。

所以，谁来记住那些本该被“遗忘”的事情？通常人们只是通过宏大的叙述或者官方文本，把一些经过修改的重大的历史事件加以强化。在这种被编制的过程中，历史是否可信？历史是否会被改造？正如人的记忆本身是不可靠的，历史也是按照某些人、对那些有权力的人的“有利”性的原则来编写的。所以，对人类而言，遗忘是最通常、最与生俱来的行为，尤其是人们通过语言的改造来抹除对历史陈迹的记忆。对于创作者而言，这当然并非是他的初衷，但在真切的历史情境中，语言却在这种历史性的情境中呈现出了其时代特征。因此，当一个时代结束的时候，那些最具有时代性的语言方式，往往会随着这个时代被人们有意地遗忘。但也因此而具有了一种特殊的时代意义。巴尔扎克的小说中事无巨细地描写了法国19世纪初期法国社会生活的细节，正如他自己所追求的，一切历史学家、经济学家或者社会学家所未能实现的事情，他以自己精确、精致的细节描写在自己的作品中保留了下来。那个时代的经济生活中的所有细节，从花花公子的账单，到贵妇人沙龙中的衣着装扮，到小市民日常生活中的开销，法院的文书材料，吝啬鬼的生活开支，大都市巴黎的贫穷的街道和小城镇闭塞的店面里陈列的货物，他给读者和后世的研究者留下的最珍贵的不只是对那个时代的爱恨交织的激情，而且是这些生命体验所附着的生活细节和物质基础。

在真实与虚构、历史与当下的交织碰撞的尝试中，写作开始有了另一分岔，即对时空的问询。将口述史、影像志、非虚构写作引入文学创作的意义，正在于将这些不稳定的，带着极强的个体色彩的记忆，以及这些记忆所附着的物质形态保留下来，使它们最终构成对于一个时代的多侧面的，更为真实和直接的“众声喧哗”。

作者着意书写和希望呈现的，是何种意义上的真实？首先是现实之真，或者也可以将其视作对时代主要的真实的凝视。马晓雁的小说《东浮沱》《南岸，北岸》《老衣》《村道》，起点无一不是对“现实”的不满足，继而以近似手术的真实的解剖进入时空，凝视个体的身体与精神。这些小说与“答案”无直接关系，更贴近于存在本身。《村道》中对于黑女谨小慎微的生＋活状态的心理探究，《老衣》中四奶奶对于活着的悲凉的渴望，都是对于人内心世界的精细同时又是残酷的直面。在《燕妮》中，她对他人的人生打量相对直接，点到即止，对于“潮湖”“隆德”和“庄浪”三个空间中的生命活动，缺少传统文学的强烈的介入，而呈现出一种纪实性的效果。全篇由对话构成，三个空间中的生离死别或者血泪情仇，全由人物间的一系列的对话来实现。在不断对话中，我们听到了燕妮被送人，被收养的真相，没有亲人分别的撕心裂肺。燕妮还得知大妈也曾经把自己的孩子送人，但那个孩子最后夭折了，这成了大妈心中永远的隐痛。西海固乡土社会中的女性的悲剧命运，在一代又一代人女性的生命历程中，在不同的空间中上演着相同的故事。这就是作者所追问的意义。这些文字呈现了乡土社会中大多数女性可能经历或正在经历、曾经经历的种种境况。作品中的人物既是独特的这一个，又承载着时代的普遍经验。在《老衣》中，可以看到“老人”典型的心理机制。马晓雁关注死亡，在“衰老”和“痛苦”这样的话题中去追问生存还是死亡的命题，不能不让人想起莎士比亚借由哈姆莱特之口所作的那个永恒之问“谁愿意负着这样沉重的负担，在烦劳的生命的重压下呻吟流汗”，是的，如果不是因为惧怕死后，惧怕那从来没有一个旅人回来过的神秘的国度将自己与这个世界永久地分离，那么死为什么会变成人类永远的梦魇。

写作关注人物的心灵之真，还有写作者的心灵之真。文学作品中，心理空间是人物得以存在，故事得以展开的基本空间场景。心灵世界之为心灵世界，是因为既有实然，也有应然。马晓雁笔下的世界色调偏于灰暗，有时甚至带有凌厉的寒意，其中对于人物的心理空间的书写，有把困厄人生撕开给人看的果断，虽然她现在的创作还没有能够在对人性的追问中走到这样的深度。但实然和应然的结合，使得她的文字有一种光影明灭的暧昧的效果。在《东浮沱》中，同居于小巷中的三个女性的叙述与这条叫作“东浮沱”的小巷扭结在一起。空间永远都不可能只是纯粹的地理环境，不可能只是房舍建筑或者道路阡陌，而是被人所生产出来的，是与人的心灵、情感和体验相关系，是因人的存在而生成的。仿佛就是她们漂浮不定的人生的空间对照，巷道中的女子才是“东浮沱”的灵魂，正因为共存于这巷道，才有了共有的生存关系与生命体验。她们虽不是密切交往的闺蜜和挚友，却在岁月的磨砺中相互关联而又隐隐地相互怜惜。大龄剩女林黛尔，理想主义者韦云，还有无助地带着孩子寻找丈夫的一禾，微光与灰暗同在，善与恶交织，美与丑相间，小说独有的诗性自混沌与浑浊中诞生，存在之真也由此显现。存在，那真实的存在，永远是实然和应然的连接。

融合非虚构与小说两种笔法，是时下很多作家的创作目标。很多作家写作时往往会采用也只采用实录的手法，认为只要把所见的一切记录下来就足矣。但不能借助思想之光来穿透层层叠叠的表象，抵达问题的核心，不通过各种文学手法来调动读者的情感，在美的层面有所创造，那么文学的力量终归是有限的，更不可能持久。有的作家受制于真实的律令而止步，所写下的作品甚至比新闻作品还要单调。而这些问题，包括解决问题的方法，更应该是我们的文学创作者们所深思的。非虚构写作与报告文学在前期资料收集和调查访谈方面，对事件真实性的追求方面有极大的相似性，但文本层面实际上是有所差异的。非虚构写作的叙事声音是多元的，是很多有独立意识、体验和评价的主体，追求通过多个主体各自不同的声音叙述实现对事件的全方位呈现，而报告文学却有相对统一的声音和主题。这与中西文学之间的文化差异密切相关，中国文学追求秩序和整一，而西方文学强调多元和个体。但我们一定不能忘记的是，最初的非虚构写作的创作者也是记者出身，他们用多重的声音层次拼贴故事，就像西洋油画中的“堆叠”甚至“厚堆”法，其实是为了更进一步追求这种讲述的真实感，和接受者的亲历感，任何叙述都不可能完全地摆脱自我，不可能没有视角，所以，从创作还只是一个构思，从追问一个问题开始，视角和声音的选择，就已经成为一种必然。斯韦特兰娜·阿列克谢耶维奇获得诺贝尔文学奖的原因不仅因为所谓的“复调”写作的形式，还因为她对个体的深切关怀，以及在这样的创作背后，接受者所感知到的悲伤和痛楚。

借鉴和吸纳了社会科学的方法、知识和观念的写法渊源有三，如伊凡·雅布隆卡所指出的："20世纪，一个文学新大洲悄然浮出水面，但在地图上还若隐若现。调查、游记、对远方或日常生活的考察、研究型文学，这些文本的共同追求一是确立事实，二是求证，三是通过某种形式阐明真相，这三者密不可分。这一类文本虚虚实实、品类莫辨、不带光环，但根植于生活世界，且富含民主精神。比起编造或讲述故事，它更渴望理解世界。这种写作受到社科精神的滋养，无时无刻不想要解读我们这个世界；这种文学关注即将发生的事情、关注我们自身的经历体验、关注当下和过去、关注消逝的人事和旧世界如今的面貌。这个新开辟的空间让我们得以用新的形式记载现实。"① 文学和社会科学之间的疆界开放了，写作者自然能获得更大的表述空间，也可以获得更高远的视界。而更多的真实，也会在写作者的思索和凝视中显现，成为作品的内在力量，甚至是改变自我、改变世界的力量。

很多评论者谈及"80后"小说的私人伦理建构不仅仅扩展了人性的丰富性与复杂性，更加指向人的精神深度，通过内在的挖掘来表现行为的意义，这种私人伦理的建构是一种个人的自由选择，同时也是个体的人对现实严肃的观察与批判的态度。"80 后"作者在进行家族主题表达时表现出了个体极力挣脱家族伦理压抑的姿态，同时个体在与社会家族对抗中积极建立新的人生价值标

---

① 转引自李德南．郭爽：在虚构与非虚构之中书写真实．文艺报，2020 年 8 月 3 日 3 版．

准，个体的人性魅力与人性品格也强烈地凸现出来。①

事实上，宁夏的80年代出生的创作者，与整个中国文学中的“80后”作家之间，具有相当突出的差异性。他们对于乡土、对于传统、对于中国文化的内在根性的探寻，对人性中的那些幽微曲折的所在，充满了人道主义的激情和悲悯的情怀。这不仅是这些80年代出生的作家的特点，也是整个宁夏文学的特点。

宁夏的另一位作家李进祥，相比于活跃于当代文坛的很多作家，作品数量并不算多，却显示出潜能和不容忽视的气象。他善于书写具有地方色彩的作品，也能够驾驭具有社会广度的题材，对很多问题的思索既有广度，也有深度。

在表现现实之“真”的过程中，还有另外一种真实需要我们来关注，那就是超越现实细节而具有普遍意义的“真实”。在世界文学的视野中写作，以世界公民或世界主义者的眼光来写作，理应成为部分作家的选择，毕竟这是一个全球化的时代。在地球成为地球村后，关于“地球—祖国”的设想未尝不能成为一种认知方式和生活方式。从国族的角度来看，这种书写方式和言说方式，也可以带来不同的国家、民族、文化与文明的互观。仅仅着意于再现，看似便利，却是不自由的。有志于进行创造，写作者才可以进入自由之境。也唯有进入了自由之境，才有可能最终创造出“一个新的世界图像”，才有可能营造一种新的文学景观。探索如何走向并抵达写作和思想的自由之境才是一个作家的终极目标。

---

① 李张建．“80后”后小说五大主题研究．吉林大学2018年博士论文．

科幻文学被认为书写的是看不见的真实，是比真实更大的真实，因为它是不用现实性原则而进行的创作。在中国现代文学史上，我们可以在茅盾的小说中大量看到对于经济生活的细节性真实，这一点明显是受到了左拉等自然主义理论和创作者的影响，这种细节描写看似与人的生活没有直接的关联，但事实上又是以人类生活和社会关系为基础的，那些看似冰冷的商业活动的细节被小说加以呈现，它使我们看到了生活当中具体可见的现象之外的另一种真实。那些群团的活动既是群体性的，同时又具有非常强烈的代表性，因为这种对于群体的细节表现我们可以把它分解开，分解成为很多个体来加以理解，因而，使得这种群团性的写作成为在19世纪的法国作家左拉小说的一大创新。而科幻文学所表现的是比这种群团性的细节更为宏大的细节。因为左拉所表现的群团基本都是局限于某一个领域或者社会身份中的人，而科幻文学所表现的却是整个人类。我们很难在一部科幻小说里发现，它会去描写某一国，某一个民族的科学探险或者发现，而基本上都是对“人类”这个主体的书写。这样的细节描写使刘慈欣的小说里具有一种宋明玮教授所说的“宏细节”，他认为这是可以被无限分割的一种整体性细节，因此有人将之戏称为DNA写作，《弗兰肯斯坦》《云图》这些科幻小说中所包含的人类因素也因此而具有意义。

科幻文学在其所呈现出的看与被看，凝视与窥视，看的评价与恐惧的视角转换中呈现出了对世界的另一种态度。很多人在谈科幻文学的时候会谈到科幻文学所构造的人类生活的“乌托邦”或者“恶托邦”，会谈关于机器人、人工智能这些科幻文学中通常会表现的内容，谈其中所具有的伦理意义和争论。实际上，这一切争论是来自科幻文学所表现的人类对于自身主体性的评价，以及传统人文主义精神的中心论模式和正统观的变迁。在人与机器，人与自然，人与城市的关系中，人到底居于怎样的一个位置，这是现代科幻小说所追问的，也是文学所追问的。多元文化构成了视角的多样性，评价的多样性，也带来了评价的差异性。如果始终坚持正统论，性别的，身份的，种族的，地域或者文化的正统，就必然会带来对这些新现象的评价的恐惧感。

科幻小说所体现的伦理特征、社会关系、权力关系，包括语言系统，不仅是乌托邦的，恶托邦的，更是异托邦式的。当代中国科幻小说会在这样的节点中发展起来，这与世界格局的结构性重组是有关系的。科幻小说里少有对于单一民族的想象而构成人类的整体书写，这是科幻小说的特殊性也是其重要性。科幻文学是对未来世界的想象性表达，谁具有这种想象权、表现权和构造权，以何种语言符号或者文化符号去书写或者想象未来，其实也同样是充满了权力关系的。由此而言，在未来文学的发展中，科幻文学的发展也有其重要的地位。

在这方面，科幻小说的发展是一个不容忽视的视角。科幻文学在宁夏文学中并不占据重要地位。但究其根本，科幻文学是对人类想象力的考验。一个想象力匮乏的民族是不可能大量出现科幻文学的。宁夏科幻文学的发展也说明了文学的发展与作家关注世界的视角和方法的拓展。

2014年，儿童科幻文学作家赵华以《亚特兰蒂斯四号》获得第五届华语科幻星云奖（最佳少儿原创科幻图书奖银奖），2017年，赵华以科幻小说《大漠寻星人》获得全国优秀儿童文学奖，使得宁夏的科幻文学创作提升到全新的高度。赵华的“亚特兰蒂斯四号”系列由《云族部落》《亚特兰蒂斯四号》《末世危机》《爱因斯坦切片》《彗星公主》和《匈奴王复活》六部组成。“亚特兰蒂斯四号”系列小说涉及了海豹、彗星毛绒豆子、北极熊、盗贼掠夺世界末日种子库、切片分子结构生成的虚拟大脑等科学内容和自然内容。作者充分利用孩子们所熟悉的网络、动漫、媒体等形象来构建故事的框架，从现实生活中的实际问题出发设置悬念，衍生故事情节，引起读者对身边现象如保护环境、热爱生活，重视团结协作、与人交往等的思考。如第二部《亚特兰蒂斯四号》中狐猴王安德里亚和狐猴摄瓦列终于找齐了三把不同颜色的钥匙，并且在纳斯卡线条上空破解了钥匙的秘密。他们远赴澳大利亚，在乌鲁鲁巨石中发现了一间密室。他们辛辛苦苦所要寻找的圣物——远古文明亚特兰蒂斯文明留下来的超级能源体——亚特兰蒂斯磁欧石正在密室中。在寻找启动装置，启动磁欧石为人类和世界造福的过程中，波折迭起，但雾霾终于消散，世界得到了拯救。

虽然文本为儿童而设计的具有明显理想性质的探秘模式和美好结局，使得文本的真实性因素大为削弱。但在这些构思中，我们仍可以看到“新浪潮”运动之后，中国当代科幻文学的种种特征，以及对于人类未来发展的想象，对科学、伦理、正义等一系列问题的追问。同时，由于作家对文本的定位是儿童文学，基于阅读群体的接受特征，使得文本所讨论的话题经由特殊的儿童视角进入，对人性、权力和科学伦理等一系列问题的开掘也具有了特殊性，不可能对人性的幽暗之处进行具有强烈冲击力的洞察和表现，但却因此而构成了儿童视角对世界的另一重观测，即出于自然本愿的世界与充满了功利欲求的现实世界之间的激烈冲突。这亦当是儿童文学所具有的强烈的震撼效果的来源之一。同时，也应当成为我们观测文本构造文学空间的重要角度之一。

第三章　宁夏文学的空间书写视角

一、视角和声音，叙事需求与社会控制

很多研究者对叙事性文学作品的考察有一个重要的内容，那就是文本的叙述视角问题。因为叙述视角可能带来文本的特殊的阅读效果和言说方式，也可能体现了作家比较特殊的思考。

20世纪西方叙述学诞生以来，它便受到各国学者的青睐。叙述学源于亚里士多德的修辞性叙事研究和以什克洛夫斯基为代表的俄国形式主义，而以兹韦坦·托多洛夫、热拉尔·热奈特等为代表的法国结构主义和韦恩·布斯为代表的英美修辞学派都对其进行了继承和发展。作为叙述学的理论之一，它的概念和分类便成为众多理论家争论的焦点。热奈特将观察者和叙述者进行区分，即谁在看和谁在说。并认为视角、视野和视点是专门的视觉术语，采用“聚焦”一词，从而将叙述视角分为内聚焦、外聚焦、非聚焦三种，其中内聚焦又包括固定内聚焦型、不定内聚焦型和多重内聚焦型。曼弗雷德·雅恩依据聚焦者的时空位置，将视角分成

三类：严格聚焦，也就是从某一个确定的时空位置来观察；环绕聚焦，从一个以上的角度来进行变换性、总结性或群体性的观察；弱聚焦，从一个不确定的空间位置来观察；零聚焦，也就是无固定观察位置，和热奈特的“零聚焦”一致。

美国学者韦恩·布斯在《小说修辞学》中阐述了作者、叙述者、人物和读者的关系，并认为作者是通过作为技巧手段的修辞选择来建立彼此间的关系，从而达到作者与读者的交流。显然，他研究的是小说技巧与效果间的关系。E·M·福斯特在《小说面面观》中强调了叙述视角的悬念作用。这两位研究者的观点都属于叙述视角的修辞功能方面。英国罗杰·福勒的《语言学和小说》和美国斯克莱卡洛的《叙事作品的性质》也以修辞理论为基础，广泛吸收各种新科学，从技巧分析与文本透视入手，考虑作品、作者和读者之间的相互作用，试图建立起一种具有科学的体系性又有实践的应用价值的叙事理论模式。而华莱士·马丁在《当代叙事学》中使用叙述视角对诸多概念进行综合分析，并借鉴俄国理论家鲍里安·乌斯宾斯在《结构诗学》中的分析，对叙事视角的语言学功能、表现结构功能以及文化现象功能作了相应的阐述。同时，他认为叙事视角在绝大多数现代叙事作品中，起着创造兴趣、冲突、悬念和情节的作用。马克肖勒在《作为发现的技巧》一书提出叙述视点能够界定主题的作用。英国著名小说家和文学评论家戴维·洛奇在《小说的艺术》中认为确定从何视角叙述故事直接影响到读者对小说人物及其行为的反应，以此论述了小说家创作过程中选择视角的重要性。卢伯克在《小说技巧》一书中，提出各种视角会形成各种表达方法的观点。

其实，叙事性文本的视角问题，我们还可以从一个更广阔的范畴中来加以考察，而不仅仅局限于叙述视角的狭小内涵。什么是视角？事实上，一个视角就是一个解释社会现象、过程以及关系的特定的切入点。受研究者的影响（假设、理论和价值观等），视角都是有限的和不完全的，意味着从主位或者客位，主体或者对象等多角度来看待某一领域出现的新问题，以激发对新问题的理解和看法。在我们的视线活动中，观察物体时从物体两端引出的光线在人眼光心处会形成一个夹角。物体的尺寸越小，离观察者越远，则视角越小。由此来看，如果我们与观察对象的距离越大，那么我们的视角就越小，越具有一种陌生化的效果。这也就是为什么有些作者在写作过程中要有意地去选择女性视角或者是儿童视角的原因。因为相对于男性话语体系或者成人话语系统，女性视角和儿童视角天然地具有一种陌生化的特点，会将日常生活中我们司空见惯的现象中的问题凸显出来。爱尔兰作家约翰·伯恩的小说《穿条纹衣服的男孩》采用的儿童视角是通过集中营内外的两个孩子来实现一种对照效果的。布鲁诺是纳粹高官的儿子，而希姆尔则是被囚禁于集中营中的犹太孩子。当他们意外相遇并成为朋友的时候，对照就出现了。日耳曼人与犹太人，宠儿与囚徒，儿童与成人，有罪与无罪，通过这两个孩子真诚的友谊和最终撞击人心的悲剧结局，向我们呈现了战争和种族歧视的残酷。但小说中并没有直接的评价或者对纳粹政策的批判，而是以儿童的种种疑惑或者无奈来构造这种悲剧效果，以达到更强烈的阅读效果，这就是特殊视角的作用。

《麦田里的守望者》写的是一个叫霍尔顿的16岁男孩，整本书就是他的独白。在圣诞节前他被学校劝退了，在纽约晃荡了两天。塞林格写的是一个少年对成人世界的不适应。他通过一个少年的视角去发现这个世界，因此有了有别于成人的心理体验。孩子进入成人社会，有的会比较顺利，比如马克·吐温写的《哈克贝利·费恩历险记》，哈克非常聪明，带着讥诮进入成人世界。但有的孩子太敏感，把自己弄受伤了，外人还看不出来哪里受伤了，比如哈维·李所写的《杀死一只知更鸟》。《麦田里的守望者》写的就是内心隐秘的伤痛，自出版70年来，一共卖出6500万册，如今每年还能卖出50万本，还会有许多年轻人读这本书，在他们的同龄人中相互推荐。

1951年，《麦田里的守望者》几经拒稿后出版，当时有一份宣传文案说“这本小说里有许多声音：孩童的声音、大人的声音、隐秘的声音——但霍尔顿的声音是其中最有力量的。他一方面超越了自己的语汇，另一方面又对它保持着令人惊讶的忠诚，并用这声音发出了一声痛苦与快乐交杂的呐喊，这呐喊异常清晰明确。然而，正像所有高尚的恋人、小丑和诗人一样，他把大部分痛苦埋在心底，自己咀嚼，自己珍藏。而快乐，他则分发出去，或拒而不受，也都出于真心实意。快乐是为了那些能够理解和承受的读者而留的。”

对小说的总结，是一件特别难的事。小说获得成功之后，这个宣传文案就消失了。这个文案中所强调的那个声音，其实就是我们所说的叙述视角与叙述声音。小说正是基于这样的一个少年的视角对成人世界进行了一种审视和评价，而并非仅仅是将主人公设定为是一个16岁的少年，然后从一个旁观者的角度对这个少年的所作所为进行一种观察、叙述和评价。由此可见，文本的视角与在叙述的过程中所体现出的这种评价息息相关。小说站在少年的立场上来评价成人世界，于是我们就不断地看到成人世界是一个“假模式式”的世界。如果小说的视角做一个调整，那么我们看到的就不是少年对成人世界的那种程式、虚伪和刻板的愤怒评价，而应该是对这个少年不断寻机离家出走行为本身的评价。可以说，这本小说就是给孩子看的，70年来，只要有一个小孩看清成人的虚伪，就会听到霍尔顿的声音，他会在书里看到自己的伤痛，读完了这本书，又会觉得自己得到了安慰。这是一种很奇妙的阅读体验（当然，还可以顺便说一句，拒绝了《麦田里的守望者》的哈考特出版社，之后还拒绝过一本书叫作《在路上》的书）。成年人是不懂年轻人在说什么的。可我们在年轻的时候读《麦田里的守望者》，读《在路上》，能非常清楚地听懂作者在说什么，能听懂他的语气，似乎不存在语言障碍或者翻译的隔阂，作品的精神内核可以克服这样的障碍，让你觉得，你能百分之百地读懂这本书，甚至比作者想要告诉你的懂得更多。这是一个文本视角的重要性。

这本书的背景，1944年6月6日，盟军从法国诺曼底登陆。面对朝夕相处的死神，塞林格的办法是自我隔离，对一切置若罔闻。写作帮助塞林格活了下来。D日（指诺曼底登陆）那天，他登上诺曼底海滩时，背包里揣着《麦田里的守望者》的草稿，这些草稿是他的护身符，是活下去的理由。无论在哪儿，只要稍微能喘口气休息，他就躲在散兵坑或者某张破桌子下面写小说，远处就是炮火，他靠写作来维持心智正常。维特根斯坦在一战时写哲学论文，伊夫林·沃在1944年写出了《旧地重游》，都是靠写作来维持心智正常。

塞林格在欧洲作战220天，他的工作属于情报人员，审讯俘虏，了解敌情。他年少时被他爸爸送到欧洲学习过两年，本来是想让他继承家业做食品生意的，所以他会点儿德语。战争之前，塞林格是在纽约公园大道长大的年轻人，但他讨厌身边那些浅薄、势利、来自上流社会的男男女女。他想把战争当成是一场光荣的冒险。想成为一个了不起的作家，战争会给他必要的磨炼。然而真上了战场，他可不知道自己要面对的究竟是什么。战争的残酷性完全超出了一个年轻人的想象。胜利的滋味就像被毁灭的滋味，战事收尾阶段，第12步兵团进驻考夫林集中营，战士们看到集中营的惨状，自然会想，这是在坟墓还是在地狱？你会对人类诸多行径感到困惑、恐惧甚至恶心。塞林格之后接受了一段时间的心理治疗，但他还是要靠写作完成对自己的疗愈。

这是文学的力量，也是视角的效果。

2010年1月，91岁的塞林格去世。但其实，《麦田里的守望者》获得成功之后，塞林格就不再发表作品，他在新罕布什尔州乡间的小山上建了一个小屋，开始隐居，潜心研究吠檀多教。一个作家，觉得自己再没有什么话想对别人说了。可他越不开口说话，人们越是好奇，隐居四十五年，塞林格成了一个神话。他的《麦田里的守望者》里的霍尔顿说，我就想到西部找一个偏僻的地方装聋作哑，他的后半辈子就是按照吠檀多教的教导，退出社会，遁入森林。我们当然可以理解，一个经历过战争伤痛的人，最后在宗教中找到宁静。其实，一个作者过什么样的生活，跟他的作品不一定有什么对应的关系。但我们也可以这样理解，书中的霍尔顿想逃避他看到的世界，书的作者塞林格，替他实现了遁世的梦想。

除了这种主体介入性非常强的“看”之外，到20世纪还有一种非常突出的“看”的行为，那就是旁观。关于旁观的视角，后文在分析张学东作品的时候还会再加以具体分析。其实从19世纪后半期现实主义的发展中，尤其是后来的自然主义的发展中，旁观被作为一种基本方法提出来了。所谓的“客观”“精细”，其实都是在强调文本中的叙述者在“看”的过程中尽量抹去自己的主观倾向，以使读者最大程度上将自己的评价与情绪不受影响地投入对文本的这种再创造当中。所以我们去读福楼拜的小说，就已经很难再看到当初雨果小说里那种龙蛇混杂、诗情蓬勃的吟咏，也很难看到狄更斯小说里那些悲怆而忧伤的感慨，也很难看到斯丹达尔小说里那种矛盾又热烈的愤怒。而代之以平静的，甚至是非常冷静的叙述。这是19世纪科学的发展，科学精神、实验精神在文学中所留下的印记。

当然，到了20世纪，文学中还形成了对“窥视”视角的重视。这一现象当然还要归因于拉康与他著名的“凝视”理论与欲望镜像，以及西方思想界对拉康这一观点的解读。但20世纪以来，窥视这一文化景观打破各种伦理规范出现在人们的视野中。随着现代科技的发展，窥视文化又以不同的形式展现去贴近人们的生活，从而更多地去挖掘人性的真实和人物复杂的内心世界。作为人的一种社会心理状态，“窥视”在人类生活中处处体现，无论是在小说方面还是在电影方面，都透露出在窥视行为背后人类的情欲、性欲以及人性。最著名的当然要数法国作家罗伯-格里耶在其小说《嫉妒》当中所使用的窥视，这一视角在小说中贯穿始终，甚至使文本形成了一种特殊的“窥视”效果，并进而使小说的主题变得丰富起来。美国作家鲍尔斯的著名小说《遮蔽的天空》中，作者也以人物的“窥视”视角作为展示人物的行为，进而展现人物的内心世界的叙事方式。不管是窥视主体的行为还是窥视的对象的行为，都成为一种社会现象和社会关系的标志。人与人之间形成了一种看与被看的关系。

窥视文化最初是以电影的形式进入大众视野的，随着影视行业的发展，“窥视”这一文化景观又因极度膨胀的大众娱乐心态走向了高潮。越来越多的作家将窥视这一主题带入自己的文学作品中，通过对不同故事场景，对人物窥视行为的描写，以窥视的心理动机去展现人物的心理特征。比如罗伯-格里耶以窥视者的角度出发去写《窥视者》，小说的主题与“窥视”有着直接的联系，并以“窥视者”作为小说名，更增强了窥视主题的表达效果。小说中的马第雅思，就既带有“看”的身份，同时也带有“被看”的身份，“对于马第雅思来说，‘看’是一种正常的行为，是自己谋取利益的主要手段，当然也不能忽略马第雅思‘窥视者’的身份。从马第雅思的角度来说，岛上的居民是‘被看者’，但是从岛上居民的角度来说，马第雅思何尝不是‘被看者’，在其‘看’岛上居民时，岛上居民也在时刻‘看’马第雅思，两者从而形成了一种‘看与被看’的二元结构关系”[①]。

通过“窥视”这一视角揭示社会环境，每一部作品或影视剧都或多或少地折射出其社会背景或社会环境，比如说主人公的命运在某些方面都与社会因素挂钩，作家们在作品中用“窥视”作为人们观察生活、认识世界的一种方式，并进一步将其作为现代西方社会一种普遍存在的社会现象和社会环境关系的标志，通过小说中形形色色的人物的窥视行为来揭示当时社会环境。对其人物窥视场所的环境的描写间接地反映出当时的社会环境，不管是城市中的旅馆、咖啡馆、火车，还是乡村的打麦场、田野和窑堡，窥视无处不在。

随着时代的进步，人们的思想观念也发生了变化，从最初的否定和厌恶到现在的接受甚至是主动将自己的隐私透露给别人，获得更多的关注。比如最为典型的真人秀节目，艺人也是自愿作为被窥视的对象，将自己的日常生活展现给大众，这是作为艺人的一种获取关注的需求。但是这种自我暴露的诱惑不是仅仅存在于公众人物身上，这已经是一种普遍的现象甚至成为一种潮流。我们日常发朋友圈，晒聊天记录，记录自己的日常生活都是一种自主提供窥视渠道的行为，我们需要引起别人的注意来肯定我们在这个窥视时代的存在。并不是一切窥视都是一种不好的行为，也不是所有的自我暴露的诱惑而让别人窥视自己的行为都是出于一种自私的目的，我们的这些自我暴露也是一种人际交流的需

① 秦宏利．窥视中“看与被看”情节结构模式研究．赤峰学院学报（汉文哲学社会科学版），2016 年第 12 期．

要。所以窥视文化的生成不仅仅是科技文化发展的原因，而是多种因素促成的：人们思想观念的变化，人际关系交流的需要，寻求和别人的连接以及共享的意义，为主流变化所驱使，想要去获得更多的关注。当我们彼此之间窥视时，能够体验到被别人注意的快感，和被关注的慰藉，这些都造就了窥视文化的生成，但是窥视文化的形式并不局限于以上任何一种形式，它是广泛的，多样化的。

关于窥视主题的描写不仅仅是对于人物心理活动的一种展示，同时也是读者对于其作者笔下人物当时生活环境的了解。作者也通过人物的窥视行为而进一步推动故事情节的发展。小说受作家自身经历的影响而显得生活化，虽然他所写到的空间都是我们的日常生活场所，但是作家笔下经常出现旅馆，咖啡馆，以及汽车和火车等公共空间，通过这些空间去展示人物的行为活动和内心活动，从而去贯穿整个故事情节的发生。

在很多作家的笔下，女性都是作为对男性描写的依附物或者消费对象而出现在读者的视野中的，其中最突出的就是对女性身体的描写。在男性的“女体窥视”的过程中，以观看者的身份获得了自我主体性的身份确认，女性则成为男性话语欲望化想象的客体。20世纪以来，越来越多的作家开始尝试去写有关女性的各种话题，这也使学者们对女性主义的研究更加深入。而关于以女性为中心的窥视表现，在20世纪的文坛上也成为普遍的话题，尤其是在影视文学方面，这种直观的窥视更明显地体现了女性身份的悲哀和其被窥视的尴尬状态。一方面，随着女性意识的增强和对女性社会身份的关注，女性的商品地位和对象处境似乎已经被改变了，女性可以成为观看的主体堂皇地出现在公众领域，甚至也出现了女性消费群体为主的商业活动，甚至于现在甚嚣尘上的“小鲜肉”评价标准。很多人都因此而认为女性至上的时代已经来到。另一方面，这种文化现象只是将女性定义为追随生物本能驱使而无理性的“动物性”存在，同时，女性的存在空间被限定在消费空间而非全部的社会空间中，女性仍然是被男性话语权力体系排除在外的。这不能不说是女性更大的悲剧。

因此，在文学作品中，从“80后”作家通过“身体写作”而进行的近乎本能的反抗之外，更大的文学反抗正是通过文本中叙述视角的选择而实现的。作家们通过对作品中的女性命运、女性角色的设定以及女性自我意识的觉醒等方面来进行深度表达。西方学者劳拉·穆尔维从女性主义出发，提出在主流商业电影中，女性往往是被动的窥视对象，男性是窥视的主体。女性本来就是一种弱势群体，在这样的生存状态下，她们就更容易被窥视，容易成为窥视对象。西方女性主义研究者认为大众文化中的女性形象被设定了若干种类型，这些女性形象和意义是相对于男性主体而设定的，而在窥视视角下，女性形象呈现出病态的特征。这一点，其实我们看看现在影视剧中不断翻拍的各种宫斗剧和女主斗“小三”的故事，大概就可见一斑了。这些女性一方面满足了观众的窥视私人生活空间的欲望，同时也体现了女性身份的低下。

二、看与被看：身体权力的符号表达

以此来观照宁夏文学的创作，我们也会看到一些作家非常有意味的文本选择。

石舒清小说《娘家》用一场婚姻悲剧来呈现社会控制对一个女性所产生的巨大影响。《果院》中对女子心中憧憬的表现是以院中果树这一意象来完成的,《娘家》将这一话题再次置于文学视野之中，将身体与心灵的关系与宗法传统构成了对照。在那个封闭保守，男性对女人的身体拥有决定权和使用权的封闭的环境里，女性对自己的权力仅限于朦胧的憧憬，当意外获得这一权力的时候，恐惧亦随之而来。于是，在一连串的误会当中，悲剧变得不可避免。对身体的支配是人的基本权利，这是现代文明的共识。然而，女人所处的乡村，女人的身体属于丈夫。文本中多次叙述了妻子被丈夫扯着头发倒拖回家中挨打的场面。对身体的处置权是社会空间关系的一个基本内容。男权社会当中，丈夫拥有对妻子身体的所有权，因此，不论是打人的男人还是被打的女人，甚至是旁观者，都对这一权力有充分的认同。小说的精彩之处不在于对这一权力问题的公共空间场景的呈现，而恰恰是通过其与私人生活场景，甚至是非常隐蔽和私密的个体心理场景的书写，来表现社会控制这一基本的社会学概念是如何在一个宗法色彩鲜明的乡村世界当中被具象化的。并进而说明，这种强大的影响既是个体的，也是一种集体无意识。它通过集体行为构成了对个体心灵的塑造。

女人在与丈夫亲密相拥的夜晚，在他们都已经褪尽衣衫，脱掉社会附加给他们的一切约束的时候，应该是快乐而自由的。但事实上，他们仍然无法成为乡村社会当中的亚当和夏娃，家也不是他们的伊甸园。对于被扯着头发倒拖回家里挨打的恐惧已经成为女人的魔咒，她潜意识当中对其合理性是质疑的，但现实却又让她质疑自己的质疑。所以她总是在不停地挑起与丈夫的纠纷。这个看起来的自作自受的家庭故事，却在石舒清的笔下被赋予了沉重的社会意义。正是来自内心的那种巨大的恐惧感，才激起了她一次次的尝试，她始终在不安地希望确定自己的身份，希望确定丈夫对自己的态度。社会控制正是强调以社会偏见来要求自己和别人，使个体因此对自己行为进行否定性评价。对自己负面的评价是来自群体压力，我们大可以将这个压力看作是来自民族文化深处的集体无意识，但它却使个体不断产生自我否定。文艺复兴的时候，彼得拉克为自己的恋人劳拉写诗，说自己的爱情是同时爱她的肉体和灵魂，但他却又因此说自己是渺小和卑污的人。矛盾的爱情观体现了社会控制的强大力量。再比如现实生活中，学校不让学生留长发的问题。这个看起来是一种社会化活动，其实究其根本，就是让学生屈服某种权力。而女人的问题正是来自于此。也正是因此而构成了最后的悲剧。因为她赌气回娘家并不意味着获得了更大的自由，作为一个结婚之后却回娘家住的媳妇，她不得不小心地维系着她跟弟弟一家的关系，拼命干活来讨好他们，听人家的闲言碎语，以求换得留下的权力。换言之，在“娘家”这个所谓的最后的堡垒，她反而是更不具有话语权的。小说的标题就因此而具有了更大的隐喻效果。

同样，马金莲的小说《马兰花开》中的马兰并没有被封建伦理道德打倒，面对二嫂的挑唆，面对丈夫的外出打工，马兰也要一起走出去以逃出压抑人性的家族秩序，但遭到了丈夫尔萨的拒绝：

过一阵，翻翻身，捣捣尔萨，说："要不你把我领上吧，租一个房子，我给咱带娃娃，还给你做饭……"

尔萨没有反应。

……

"好好好，我答应你，领你走，明儿就领你走……"尔萨的声音突然高起来，猛然醒悟，这样会被隔壁父母听到，赶紧将声音压低："我的瓜老婆，你没出去过，根本不知道外面的情况。就拿乌海那地方来说吧，那回族不多，首先吃喝上我们就不适应。还有，人们的观念也不一样，你以为是去享福哇！遭罪着哩！我们男人还好办，泥一身水一身，都能扛住，女人就不一样了，你能干啥，你说你能干啥？……"

马兰气鼓鼓听着，越听越来气，觉得这个人也太看不起女人了，纯粹是大男子主义。

……

马兰感觉日子乱糟糟的。

尔萨一走，心里塌了半边，还不能说出口，有苦，只能在心里含着。①

"80 后"作家中，无论是孙频还是马金莲，她们笔下的女性形象总是给我们一种隐忍、悲伤、无奈之感，男权社会的压力以

① 马金莲．马兰花开．银川：宁夏人民教育出版社，2014，206-210.

及道德伦理的束缚使得女性遭受着种种苦难，然而，这与现代文明的进程是相违背的，但我们在孙频和马金莲的小说中看到了希望，这希望就是两位作家对女性命运进行的诉说与反抗。小说不仅仅反映着现实、隐喻社会，同时女性自我意识的独立、生命意识的觉醒跳动在文本间，作家为女性找到了自我救赎的出路。

在马金莲的作品中，我们可以看到，浓烈的家族意识下，小说中女性自我意识渐渐觉醒，她们开始与不合时宜的家族规约抗衡，这种抗衡体现在家族中的人与人之间的地位、关系处理上。在作家马金莲的家族小说中，无外乎有这样几类人物：一是家族伦理下的掌权人物，二是对传统家族伦理的坚守者，三是传统家族伦理的破坏者，四是对传统家族伦理无力反抗的挣扎者。一般家族中的老人充当着传统家族伦理的权威人物，并享受着规约带来的礼仪之荣耀，而作为权威人物的第二代血缘亲人便是伦理的捍卫者与执行者，前两者极力维护传统家族的道德伦理，既是享受利益者又起着监督与惩戒他人的作用。而对于急需打破传统家族伦理的一类人，他们大都感受到外界的影响以及先进知识的鼓动，他们有胆量以各种方式冲破、逃出传统旧有伦理秩序，以求得自身的发展。

叙述者面对难以忍受的伦理束缚，希望女性去改变命运。在强烈家族意识下，小说主要人物马兰对自己不平等的命运进行了反抗，但马兰的行为没有彻底冲破传统家规礼法，她只是努力改变着自身的命运。由于马兰的父亲嗜赌为命，原本拮据的生活更是雪上加霜，马兰只好放弃了上学嫁给了尔萨。马兰开始融入了成人的世界并努力地改变着自己的命运。嫁到尔萨家，被浓浓的家长意识所约束，家里活计全由马兰和二嫂承担，受到家族伦理长幼秩序的影响，缺少世俗经验的马兰受了不少苦头。而马兰与家中的婆婆、嫂子相处关系自然成了首要问题，嫂子也用民族信仰的问题让马兰吃了不少亏：怀疑马兰与尔萨上床后不洗澡、洗头而去做饭坏了规矩等，民族信仰不仅仅成了人们必须遵守的，也成了一些人暗中发难的借口。

面对种种责难，马兰不仅仅扮演着人妻、儿媳、母亲的角色，还要争夺被剥夺的话语权和地位。女人的全部不再为男人而活，不再以男人的喜好作为自己生存的目标，女性的自我意识要从压抑中解放出来，女性要具有自我的独立精神。

对身体的权力争夺显示了作为个体的人的自我意识，对身体的使用意味着获得了一种主体地位。这种地位在很多作品中不断被表现，也成了后来对女性主义文学以及卫慧、棉棉这些80后作家的评价角度之一。事实上，这一书写并非从此时开始，相反，在现代文学史上，女性对身体的主体权力的意识就已经开始出现了。最有代表性的就是萧红小说中的女性。小团圆媳妇被以中邪虐杀恰恰体现了这一权力的争夺。作为一个童养媳，她不具备对自己身体的所有权，以至于不得不承受来自周围人恶意的凌辱。

在宁夏文学中，对身体权力的自我认知，其实从张贤亮的一系列小说中就已经开始了。在《灵与肉》《绿化树》《男人的一半是女人》等一系列作品中，“饥饿”作为一种重要的意象，恰恰构成了社会对于个体的控制。这种控制，不仅是来自身体的生理的本能需求，更是来自一种精神的饥渴。文艺复兴时期，法国作家拉伯雷曾在其小说《巨人传》中将中世纪表现为一个“天下普渴”的时代，而打破这个时代禁锢的唯一方法就是“喝呀！”后来法朗士对其作品进行再解读的时候，将其解释为“畅饮知识，畅饮真理，畅饮爱情”的文艺复兴精神。在这一点上，张贤亮的创作，与拉伯雷是相似的。

新时期以来，宁夏文学中最有影响的三棵树之一，石舒清的小说中也多次呈现出了这一特征。而在其后的“新三棵树”郭文斌的创作中，得到了进一步的发展。在长篇小说《农历》的序言中，郭文斌曾说过：“在我看来，‘农历’是中华民族的根基、底气、基因、暖床。昔日，列强可以摧毁中华大地上所有的建筑，但无法摧毁农历；时间可以让岩石风化，但无法风化农历。‘农历精神’无疑是中华民族的生命力所有，凝聚力所在，也是魅力所在。”[①]在他的小说中，这种“农历精神”处处可见，他有意识地经常在自己的小说或叙事散文中选择儿童视角，以一对儿童五月和六月进入与世界的对话。在他们的视线中，一切皆纯净自然，与“农历”相关的“民俗”是真诚的，自然的，是人与自然，生命与生命之间的对话和约定。尤其是在其小说《农历》中，六月的眼中，关于农历，关于民俗的一切的追问，构成了一个童真版的“天问”。他追问的不是我从何处来，将向何处去的成人哲学命题，而是关于生命的真诚、尊严和敬畏，是关于中华文化中天人合一的观念的本源。

在宁夏的文学创作，早期以”两张一戈”为代表，大致可分为现代与乡土两派，张贤亮、戈悟觉为“洋”，张武为“土”。后

---

① 郭文斌．农历·代序．武汉：长江文艺出版社.2016，1.

来的“三棵树”“新三棵树”，创作路径基本延续上述两种流派与风格，但传统多于现代。无论哪种，都离不开传统文化与民间文化，这是每个有作为的中国作家的源和根，舍此，创作难以持久，最终会断流干枯。在这个方面，郭文斌是非常有特点的作家，在演讲和创作中，将其发挥到了极致，并借此提出了自己的“农历”精神。新时期以来，文学发展有两大趋向，一是走向世界、走向现代，二是回归中国、回归传统。这正是鲁迅当年提出的“采用外国的良规”和“择取中国的遗产”两条新生之路，表现了中国作家们的文化自信和文化自觉。走向现代，中国文学才能立足于世界格局；回归传统，中国文学才有自己的根基和特色。二者交融，才能有中国文学的未来。

为什么宁夏作家在写作的过程中重视民间大于重视历史本身？其实民间本身，从语言形态到叙述的视角，恰恰是反抗程式化的，这种未经加工的真实和自然才是文学的源起。它不仅在抗拒近一二十年间社会形态中的短视和浮躁，也是对当代文学近几十年间在政治话语系统中被改造过的话语方式的调整。从这个角度出发去寻找文学的更长久的出路，也许才更有效。通过考察作家们的创作，如果说一个创作者最初对于题材和体裁的选择更多是来自他熟悉的或者关注的，那么在之后的创作过程中，尤其是逐渐成名之后，风格和叙述方式的变化，应该就是一种有意为之的调整吧？很少有作家可以直接从某种主义里寻找对创作的影响，不过当这种主义“被”作为一种解读世界的角度的时候，就会给作家们提供一个可资借鉴的视野或者观察世界的角度。很多民族其小说的发源基本上都是神话、寓言和民间故事，但中国文学还有一个重要的来源就是历史。宁夏作家们执着于乡土和民间的叙述方式，为什么却没有催生出大量类似于历史小说的创作呢？究其原因，主要是他们受到的大多是来自童年就开始的戏曲、歌谣、民间故事、历史演义和传说等的影响，这些形式对于历时性的问题都很感兴趣，甚至以此来表达一种历史性的思考。

如前所述，中国文学传统关于历史或者时间的认识，大概是两种，一种是朝菌不知晦朔，蟪蛄不知春秋式的，还有一种就是秦汉之后才逐渐出现的，念天地之悠悠，独怆然而涕下式的，生命的短暂和宇宙的无限之间的悬殊的对抗。这也是构成史传小说悲剧性的一个重要的基础，是民间文学、演义、歌谣、戏剧在讲述故事的过程中经常会自觉或者不自觉地去体现的。对于历史而不仅仅是时间的热衷几乎成了中国作家的一大特点。那么为什么宁夏作家更偏向于把它处理为民间而不是历时性话题呢？大概不仅因为他们本能地对城市的精神生态的拒斥，更是要从民间寻找诗意和灵感，寻找一种文学形态。这一点，其实在欧洲浪漫主义文学最初的发生（后文中有专门论述，此处不多讨论其原因），或者日本明治维新之后的文学里同样存在。这种选择不论我们把它看作是作家的一种文学的“集体无意识”还是一种文学的自觉，其实都体现了作家对世界的态度，而这种态度，恰恰都是通过“视角”这一特殊的文本形态来实现的。

第四章　宁夏文学空间书写的主题与角色定位

宁夏文学用移民身份构成城市与乡村的对照性描写，既不同于“五四”的乡土文学中呈现出的文化反思和漂泊的乡愁，也不同于当代农村题材文学对于农村生活和农民问题的讨论，而是表现了处在转型过程中的人们对土地的情感和对往昔生活的记忆。这种记忆是诗意化了的，所以它并非强调那些在别人眼中看到的“苦”，而是在“苦”的基调中的温暖。同时，作品中的代际冲突也不同于当代小说中惯有的叛逆或者成长的主题，而是以更宽容的态度分析两代人观念的差异性是源自于时代的发展、现代文明和全球化的冲击。因此，这种矛盾不是以愤怒和争论来实现的，反而是个体所呈现出的宽容和妥协，以及在妥协背后的精神困境。

为什么宁夏文学少写家族小说，而是从家庭关系入手进行私人化的空间描述？家庭关系是当代中国文学的重要主题，是当代中国社会转型的过程中，在传统的伦理关系遭到冲击时的矛盾的社会文化心理的必然选择。同时，宁夏文学是在经历了沉默和孕育之后才刚刚起步，除“两张一戈”这样的老一辈的创作者之外，宁夏文学的创作主体还都是比较年轻的作家，以宁夏文坛最早引起文学界关注的三棵树为例，石舒清1969年生人，现年52岁，陈继明1963年生人，现年58岁，金瓯1970年生人，现年51岁。从这一罗列可以看到，最早开始新一代的宁夏文学创作的作家们，大多刚刚步入知天命之年，还缺少深厚的生活积淀来面对和处理历史与时间这样的话题。

一、现代乡土的诗意书写

“乡土”和“民间”，是宁夏文学的两个重要主题，也是宁夏文学最具特征的文学风格。

用移民身份构成城市与乡村的对照性描写，既不同于五四的乡土文学中呈现出的文化反思和漂泊的乡愁，也不同于当代农村题材文学对于农村生活和农民问题的讨论，而是表现了处在转型过程中的人们对土地的情感和对往昔生活的记忆。这种记忆是诗意化了的，所以它并非强调那些在别人眼中看到的“苦”，而是在“苦”的基调中的温暖。同时，作品中的代际冲突也不同于当代小说中惯有的叛逆或者成长的主题，而是以一种宽容的态度来分析两代人观念的差异性是源自于时代的发展、现代文明和全球化的冲击。因此，这种矛盾不是以愤怒和争论来实现的，反而是个体所呈现出的宽容和妥协，以及在妥协背后的精神困境。季栋梁《苦下到哪达哪达亲》延续了中国文学的精神传统与伦理关切。它以父子之间的“冲突”与“和解”为切入点来写父亲的“进城”与“离乡”，进城对父亲而言不是走入现代化的生活，而是远离了自己所热爱的故土。所以在城市的生活中活着的父亲孤独而沉默。儿子总是看到他一个人坐在屋子阴暗的角落里，似乎什么都没有干，而听到儿子回家的声音又会快速调整自己，装作很平静的样子。城市生活窒息了父亲的生气，使得他变成了一个身体意义上的存在。在这个都市里，他在场等于缺席，始终是不发声的，不参与的。而一旦儿子下定决心把父亲送回到乡下，在那片充满了尘土、煤屑，当然也充满了记忆的土地上，父亲的生命活力即刻就复苏了。他会热情地跟朋友邻居们谈话，不是打招呼，而是有内容的对话。这种有问有答的对话恰恰是父亲主体性的体现。作品通过父辈与土地的血脉关系，写出了现代化进程中中国社会城乡结构的深层变迁。它是献给最后的乡土的一曲深情的挽歌。"进城记"是中国现当代文学中一写再写的主题，直到今天依旧尚未完成。"没有土，何以安？"这不仅是一个哲学命题，更是一个时代命题与生存命题。因此，作品并未以父亲的视角来展开故事，写他对故土的深切的热爱，而是选择了"我"这样一个具有移民身份的视角，通过对城市中的生活的认同与对父亲心中的乡土的理解，对现代乡村的生存处境加以表现。

为什么要执着地写乡土？相信这是关注宁夏文学的所有读者都会追问的问题。作家们大多数是不按所谓的"主义"写作的，在宁夏作家们这里，直接的主义，不论"历史主义"还是"新历史主义"，可能更近似于批评家们的自说自话，而他们所写的都是自己熟悉的或感兴趣的。西海固作家之所以钟情于乡土写作，一则是因为他们熟悉、热爱这片土地以及这片土地上的人与事；一则是因为他们近乎本能地排斥、拒绝城市生活（主要是城市的精神生态而非物质生活）。他们之所以钟情于历史写作，更多的是一种无意识的反应，而非刻意为之的结果。他们自小深受民间故事、戏曲、歌谣，历史演义、传说、故事等的影响，因此对历史讲述、演绎有着浓厚的兴趣，并不自觉地将其作为自己写作的主要动机、方向。同时，作为从乡间走出来的读书人、文化人，他们天然地扮演着乡土文化传承者的角色，也可以说，传承乡土文化（当然包括乡土历史）是他们命定的责任的一部分。之所以说是“命定”的，是因为这种角色或责任，已经成为一种集体无意识，流淌于其生命、血液之中。还有一点，就是石舒清、季栋梁、火会亮们都已过中年，或多或少都有了“怀旧”的意识，这种“怀旧”暗含着对“我从哪里来”的追问。

但是，为什么作家更关注“民间”而非历史？仅仅因为他们本能地对城市的精神生态的拒斥，所以要从民间寻找诗意和灵感吗？如果我们再将视野放得更远一点，去考察一下欧洲文学在十八世纪末期所发端的浪漫主义文学，就会惊讶地发现，原来浪漫主义文学的开始，也是从一场关于乡土与民间的追问开始的。

浪漫主义并不是一种单一的文学现象，而是一个时代的文化风气。在19世纪初期，政治、哲学、音乐、绘画都表现出浪漫主义的特点，它们和文学中的浪漫主义互相影响，互为联系，结成了一个统一的浪漫主义文化环境，展示了浪漫主义时代的风貌。支配19世纪欧洲社会历史进程的一个重要因素是从英国开始的工业化的扩展。城市文明是由工业化带来的，工业革命是生产技术的根本变革，同时又是一场剧烈的社会关系的变革。19世纪工业化成就带来了欧美城市文明的兴起，也从根本改变了人们的生活方式和人类的生存环境，在人类面前揭开了新的远景。城市兴起，使旧的伦理关系瓦解。1800年以前欧洲人口只有10%生活在城市中（英国和荷兰达到20%）。全世界超过十万人口的城市只有45个。到19世纪中叶，就已经有52%的英国人住在城市里了，这是全世界最高的比例，当时法国的城市人口是25%，德国是36%，俄国是7%，美国是10%。由于工业的发展，城市人口急剧增加，促使老城进行改建，新的城市迅速增长，许多工业小镇变成了新的工业中心。城市增长，还使旧的人伦关系受到破坏，城市居民不再被束缚在宗法制的社团、家庭、村庄了。不同社会群体以不同年龄、不同职业组织起来，人际关系只产生在职业范围内。

工业化的前提是机器的采用。由于采用机器生产，手工业被完全排挤掉。配套的机器把生产劳动变成简单和重复的操作。大生产代替了艺术家和手艺匠师的创造；普及化的享受代替了精神贵族的欣赏标准；脑力集体工作代替了个体思想家的创造性工作。艺术家、哲学家丧失了他们的精神领袖地位，成为卖文为生的脑力劳动者。

工业把城市分割成不同的区域。工业化使财富集中，利润陡增。为了做工，人们走出了家庭。工人不再对自己的工作感兴趣，做工只是为了挣钱。笼罩在家庭里的温情脉脉的面纱已经被揭去，人与人的关系变成了赤裸裸的金钱关系。金钱刺激了人们的野心和贪欲，为了金钱，可以不择手段地投机钻营，甘冒任何风险。金钱成为社会的杠杆，全社会都崇拜金钱。因此也根本上改变了社会结构。

当然，浪漫主义产生的社会原因和文化原因不止于此，还包括了法国大革命和之前禁锢欧洲文学创作两百年的古典主义文学思潮。当严峻的理性主义使社会越来越排斥对个体的关怀而趋于一体化，而工业文明又进一步加剧了对“人”的生命多样性的挤压，这场文学的变革就开始了。作为浪漫主义文学诞生地的德国，把莎士比亚和塞万提斯都归到“浪漫的”行列中，因为他们的创作没有根据“古典的”传统。歌德主张诗要从客观出发，席勒主张用主观方式写作。在《素朴的诗和感伤的诗》中，他说歌德是个浪漫派。1801—1804年，德国批评家史雷格尔在柏林讲座中沿用席勒的概念，提出“古典的”指古代的诗歌，“浪漫的”指现代文学。他的一个重要论点是认为，古典的诗歌形式是“机械的”，来自外部，浪漫的诗歌形式是“有机的”，它从题材中产生。

之所以要仔细区别这一点，是因为这种观点，后来影响了英国的浪漫主义文学实践。英国早期的浪漫主义诗派“湖畔派”诗人讴歌现存社会，恶魔诗人则批判他。但他们对自然的赞美是一致的。1798年，华兹华斯和柯勒律治共同发表了《抒情歌谣集》，并写了序言。序的主要内容是强调诗的题材源于日常生活与情感，诗的语言应是日常生活语言，诗人应该具有创造性的想象。这篇序成了英国浪漫主义的宣言书。而通过对宁静的乡村和富有诗意的自然的描写来对抗城市文明的方法，成了浪漫主义文学的基本特征，以至于有了以“返回自然”和“回到中世纪”为旗帜的文学目标。这使得欧洲主要国家早期的浪漫主义文学都是从搜集整理民间故事发展起来的。比如前面提到的《抒情歌谣集》，当然还有德国格林兄弟的《儿童与家庭故事集》（也就是大大有名的《格林童话》）等。用民间对抗官方，用民间形态对抗城市化的强大浪潮，用发掘民间题材的多元可能性，实现对现代社会的重新认识和评价，这就是浪漫主义文化运动中的民间立场与民间声音。

如此来看，宁夏文学在最初的文学自觉中所呈现出来的对乡土和民间的坚守，在文化选择上和欧洲浪漫主义文学最初的发生就有了某种一致性。这种坚守，不仅来自作家早年所受到的自觉或不自觉的文学熏陶，来自中国文学中对于乡土的强烈的情感传统和文化传统，更来自在现代性阵痛中的情感选择和文学选择。马金莲的《掌灯猴》，石舒清的《父亲讲的故事》《凌伯讲的故事》《三岔河》《九案》《古今》《底片》以及如单永珍的《传说或寓言》、许艺的《罐子里的童年》，都明显带有这样的一种精神诉求或者文学诉求。那个单纯的，自然的纯音，那些自由的，无拘无束的想象，正是一种对文学形态的希冀和追求。这既是他们的文学理想，也是他们的文学诉求。

如果说一个创作者最初对于题材和体裁的选择更多是来自他熟悉的或者关注的，那么在之后的创作过程中，尤其是逐渐成名之后，风格和叙述方式的变化，应该就是一种有意为之的调整。从这个角度来说，作为整体的宁夏文学和作为个案的宁夏作家的创作之间，是否也存在着一种距离呢？张学东的《西北往事》《跪乳时期的羊》与之后所创作的《超低空滑翔》《被狗牵着的女人》之间，无论是在题材的选择，还是叙述视角的选择，以及叙述方式的实现，都发生了比较大的转向。石舒清写《清水里的刀子》时，将人物放置在了一个封闭的环境中，刻意将生存的“苦”虚化为一种类似于海德格尔所言的存在的“苦”，以此来实现对马子善老人坚忍的生存选择的诗意书写。

在静静的微尘泛起的空间背景下，是关闭了现实的通道而一心寻求内心“清静”的老人内在的光明。那些金色的光芒，如同清水中的刀子，既是生存必然的状态，也是在面对必然的结局时人物所追求的内心的澄澈。但是到了《二爷》中，人物就已经逐渐从一个特殊的鲜明的个体而走向了对于个体生命中共性特征的表现。在其后所创作的《娘家》更是秉承了这一方法，“男人”和“女人”的角色设置，既是特殊的，同时又是具有极大的共性的。生命的真诚和爱欲，在特殊的文化环境中被形塑，那些从麦场一路被揪打着倒拖回家的女人，既可能是每一个具体的媳妇，也可能是你是我，是所有在宗法的传统的男权社会中被对象化和客体化了的女性，就像福楼拜在谈及自己的《包法利夫人》时所言，“在二十个村庄中哭泣”的又岂止有一个爱玛，在男权社会中，被男性话语和社会控制的女性，那些充当看客和审判者的女子，都仍然会在现代的村庄和城市中不停哭泣。这样，男人就不再只是一个具体的再也等不到的丈夫，女人也不再只是一个天天在娘家望眼欲穿的媳妇，这种选择和被选择，决定和被决定的关系，使文学表现对象的能指大大地超过了所指，而具有了更为广泛和丰富的意义。这也是作家在对人物命名的时候的一种有意无意的变化。

还有最近刊载于《黄河文学》的马金莲的短篇小说《公交车》。马金莲的小说擅长塑造在困境中的女性，她们也许不是最优秀的，但她们的善良、执着和吃苦务实的生活态度在满是奔波的俗世中为自己找到了一线生机，而小说的结尾，这一线光明也必然会成为人生新的开始。按照叙事学对叙事类作品情节结构的基本归纳模式，所有的叙事类文学作品都可以将其情节结构归纳为一个“平衡——不平衡——平衡”的基本模式，我们也可以对马金莲的小说的基本叙事模式加以概括。对我们而言，将怎么样的状态定义为故事的初始平衡状态，取决于创作者对世界的认识和评价的角度。那么我们去寻找马金莲小说中的初始平衡状态和最终的那个微妙的平衡的时候就会发现，生命中的那一线光明，或者说对于生命中只要努力就必有一线光明的认知，是支持她前期所有故事的基点。仿佛有一种更高的存在进行着人生和行动的评价，在痛苦挣扎中的坚忍和希望就是这个评价标准。生命中的转折来自这种希望，生存的状态的改变也来自这种希望。同时，以一个乡村中生活在繁重的劳动中的女性而言，这种希望就尤其来得珍贵和美好。正是这种希望，支持着人物没有在尘土飞扬的俗世人生被碾成麻木的一群，被形塑为冷漠的看客，而是使她们一直在等待着那个破茧成蝶，涅槃重生的时刻。这种叙述视角和叙事结构的勾连，使马金莲的小说具有了一种非常真诚而动人的力量，也成为她的小说的一大特色。

《公交车》这个小说却一反传统，“看—被看—互看”，叙述视角的转变和封闭空间的方式与马金莲小说一贯的方式有很大的差距。在看与被看的视角的微妙转换中，马金莲传达出了对文学创作的一种态度，那就是观看这种行为，或者说任何主体性的行为，都不可能是单向度的，而必须有一个客体对象与之互动，成为另一个主体。在生活中，没有绝对的主体，也没有纯粹的客体，每个人都是自我，同时，每个人也都成为他者，世界就是由这种多元共生的关系构成的，同时也通过关系构成了基本的人际网络和社会结构，所以我们所认为的那个静止的世界，只是因为我们对自我的局限，而非世界本来的样子。这种认知，是具有现代性的。

如果因此而再反观石舒清和季栋梁、张学东或者陈继明的创作，我们会发现，他们都是在熟悉的题材上微调了视角，这其中是不是也有时代热点或者言说方式的影响呢？如果在一个作家的创作中连续性地看到这种微调，那么是不是也需要考虑这种影响的可能性呢？因为这种变化也许意味着作家观察世界的角度发生了变化？我想很少有作家可以直接从某种主义里寻找对创作的直接影响（大概是不是只有类似于格非这样的学院派作家除外），“主义”为我们提供了一种理论范式或者愿景，也为我们提供了一种观察世界的角度或者方法。当一种理论被构建成功的时候，它也就为我们提供了又一扇观察世界的窗。如果这种“主义”又恰好被人所接受，所传播，那么，这种“主义”就有可能在更大的范围内被大家所了解。当然运用得好不好或者怎么用另当别论。回望人类文学的历史中，众多的文学思潮或者文学流派，又有几个是因为其理论吸引人而受到大家的追捧呢？只是因为其契合了一些人的认知和思考，才有了所谓“主义”。当这种主义“被”作为一种解读世界的角度的时候，就会给作家们提供一个可资借鉴的视野。不论是中世纪末期的人文主义，还是19世纪冲击理性崇拜的浪漫主义，不论是文学批评中的语言学转向还是20世纪80年代影响中国文学很深的新历史主义，其实都可作此观。对于一个文学创作者或者观察者而言，“主义”当然并非全好，理性也当然并非不会犯错，但宽容地接纳新事物的出现，并从中汲取营养，使自己更臻完美，始终应该成为我们的目标。从这个意义上来讲，宁夏文学的这种变化，虽然可能使宁夏文学从那种“宁静”的气质当中有所变化，但一定也是宁夏文学再上一个新台阶的契机。

二、都市与城市：一个新的文学创作维度

我们所期待的都市文学，不是传统的表现“农村—城市”文学二元对立的文学，也不是从文学地理学的角度去解读的城市文化语境，而是在国际化的当下，具有现代性的，通过表现都市对人精神心灵世界的压抑所产生的一种文艺美学。它应该是文学对人的精神状态的表现。所以我们也可以借用陈思和教授的方法，从两个维度来探讨都市文学的可能性：一个维度是对小说中的人的关照，另一个维度就是我们经常所说的，人的精神压缩、破碎之后带来人性、家庭等伦理的危机。在都市文化的不完整的形态背景下，小说中惯常塑造的完整的、清晰的人物，呈现出了精神的破碎。对一个作家而言，如何去塑造不完整的都市人，如何通过自己的言说来使人们理解破碎的精神内在，这是都市文学的一个重要命题。其实，比照于20世纪以来文学批评的语言学转向，我们也可以把对都市文学的维度简而为关于“人”的两个维度，一个是写了“人”的什么，一个是怎么来写“人”。所以，在都市文学中，人性、精神形态和精神向度，就成为理所当然的关键词。

当我们要讨论文学意义上的城市，就不能不说，城市的场景、环境、建筑，甚至于某一个具体的，在城市中生活的人，

是否就是构成城市文学的全部呢？如果是这样的话，那么莎士比亚笔下的伦敦、威尼斯，紫氏部笔下的平安、明石，施奈庵笔下的汴梁、杭州，就都应该被归入城市文学的行列中了。为什么我们却说，巴尔扎克笔下的巴黎、狄更斯笔下的伦敦和茅盾笔下的上海才具有了城市文学的特征？同样地，为什么村上春树笔下的东京，奥兹笔下的耶路撒冷，才具有了真正意义上的城市文学的特质呢？

“文学作品中如何描写城市场景”不是城市文学的全部内容吗？为了区别一般意义的“城市”，陈思和教授提出用“都市”来取代“城市”，也就是为了突显城市文学的这种现代价值，尤其是空间关系中所体现出的社会内容。与传统意义上与“乡村文学”相对立的“城市文学”不同，传统意义的“乡村”“城市”指的都是创作题材，故事发生的场景、人物主要的活动场所，而我们讨论的都市文学不一定关注具体的城市发展故事，它更多指向对人性探索领域的一种新的生命形态。传统表现城市的文学方法，除了题材、场景不一样外，与传统的乡土文学相差无几。但是随着中国式现代进程的迅猛发展，新兴的国际大都市模式迅速崛起，新的大都市文化圈形成，人口大规模流动迁徙，国际化元素越来越普及，这些都直接逼迫着都市人的精神面貌和文化内质发生巨大变化。“而都市文学就是指后一种国际大都市模式对文学创作产生的影响，是大都市文化环境下的新的人性探索。它所展示的人性现象，可能是我们还不熟悉的，也可能让我们略感不适，但它确是被日常生活所遮蔽得更加真实的人性所在。它也许更加深刻地存在于我们的身体内部，存在于人性深处，更加本质地制约现代都市人的精神现象。”①

都市文学人性探索人的生命形态的不完整性，因此，导致了文本中破碎化的人物表现方法。传统文学强调文学是人学，就是在强调被刻画的“人”所具有的完整的成长故事和人格发展经历。基于这样的创作观念，作品中的人物通常都是通过有目的的行为来塑造自己的，同时也在自我形塑的过程中完成了他的精神历程。比如欧洲最早的成长小说《威廉·迈斯特》，小说分为《学习时代》和《漫游时代》两部分，基本上就是主人公如何完成自我成长，追寻到自我发展的终极意义并为此而努力的故事。在此之后，欧洲的成长小说大多沿用此套路完成对人物的刻画，甚至于法国作家罗曼·罗兰的著名的长篇小说《约翰·克利斯朵夫》，从主人公的婴儿时代起始，终至于他人生的完结，以此来完成罗曼·罗兰对自己所希望的那种具有英雄性格的人物的歌颂。我们中国现代文学史上，比如老舍的《骆驼祥子》就是一个非常有说服力的例子，还有像柳青的《创业史》那样把两代人的创业故事完整地呈现出来的，不仅先进人物得到成长，原来落后的人物（比如梁三老汉）的精神境界也得到了提升。无论写的是城市题材还是农村题材，也无论人物精神如何，这些作品所展示的都是人物完整的生命形态和有序的人生历程，甚至人物行为背后所呈现的社会背景也是完整的。这种来自传统的现实主义文学观念的文学表达形式在今天写城市的小说里仍然占着主流的地位。

---

① 陈思和．都市文学中人性探索的两个维度．华东师范大学学报（哲社版），2019 年第 5 期．

而脱离了个人的生活内容与生存形态被公开展示的传统文化语境，当下的现代都市中，人的处境和生存状态已经发生了本质的变化。庞杂的人流来自四面八方，他们交集在一起但彼此并不相识，或者即使相识也并没有什么深刻的交流或者密切的交往，每个人原有的社会关系都隐没在历史阴影里，被有意识地遮蔽。每个人所呈现出来的社会关系都是碎片化的，是以不完整形态出现在一小部分人群面前。这就是我们之前讨论欧洲的浪漫主义文学的时候所谈到的，现代的生产方式所带来的，人与人之间的关系的深刻的变革，而这种变革，又给社会关系带来了深刻的影响。

如果从主体的立场来观察这类现象，文学所要处理的就是不完整的生命形态。在人物表现上，就形成了碎片化的表现方法，不再是传统文学中所谓的典型人物，也不再是完整的人生故事和完整的生命形态。综观巴尔扎克的小说，整部《人间喜剧》呈现了大都市巴黎、外省或者乡村的生活，巴尔扎克以前所未有的文学雄心把这一切生活形态都纳入他的小说中来，并通过他的“人物再现”的创作方法使之发生关系，基于这一点，恩格斯评价他的小说的时候说他几乎逐年地把1816—1848年间的法国的社会生活的全部都展示出来了。我们也因此把巴尔扎克追认为是现实主义的文学大师。但事实上，巴尔扎克和他的《人间喜剧》的价值远不止于此。巴尔扎克所创造的“人物再现”的方法，是基于他对法国社会的考察，更是基于对人类社会和自然法则的考察。他选择了通过横切面的交错来实现对社会的整体性的表现，而非如后来的“长河小说”或者“世家小说”那样以历时性的方式展示生活。今日看来，这个对城市生活充满了热爱和激情，又充满了痛恨和绝望的伟大作家，恰恰在考察社会的时候，客观上以自己的75部相联系的作品展示了一个现代生活的真相，那就是，在现代生活中，谁都不是完整的，也不是全面的。每个人都是由无数个侧面，无数种身份、无数个当下和无数次回忆复合而成的，现代人是被关系所支配的，同时也无时无刻不在制造着关系。这就是现代的政治和经济关系，也就是在《人间喜剧》这个文学空间中，巴尔扎克客观上向我们所展示出的真相。

文学是最敏感的，许多作家已经尝试着把新的美学感受熔铸到艺术形象的创造中去。精神碎片，当然不是指把人物的精神现象任意割裂，而是作家力图在文学中表现更为复杂的、内在多元的、分裂的精神现象。都市文学的碎片化的表现方法就是通过不完整的生命形态来揭示都市生活的本相。上溯至“新感觉派”的小说家如施蛰存、刘呐鸥，孤岛时期的作家如张爱玲，以至今日的先锋小说或者城市题材的小说，这样的都市文学似乎都还没有产生出足够多让读者信服的作品，但是其尝试却是有效的。在台湾新时代作家的创作实验中，如林耀德的《恶地形》、张大春的《公寓导游》、东年的《大火》等小说，都堪称现代都市文学的成功之作。20世纪80年代，叶兆言也尝试过先锋意味的现代都市小说，如《绿色咖啡馆》。但是随着20世纪90年代市场经济的冲击，通俗文学再次兴起，都市文学的先锋精神被边缘化了，取而代之的依然是从通俗到庸俗的市民小说。

以此角度来关注宁夏文学的创作情况，那我们不得不说，虽然在新世纪以来，已经有不少作家有意识地、自觉地开始了城市题材的文学创作，但是真正意义上的都市小说还是极为少见。这并不是要求文学要千人一面，千篇一律，在新时期就只能写新时期，在城市就不能写乡村，而是说，即使遵循文学多样性的原则来考察作为文学形态的宁夏文学，如果文学的发展始终呈现一种静态，那并不是一个值得我们庆祝的现象。因为无论从文学自身的规律来看，还是从普遍的马克思主义的辩证观点来看，这个不断发展变化的螺旋式发展，也才是事物发展的普遍规律，才是一种事物或者形态的活力之所在。

新都市人的精神破碎导致家庭伦理的解构，是都市文学对人性的探索。在我们可能还没有充分意识到这个问题在社会现实中的严重性的时候，文学创作中早已经对其进行了关注和描写了。传统文学创作中，无论农村题材还是城市题材，人和人之间的关系是维系这个社会的基本关系。在传统的城市文学里，以家庭为小说结构的方法仍然是普遍的创作方法，马丁·杜伽尔的小说《蒂博一家》，托马斯·曼的《布登勃洛克一家》，高尔斯华绥的《福尔赛世家》等长篇小说，都是以家庭结构来表现城市社会冲突和经济关系的。

中国传统的宗法社会中，血缘姻亲和伦理观念是维系家族传续的基本条件，也是构成中国社会的基础，中国传统封建社会的基本结构就是家庭结构。所以“五四”新文学就是要通过批判封建家庭制度来推动中国社会进步和演变。巴金的小说是最具典型性的。他从封建大家庭的崩溃一直写到城市小家庭的瓦解，体现了无政府主义理想的作家对待家庭的批判态度。

但是随着现代大都市模式的崛起，迁居的新都市人都是缺乏各自家庭背景的，而核心家庭、危机婚姻、独生子女、出国潮等现象都在强烈冲击传统家庭的文化伦理。因此当代中国文学对都市生活的表现也有了新的变化。比如王安忆的小说《匿名》里，失踪的主人公千辛万苦地回到正常人间社会，可是就在回上海前夕意外死亡了。按照传统逻辑，这部作品最后的必然期待应该是回家团聚。但是作家却及时堵住了他的回城之路，让人物“吴宝宝”变成的符号“吴总”近乎荒诞地死去。这样的结局不是作家的主观先行，而是更加逼真地表现了现代都市人的精神倾向。

金瓯的小说《一条鱼的战争》在宁夏文学的创作中是真正具有都市文学维度的重要作品。小说对时间的构造很难不让人想到乔伊斯的著名的小说《尤利西斯》中，以一个人生命中不足二十个小时的碎片式的思绪与意识裹挟着对这个世界模糊的无序的体验对读者构成的强烈冲击。被公认为是意识流小说里最难读懂的小说，后人为《尤利西斯》所作的注释要远远多于小说本身，然而我们仍然源源不断地从小说中发现新的疑点和困惑，其原因恰恰在于小说对“人”的处理方式。小说的题名构成的与上古史诗的互文自不待说，作品中人物的意识的漫漶所构成的对鲜明的人物性格的消解恰恰呈现出了现代小说的基本目标，也是现代社会对人的认识，那就是人的多面性与不完整性。

《一条鱼的战争》不仅在时间构造了致敬了他所敬重的前辈福克纳的创作，通过非常具体的当下时间与异常模糊的历史时间的对照，非常清晰的物质世界的影像与异常模糊的记忆世界与理性空间的对照，非常明确的细节描摹与异常模糊的心理选择之间的对照，构成了对一个不具备个性特征的人物李红征的买鱼—杀鱼行为的精细表现。李红征是金瓯的小说集《一条鱼的战争》中的三个短篇小说《我从天上掉下来的朋友》《零度体温》和《一条鱼的战争》中的同名主人公，更重要的是，三个小说中的李红征，从不同的原点出发，都走向了现代生活的相似性、偶然性和人内在生命的无奈与无助，同时又向我们验证了生活的无序和碎片。同时，对李红征的生命片段的书写，让人很难不想起福克纳的著名小说《去吧，摩西》中以相互关联的两个中篇和五个短篇，透过系列人物的生命际遇与地志空间关系，经由既独立又共同的结构而完成的富有内涵与寓意的现代小说之写法。

有人一定要从李红征这个名字中寻找些蛛丝马迹，当然也能对号入座，将你你我我之类的来向确认一番。但事实上，小说中的相对时间越具体，具体细节越精致，与之相联系的绝对时间（或者叫作历史时间）就越被模糊化，与之相关联的行动的原因和后果这种确证性的因素就显得越偶然和微不足道。伟大的意义和被确证的目的性在这个看似具体实际上却很模糊的人物身上，就越失去其色彩。这才是金瓯小说最具有现代性和在宁夏文学地图上的价值之处。

许艺的小说《黑白》也是这样一个有意味的小说。对于流浪于城市的男人和女人而言，身体的缺陷是使他们相互靠近又相互温暖的原因，但同时，身体的缺陷也成为个体不完整性的一个符号，深陷于他们的生活中，使得他们的心灵不得不时时受境遇的拷问。因此再来看对人物身份的设计时，男人和女人也就不再只是两个具体的人，而具有了更为广泛的符号意义，而两性之间的关系也因此而变得微妙复杂起来。而计虹的小说《浮世清欢》中的杀妻者高子健就更具有这样的特征。赵炳鑫在《城市叙事的可能性表达——谈谈计虹的小说》中说到计虹的小说创作是具有现代意识的，城市叙事的自觉写作。他专门讨论了计虹的小说《浮世清欢》。在谈及小说中所塑造的杀妻者高子健和欲望的“符码”肖梅时说它“指向了多年来我们国家城乡二元结构所形成的严阵的两极划界给个体所造成的心理鸿沟，它让我们看到在这个现代化转型时期阶层固化、底层无助挣扎的社会现实。当然，从更深层次上让我们看到导致这个问题丛生社会的根源，那就是现代性的缺席。”[①] 正是这种缺席所构成的心理混乱，使高子健最后以一种极端残酷的病态的方式自认为永远地占有了肖梅，那就是杀死她，并把她搁在浴室的地板下，每天陪着她，跟她说话，向她倾诉。同时，她的小说《折腾》中的三个女性，因为金钱而使各自的人生呈现出截然不同的状态，而这一切的核心原因，就是为了在经济社会中以经济的方式来实在自我，这一点，让这些寻求自我实现的女人们遍体鳞伤，筋疲力尽。

三、城市叙事的视觉手法与时空构建

关于人类对于图像的偏爱，伊莱恩·斯卡利的《由书而梦》分析了文字如何指引你在头脑中进行想象，里面谈到哈代的小说《德伯家的苔丝》中的景物描写。苔丝步行去奶牛场，路上有绿色青苔，幽静山林，她看到奶牛——此时，落到草棚后面的夕阳把这群耐性很好的牛群的影子，准确无误地映射到草棚的墙上。

① 赵炳鑫.城市叙事的可能性表达——谈谈计虹的小说.朔方，2020年第12期.

每天傍晚，这些模糊的、简单身形的影子都会被夕阳投射出去，认真勾勒好每一个轮廓，如同宫廷墙壁上那些宫廷美人的侧影，它如同许久前在大理石壁上描绘的奥林匹斯天神，或是把恺撒和埃及法老的轮廓描画出来那样，用心地描绘它们。

傍晚，光线最柔和的时候，夕阳把奶牛的影子给投射到草棚的墙上，确实是美妙的画面，但为什么还要说到宫廷美人、奥林匹斯天神、恺撒和埃及法老呢？作家想让你在这里停留一下，去凝视那些光影，想得更多一点儿。130年前的小说，那时候人们还不知道什么叫电影，也没人用过照相机，人们看小说，看作家描写景色，描写环境，看里面的人物一步步是怎么行动的，几乎每个镜头都像画一样，有构图。人在想象的时候，很容易想到一个物品，一个环境，但如果没经过美术训练，很难有构图的意识。但现代人已经开始使用照相机，所以看到美丽的东西就会凝视，可能还会拍摄，在拍照的时候，就会考虑光线、光影的明暗、构图。《德伯家的苔丝》中哈代写奶牛场的环境，写夕阳和影子，对习惯拍照的人而言，很容易就获得这样的审美体验。我们拿手机随便拍个什么东西，都会想一下怎么拍更美，这是因为我们的审美体验不是只靠文字获得。我们能拍照片，能拍视频，也就对照片、对影视作品有天然亲近感，我们有手机就知道推拉摇移，就知道构图和景深。但哈代写小说的年代，英国的报纸杂志报道什么事情，很可能要派一个画家来，北京什么样子，清朝的官员都穿什么样的衣服，军队用什么样的武器，得有一个画家画下来，再印到报纸上，读者才有直观的感受。100多年过去，图像已经有了翻天覆地的变化，文字作为一种表达工具，也具有了更多的表达的可能性。这种能力不是文字本身所具有的，而是使用文字的人类在使用过程中逐渐拓展出来的效果。纳博科夫的小说《说吧，记忆》（*Speak，Memory*）中的第一章，最先是1950年4月发表在《纽约客》杂志上的。

> 我认识一个年轻的时间恐惧者，当他第一次看到他出生前几个星期家里拍摄的电影时，体验到一种类似惊恐的感情。他看见了一个几乎没有任何变化的世界——同样的人，同样的房子——然后意识到在那里他根本就不存在，而且没有人为缺少他而难过。他瞥见他的母亲在楼上的一扇窗口挥手，那个不熟悉的手势使他心神不安，仿佛那是一种神秘的告别。但是特别使他害怕的是看到一辆放在门廊里的崭新的婴儿车，带着棺材所具有的自鸣得意、侵蚀一切的神气，就连那也是空的，仿佛，在事物的进程反向发展的过程中，他自己的身体已经分崩离析。①

如果试着来解释一下这一段，我们每个人都会看到自己小时候的照片，可能是一百天的时候拍的，可能是刚满月的时候拍的，但纳博科夫看到的似乎是一段他出生前几个星期的家庭影片，家里的样子很熟悉，只是他还没出生，婴儿车已经买回来了，妈妈

①（美）纳博科夫．说吧，记忆，王家湘译．上海：上海译文出版社，2019，48.

在挥手，像是在跟什么东西告别，为什么说到婴儿车，说它的气息跟棺材似的呢？因为在他出生之前，一切都在虚无中，在死了之后、躺在棺材里之后，万物也在虚无中。出生之前，死亡之后，是两个永恒的黑暗。所以，纳博科夫这一段开头有一句话是，“我们的生存只不过是两个永恒的黑暗之间瞬息即逝的一线光明。”[①] 文字能让你看到比较容易想到的东西，母亲挥手的姿态，婴儿车。但文字也激发你去想象你看不到的东西，婴儿车和棺材之间的联系，生命的尽头是躺在棺材里，生命的起点是一辆婴儿车，只是往前追溯的时候，你的身体可能也消失了，之前是你还未存在的时光。文字让你去看根本不可能看到的东西，纳博科夫提醒你，别只看你衰老之后要前往的那个深渊，也去看看你出生前的那个深渊，这两样东西我们哪里看得见？照相机也拍摄不出来。但是你能感受到某种气氛，一辆婴儿车静静等着你出生，让你感受到一种时间的恐惧，那是你还没开始的时间。时间并不是因你而存在，也不会因你的消亡而停止。这一段太需要读者的想象力，所以作者在第二段说，“想象，是不朽和不成熟的人的极顶快乐，应该受到限制，为了能够享受生活，我们不应过多地享受想象的快乐。”[②] 这句话真是充满了写作者的得意。

如何去看，其实是整个世界文学中一直存在，但又常讲常新的话题。随着人类认识世界的方法和角度的变化，我们发现“看”

① （美）纳博科夫. 说吧，记忆，王家湘译. 上海：上海译文出版社，2019，1.

② （美）纳博科夫. 说吧，记忆，王家湘译. 上海：上海译文出版社，2019，48.

的形态也越来越多样化了。纳博科夫曾经长期在欧洲教授俄国文学，56岁出版了《洛丽塔》，成为畅销书作家，而后到瑞士生活，在蒙特勒去世。他年幼时在俄罗斯的家里有五十个佣人，有法语家庭教师，有英语家庭教师，他说他度过了最美好的童年。他在作品《说吧，记忆》中讲到过一件事，他爸爸是地主，一家人去家里的农庄度假，在大宅子里吃饭，乡下人来求见老爷，要点儿钱，要砍掉地主家的几棵树，要收割地主家的一点儿庄稼，他爸爸同意了，乡下人就把老爷举起来，扔到空中，表示感谢。纳博科夫和弟弟、妈妈在屋里接着吃饭，透过窗户，能看见爸爸被扔起来。这是《说吧，记忆》第一章的结尾处，他写道——

“从我坐的地方，我会突然透过西面的一扇窗子，看见升空的壮观实例。在那儿，有一小会儿，父亲身穿被风吹得飘起的白色夏季西装的身影会出现，在半空中壮观地伸展着身体，四肢呈奇怪的随意姿态，沉着英俊的面孔向着天空，随着看不见的人将他有力地向上抛，他会像这个样子三次飞向空中，第二次会比第一次飞得高，在最后最高的一次飞行的时候，他仿佛是永远斜倚着，背衬夏季正午的蓝色苍穹，就像那些自在地高飞在教堂穹形天花板上的、衣服上有那么多褶子的天堂中的角色，而在它们下面，凡人手中的蜡烛一根根点燃，在烟雾蒙蒙中微小的火焰密集成一片，神父吟诵着永恒的安息，葬礼用的百合花在游弋的烛光下遮挡住躺在打开的灵柩中的不论什么人的脸。”①

如果去读另外一个版本的翻译，省略前面几句：

“父亲会被这样连抛三次，第二次比第一次抛得更高，最后一次飞得最高，就那样，他斜躺在夏日正午蓝色的天空，仿佛永远这般躺着，如同那些天堂中的形象，自由自在地翱翔在教堂的拱顶，衣袂飘飘，下面香烟缭绕，人们手擎蜡烛，朵朵烛光闪烁，牧师反复吟咏祷告着永恒的安息，灵柩敞着，灯火摇曳，百合花掩映着的那个不论什么人的脸。”②

比较这两种翻译文本，也可以找到英语原文去看看他到底是怎么写的，但翻译文本一点儿不妨碍你领略这个段落中的转换，父亲被扔在空中，飞得很高，就像斜躺在蓝色的天空中，就像是飘在教堂穹顶上的人物一样，就像是飘在天堂上，下面有烛光，有牧师在祷告，有一具棺材，有一个面目不清的人，有百合花，显然是一场葬礼。纳博科夫把父亲写死了，一个乐善好施的财主，转瞬间就变成了葬礼中的对象，就变成天堂中的角色。时间在这些文字里飞速地流逝，我们的注视也与我们日常的注视有很大的

①（美）纳博科夫．说吧，记忆，王家湘译．上海：上海译文出版社．2019，61.

②（美）纳博科夫．说吧，记忆，陈东飙译．上海：上海译文出版社．1998，45.

区别。因为我们并不是以个体的时间速度注视着，而是以某种人类生命状态的相对速度来注视某个具体的人的一生。这样，时间的流逝与人类生命印记所产生的交迭印上了我们这些注视者身在其外的强烈感慨。这与前文所说，“念天地之悠悠，独怆然而涕下”的中国文学其实是有其共通性的。在电影中，这种跨越时空的转换很常见。《阳光灿烂的日子》，马小军把书包扔上天，书包往天上飞，越飞越高，落下来的时候，上小学的马小军已经变成了上中学的马小军。但其实，文字也可以这样自由，回忆中的纳博科夫看到爸爸被扔到空中，也看到爸爸的葬礼，两个场景叠化在一起，我们的头脑中时常也会出现这样的叠化，所以也不难理解纳博科夫的这种写法。

哈代的写法很古典，纳博科夫这种写法很自由，这两段文字都是在引导读者去想象画面，都希望你在进行想象的时候，不止看到画面，还能看到更多。哈代会说，看到夕阳，想象一下宫廷墙壁上的美人，想一想阳光刻画的影子。纳博科夫会说，想一下出生之前死亡之后的深渊，他在文章开头写到了婴儿车，在文章结尾写到葬礼，他让被抛向空中的父亲停留在天空中。文字是不受约束的力量，但需要我们耐心去琢磨词句之间那种自如的转换与衔接，并且动用你的想象力，正是在这种“看”与“想”之中，文本使阅读者将强烈的情感倾向投入到文本的再创造当中。这些不是文字本身的力量，但却是文本整体所构成的效果。

这就是看见的内容，仔细观察是传统文学致力于去表现的，当然从哈代到纳博科夫的变化也让我们看到，这种观察不仅是停留在物象上，还诉诸人类的想象。到了纳博科夫的时代，随着科学的发现和对人类自身的认识，这种观察还走向了人类的内在，走向了梦境、回忆、潜意识、意识流等。但这一切都有一个前提，那就是这个“看”的主体性是非常强的，也因此使这种观察具有了非常明显的评价性或者情绪性。

“看”是我们了解世界是基本方法，也是文学表现世界的基本形式。《失明症漫记》曾经入选诺贝尔学院“所有时代百部最佳文学作品”。“失明”是一个隐喻，它除了让我们想起文学史中一系列失明的大师：从荷马到弥尔顿，从乔伊斯到博尔赫斯，还让我们想起自戳双眼的俄狄浦斯，想起眼科医生，想起《看见》，想起这个社会所有的视而不见的乱象。就像书中所说：“如果你能看，就要看见，如果你能看见，就要仔细观察。”

石舒清的《果院》是一部可以与现代文学史上的美文《梅雨之夕》共读的小说。文本构造了耶尔古拜女人的心理空间，将身体与心灵的关系进行了对照性的叙述。女性的身体是静止的，她一直处身在果院中，然而她的心灵却是行动着的。她不断地产生着各种各样的思绪。叙述声音聚焦于女性的内心波澜，又让这波澜在身体层面显得静水无波，将一切通过恍惚的意识流动传递出来。被紧紧封闭在内心的欲望潮汐在道德伦理的制约之下，不断冲击理性的堤岸，这是视角人物意识活动的文本价值。飘荡的思绪与她被固定的身体构成了奇异的对照。不断生长的果树，不修剪就伸出墙外，会长不成，结不了合适的果子的树，是女人内心纠结的隐喻，是她的困境和她的希望。

《果院》采用内聚集视角，将女性作为视角人物，又通过隐含作者的叙述使女人对果院，对青年的观望，通过对记忆和意识的观想来反复切转实现。文本里不存在外部空间的直接干涉，而是暗示了外部世界对视角人物内心的影响，外部空间只是提供了她内心斗争的一个文化场域。所以欲望和道德的角力在人物的心理空间中展开。女人对世界的感知包含两个层面，一个是外部的道德空间对她观念的形塑，这个层面是借由“耶尔古拜女人”的社会身份的叙述声音实现的；另一个是潜在的欲望空间，经由“她”这个普遍人称的声音来实现。两个声音在小说文本中的交叠对话构成了两个层面之间的冲撞，客观上呈现出了女性内心的某种欲望和对欲望的评价。也许作家也并未意识到，恰恰是这样的身份冲撞和声音效果，成就了小说叙述的独特性。压抑和冲撞，静与动，使得内聚焦的叙述视角获得的不是接受者的共鸣，而是对视角人物丰富的心理空间的层递性的体验。

同时，虽然这个叙述的声音是来自耶尔古拜女人的，但文本中同时又添加了隐含作者的声音，它平稳、悲悯、客观，充满道德感，说着诸如“常翻，土就比较随和顺应，对铁锹不拒绝，似乎很乐意铁锹进到自己里面去，正如一个痒痒着的人需要一个什么伸入来给自己挠痒痒”[①]的话，这个隐含作者的声音，为视角人物内心场域的种种冲撞提供了基本的文化语境。

道德感不是个体独立形成的，而是特定时空中的社会意识。这种认识既是大多数人的共识，同时也形塑着社会中的个体。每个人都有一个所谓的道德底线，这个底线就来自社会共识。虽然它是有弹性的，但是在不同的时间节点和文化空间中又是相对稳

---

① 石舒清．果院．朔方，2008年第3期．

定的。隐含作者的声音稀释了内心冲突带来的紧张度，小说不是为了让视角人物的意识活动形成现场感，构成强烈的冲撞和选择，而是关注冲撞产生的场域，探讨当代生活中，道德规范松弛，情感主义纳入道德规范中之后，道德选择更多地取决于个人感受，使个体的道德选择呈现出了矛盾性，造成了个人道德标准的弹性甚至是越界的现实问题。因而文本虽非纯粹的意识流小说，却因为透过独特的视角处理方式在构造人物恍惚的心理空间过程中，实际上不自觉地实现了意识流的文本效果。

在女性文学渐成风气的文学时代，女性意识这一话题，早已经通过由男性知识分子完成的自我启蒙传递给了女性。所不同的是，男性的启蒙源自于学养教育，而女性的自我启蒙则来自内心的潜在欲求，一种成为独立性别的自我的需求。这一点很特殊，因为女性主义风潮席卷世界以后，大家看得多是女性以一种决绝的姿态发起了对社会的挑战，对一切因循的习俗和成规的破坏。这不仅是在《伤逝》中的子君式的逃离和战斗，更是《莎菲女士的日记》中莎菲式的挑战。从生活方式，话语方式直到爱情选择和性关系，都是以一种挑战的姿态呈现出来的。就比如20世纪初就已经被女权主义者们强调到极致的“只有逃离家庭，才有真正意义上的自我和平权”。

对于中国的文化传统而言，这个姿态的对抗性极其鲜明，当然也极其让人不舒适。因为它违背了我们平和中正和谐的文化价值观念，即使是要平权，要尊重，那也应该是以一种比较协调的方式来实现的，所以是不是一定要消灭家庭、婚姻，不要承担生儿育女的责任，对中国人来说，这并不是女性主义应该追求的极致。这一点，我们看一下20世纪八九十年代的卫慧、棉棉们的身体写作和因之而起的评价，就可以看到端倪。马金莲的小说中的女性恰恰是符合了这种文化审美心理，既有冲破世俗偏见的勇气，走出一个封闭的旧环境，同时，又有平和的心理预期，不是抛家弃子独闯社会再不回来，而是以家为根，所有的努力都以家庭为单位，来获得自我实现。作为一个女性作家，西海固特殊的封闭的空间成就了她的文学气质，给了她特殊的叙事情境，也给了她特殊的民族和地域文化心理。这构成了其文学性在逃离与抛弃之间的微妙选择。她离的是旧土，弃的是贫穷，她守住了宗法伦理的底线，以一种自立的女性姿态成为家庭中一个具有声音价值的角色。

现在马金莲进城了，而且毫无违和感地写了一个小城镇女性的心态。搬家，离开，从一个旧环境离开而进入一种新生活，叙事的基本形态没有改变，但行为的主体性降低了。《马兰花开》里的马兰，《1987年的浆水和酸菜》里的"我"，她们都是主动地通过离开这一行为来实现主体性，她们的声音在叙事进程中是越来越清楚的，而《公交车》里的苏苏恰恰失去了这种发声的力量。在整个小说中，乍看，苏苏是失语的，她的身体在一个从家到单位的相对封闭的空间里，这公交车承载了她的青春生活。作为一个特殊的空间构造，公交车代表了苏苏所存在的社会空间，领免费鸡蛋的老大妈，买劣质辣条的小学生，充斥着的人肉臊味，狐臭味，后来还有低头看手机全程不会抬头看人的年轻人，他们拥挤在车里，构成了一个各自独立却又紧密联系的小城社会。这个社会是边缘的，作为全城最长的一条线路，5路车从火车站开到汽车站，但苏苏在这样的空间中的状态却是旁观的。她执拗地穿高跟鞋赶车，她算得清楚自己需要走多少步能从小区里走到车站，记得住多长时间经过一趟车。

米克·巴尔在《叙述学：叙事理论导论》中曾经提出“空间中的物体决定了对物体所处空间的占有，被占有的空间所呈现出的效果也是由该物体的形态、体积、颜色及其组合方式等确定。”[①]生存空间在文学中作为一个抽象概念，承载着人物活动、性格养成以及叙事进程的展开等，隐喻着人物的生存处境。如果没有生存空间的支撑，人物只不过是一个抽象的概念，空间的变动推动着情节的发展，预示着人物命运的发展，对小说人物的刻画、基调的奠定、主题的呈现都起到了一定的作用。在文学作品中，作家会通过想象和现实的结合来为自己作品中的人物构建一个属于自己的生存空间，如哈代的“威塞克斯”、莫言的“高密东北乡”、沈从文的“湘西世界”等。

正如加斯东·巴什拉在《空间诗学》中认为，“家宅中的房间通常可以成为构成人物性格最基本的空间元素。”[②]家庭是人类最基本最重要的一种制度和群体形式，具有一定的私密性和封闭性，是个人成长过程中最基本的环境，影响着人物的性格养成。在文学作品中，家作为一个最为常见的地志空间单位，能够表征人物性格，影响人物行动，揭示人物的生存状态。小说将苏苏家和她的单位这两个最具特征性的生存空间抽象为一个符号，那就

---

① （荷兰）米克·巴尔．叙述学，叙事理论导论，谭君强译．北京：中国社会科学出版社，1995，107.

② 龙迪勇．空间叙事学．北京：生活·读书·知新三联书店，2015，260.

是车站，她每天有关家庭的事件就是从小区步行八百步左右来到车站等车。因为上班时间固定，早晨时间有限，所以经常需要小步快跑，为的是不耽误时间同时又能够保持淑女仪态。走得急了七百多步，时间充裕大步而缓慢则八百多步。十年如一日，没有变化。这是故事的背景，看起来这十年的生活似乎乏善可陈，因为所有与变化有关的事情苏苏全部交给了建设。不是建设不尊重她的意愿，而是她主动让权。家庭关系本来是事关权力斗争的重要话题，很多对城市生活的书写中，冲突来自家庭中的权力斗争，话语权的争夺比比皆是。然而小说却是个特例。一个主动让权的女性，而且是一个有着丰富的内心经验和自我意识的女性，放弃了家庭关系中的权力，原因是觉得麻烦。“水没了充卡，电没了买电，桶装水喝完了，王建设扛着净化水桶吭哧吭哧去小区供水点灌。米呀面呀一旦没了，王建设买回来不说还把袋子口拆开，摆进纸箱子里。鱼缸里啥时候投食啥时候换水，苏苏从没沾过手。王建设就是万能胶，哪儿需要了粘哪儿。他们生活里的小缝隙小窟窿，开胶起皮，走风漏水，都被他填补得平平整整严丝合缝。”[①]

乍一看王建设是家里的统治者，就像小说里说的，苏苏愿意当他的臣民，但最终你会发现，这个哪里需要了在哪里的男人，是她用来抵挡生活的方式。换句话说，她是用这种权力的一定程度的让渡来实现她与生活琐事之间的隔离。这种距离感保证了苏苏始终能以一个旁观者的姿态面对生活，不必对生活的一地鸡毛表现出太多的无奈和妥协。苏苏有家，有丈夫，有孩子，一家三

---

① 马金莲．公交车．黄河文学，2020 年第 5 期．

口的生活中的一地鸡毛就这样被挡在了她的心理空间之外。而她却专注于对这个世界的内心注视。这种心态的微妙变化，才是马金莲小说中一贯存在的那个选择的“我”。只不过，在乡土的世界中，她的选择已经完成，因而是以一种诗意的回望来“看”青春时的悸动与选择，而在城市这个新的生存地，这种选择还远没有实现，因此，她的小说里便多了几分犹疑、困惑和停顿，而故事也往往戛然收束在一些特殊的偶然事件当中。比如她的小说《平安夜中的苹果》，就以一个看似毫无逻辑性可言的偶然的冲动杀人来呈现长期以来在人物内心所积压的不平与不满。《一碗浆水面》中的老妇也因为邻居间的传言被迫回乡下去了。“看”被打破了，“观望”和“窥视”被迫结束了，其原因却不是因为自我选择，而是内心的潮汐因为蚁穴而一朝溃堤。而这一点，又往往呈现出了她对城乡之间的二元对立的关系的认识。

第五章　对宁夏校园文学发展的考察

——置身于世界之中的写作

宁夏大学的“原创文学大赛”举行了三年，通过宁夏大学中文系的自有公众号“宁大中文人”持续推送，逐步扩大了范围的影响。大赛最初只是面向宁夏大学人文学院的内部创作评选，2018年，大赛开始面向宁夏大学全面收稿，2019年在进一步扩大影响的过程中，又将收稿范围扩大至整个宁夏高校。19年的年末，原创文学从立足宁夏大学内部，兼收全区其他院校的校内文学创作活动，开始讨论建设宁夏原创文学基地，将原创文学扩大成为兼容区内各高校的校园文化联盟活动。2020年，大赛正式成立了“宁夏原创文学基地”，并以“基地”为中心，持续推进校园文学的发展。

综观大赛的发展历程，参赛的小作者和作品，可以看到宁夏文学发展的基本态势，也可以找到宁夏文学目前所面临的一些问题。

青春文学，校园写手，这是文学创作中不可或缺的组成部分。

在宁夏校园文学的发展中，校园写作的热情、文学社团的参与、文学媒介与文学创作者的交互，文学理论、文学批评与文化事业部门的联动，这些都甚为重要。之所以谈具身性与世界性，是因为小作者们的创作不是孤立的个体写作，而是整个宁夏校园文学的组成部分，宁夏校园文学的创作不是孤立的类型写作，而是宁夏文学的一部分，宁夏文学的创作也不是孤立的地域文学创作，而是整个中国文学甚至是世界文学的一部分。当我们把文学创作置于这样的场域中去进行考察的时候，对其价值的考察就会有所不同。

如前文所言，世界是联通的，而文学即是联通世界的方法之一。作为一个文学的热爱者，对文学创作神圣信念的理解是每一个热爱文学的人首先必须得坚持。唯其有此，才能支持着我们在人生的各种状态中与文学相伴。但是，仅仅有一颗热爱的心，还不足以支持我们的文学之路走得更远。文章写作虽无定法，但一定是有方法的，文学既是一种自发的写作，也必然会成为一种自觉的创作。不是仅凭一腔孤勇就可以直抵目标，登堂入室。这是学习的价值，也是联通的方式，更是培养的责任。

写作是痛苦的，因为需要承受撕裂，承受愤怒，承受绝望并因此去寻找希望。而从写作向创作过程的转变，中间却有许多的波折。鲁迅曾经用一个满是疮痍的寻找者来自比，其实所有的写作者都曾经满身疮痍地写作着，蛰伏着，等待足够的力量将自己的世界劈断，并在雷火交织中涅槃重生。有些人可能终身都只能停留在这种自发的状态中，在面向自我的喟叹中抒泄情怀。于他们而言，写作是情绪的宣泄，这其中既不一定需要考究精致的语词，也不一定需要耐心斟酌的结构。一个细节就“捻断数茎须”的事情也是不一定需要发生的。也许在这种日复一日的宣泄之中，他有一天感受到了厌倦或者被身外事所扰，于是就止笔于此。

也许还有一些人，他们被某一种神秘的力量所鼓舞，所充盈，他不仅感受到了情绪的鼓荡，还产生了一种倾诉和交流的希望。于是，在日复一日的写作中，他逐渐发现了写与“写”的区别，发现了仅仅有激情，有冲动，还不足以完成自己的目标。所以他在不断地写作中磨砺自己，小心地甄别着，寻找着自己的方向。

这么说似乎显得非常文艺和感性，不是我们研究者该有的姿态。但事实上，不论是文学创作，还是学术研究，都是在不断地否定自我之中学习。在不断地发现自己的短板时耐心地学习，才有可能有所习得，获得一朝突破。而不断学习反思的过程，又是一个不断发现自身缺憾的过程。所以，学问要坐十年冷，写作也是一样，没有哪一个人，不是在这种冷寂和孤独中慢慢地摸索前进，终至光明的。这个过程不再是自发的过程，而是一个充满了疑问、困惑、选择的过程，当写作终于变成了“写”与“思”与“改”，当写作者终于找到了自己创作的方向和方法，那我们才可以说，创作开始了。

在古今中外的文学创作领域所考察的众多作家中，虽然他们的名字留在文学史不同的位置上，但都可以看到他们对文学创作方法和文体的有意识的尝试。有些人也许名字都已经被湮没于历史漫漫的长河泥沙之中，但文章却留存于文学的星空。这种尝试当然不可能是随意的，随机且偶然的尝试不可能带来文学的更大的进步，只有在对自己创作的充满理性的认识和评估中所作出的选择，才有可能给文学创作带来更大的可能性。文王拘而演《周易》；仲尼厄而作《春秋》；屈原放逐，乃赋《离骚》；左丘失明，厥有《国语》。文学创作有赖于丰富的生命体验，强烈的内心情感，这是创作的基本来源。但若没有一个足以与之匹配的美好形态，那么文学的美好就会逐渐枯竭，会因为雷同而丧失其丰富性和魅力。所以司马迁要将情感注入那些历史人物的故事当中，否则事件就永远是与人无关的结果，而不是丰富的“历史”；所以屈原要将兰芷蘅苻写入君子的幽思，否则君子就只是君子，而不是与天地自然相沟通的“人”，所以鲁迅写出了狂人的日记，否则压迫就只是被抨击的压迫，而不是对人的生命构成了残酷扼杀，粗暴形塑的非人道；所以莎士比亚发现了人类爱情的多样丰富的形态；巴尔扎克把历史串联于人的故事之中；哈代将威塞克斯变成有生命的地志，与苔丝、裘德、游苔莎和麦克尔·亨察尔一起呼吸和哭泣；加西亚·马尔克斯让克雷连诺上校在时间的节点上，用未来回望记忆，在创伤中幸福，又在创作中痛苦；福克纳则以相互关联的中篇和短篇，透过系列人物的生命际遇与地志空间关系，经由既独立又共同的结构完成他最富有内涵与寓意的现代小说《去吧，摩西》。正是这些形式的创新，带来了文学的发展，也正是因为这些美好的形态，文学才令人痴迷。

物理学上有一个很有意思的概念，叫作“熵”，这个概念是用来描述物质系统状态的一种量度，衡量某些物质系统状态可能出现的程度的。所以物理学的热力学上有所谓的熵增定律。就是说孤立系统总是趋向于熵增，最终达到熵的最大状态，也就是系统的最混乱无序状态。但是，对开放系统而言，由于它可以将内部能量交换产生的熵增通过向环境释放热量的方式转移，所以开放系统有可能趋向熵减而达到有序状态。其实简单一点说就是，一个孤立系统如果不引入外力的话，就会持续熵增，最终毁灭。而在开放系统中因为外力的不断被引入，这种熵增状态就会改变，但前提是外力的不断被引入。因此，社会科学后来就用熵借喻人类社会某些状态的程度。对于文学的发展而言，熵增问题同样存在。不论是针对抽象而言的文学，还是具体而言的国别文学、地域文学，要想不会持续衰减，就只有不断创新。

原创文学的小作者们与宁夏校园文学的发展当然也经历了这个过程。四年的大赛，可以不断地看到有新的写作者加入，看到有人离开，看到有人原地踏步而被淘汰，当然更看到成长起来的新的创作群体。我们看到了创作的自觉。在四年的获奖名单中，可以看到小作者何晓雪2017年的《红布鞋》，2018年的《老堡子》，2019年的《春天的故事》，张颖2017年的《西西弗斯》《此去经年》，2018年的《炎夏永昼》，刘峻青2017年的《一碗鸡蛋面》《在春天的三十六个瞬间》《还乡》，2018年的《组诗七首》，王正娅2018年的《侠客行》，2019年的《久别离》，孙启成2018年的《生命的长度》，2019年的《锁骨》，2020年的《青山》，李程鹏2019年的《与亲书》，2020年的《与母书》。一时的获奖虽然未必能够说明什么，但持续的写作却标志着这些小作者对文学的热情不减，并且寻找到了属于自己的方法和声音。文无定法，但须有法，使自己的创作能够具有标识性，应该是每个写作者基本的文学自觉。在四年的历练中，可以说，他们已经开始逐渐地摸索着自己的具有个性意义的方法。这是宁夏文学的希望。

写作并不仅仅是一个“写”的过程，如何使文学创作走向良性循环，首先就必须要创作者的创作自觉。这种创作的自觉，文体的自觉，极为难能可贵。但是同时，在四年的原创文学的参赛稿件中，也有一些值得注意的创作现象。如前三年大部分作品选题集中在对乡村、故乡、家庭、亲情的直观叙述和抒情中。虽然有一些新的视角和方法的尝试，比如2017年王粟的《幸得初相见》，2018年王正娅的《侠客行》，2019年李璠的小说《云端之上》，孙启成的《锁骨》，但毕竟数量较少，2020年，因为区内各高校的参与人数大幅度增加，这一现象有所改变，但仍值得进一步关注。

对2020年原创文学大赛参赛的小说组投稿文章标题进行的简单统计，也呈现出了一定的问题。作品的篇名对内容的意义不言而喻，本次参赛的小说作品共151件，其中标题可大致分为五类，以特殊人物为题；以意象为题；以人的行动为题；指明叙事特征的标题；特殊构造的标题。通过这样的罗列一方面可以看到小作者们的用心，希望找到最合适最有效的标题为文章增色，这当然是值得称赞的文学自觉。但标题的设定须与内容相关，过大或过小，或者偏离主题，都只会造成对文章整体构造的伤害。比如以特殊人物或者符号意象为标题，却在叙述过程中不能呈现这一“特殊”性，或者指称模糊，不能体现隐喻，就背离了这种命名的初衷。再比如以人的行动为题，那么事件的发生发展过程必然是重心，仅仅以一页纸的篇幅和大段的对话来构造文章，就没有了以行动为题的价值。还有比如特殊构造的标题，如果用并举之法，那么两者间的关系自然应该成为叙事的核心目标，如果写作中只强化了其中一个方面而忽视了联系，就无法构造出特定语境。

这说明写作者还没有真正获得如何通过形式来增益内容的有效方法，只是凭本能选取自己认为好的标题。而到底“好”的标题是什么，却并不知道。所以，想写，敢写之外，能够会写，这对于宁夏校园文学的发展来说，也是非常重要的。这只是对于参赛作品标题的一个简单的罗列和分析，还有更多的创作方法需要我们的小作者们注意到，并通过学习和练习去实践。可以说，文学发展的良性趋势，宁夏文学的发展真正进入中国文学甚至世界文学的话语体系中，具有真正意义上的话语权，需要更多自觉的尝试和变革。这是宁夏文学需要解决的问题，同时也是原创文学呈现出的现象和问题。

“采采芣苢，薄言采之。采采芣苢，薄言有之。”当年那些吟唱的劳动者，他们也许只是在劳作之时，以熟悉的节奏纾缓劳作之苦，但当这种吟唱以文学文本的形式被收集整理之后，它就获得了不一样的解读视角。这就是我们所说的文学写作者、接受者与传播者之间的互动关系。正是这种更具有批评视野的整理和批评，才使得还处于混沌状态中的文学写作获得了更大的可能性。校园文学的写作者，还处于文学创作的青年期，他们有无限的可能性，是蕴藏量丰富的矿藏，但这些可能性需要被发现，被培养，在营养丰富的土壤中才能生长得更茂盛。作为宁夏文学的组成部分，校园文学和宁夏文学具有同样的“成长”特质。宁夏建区仅六十余年，真正意义上的宁夏文学正在逐渐成长起来，宁夏文学所具有的自然质朴的文学气质，是真挚的生命体验，是真实的内心呼愁，也是真诚的民间气质。于中国文学而言，它还是个稚龄童子，但也正是因为它的成长，才让宁夏文学在面对各种新的文学现象和方法的过程中，表现出了强烈的学习姿态和更多元的可能性。我们的校园文学创作也是如此。同学们的真挚的生命体验，真实的内心呼唤，真诚的情感表达，如何能够实现效果的最大化，使文学写作不止步于当下，而具有更大的可能性，还需要一些外在因素的影响。

作为原创的校园文学，其一，是理论素养对文学创作的影响。前文所论，将写作终置于创作的层面上，需要一个从自发到自觉的过程。在这个过程中，如何评价自我，审视他者；如何汲取营养，成就自我；如何抵御影响，坚守自我，都是创作者必须面对和解决的问题。而这一问题的解决，有赖于创作者能够有更深沉的人类思考，更丰富的生命体验，还要有一个更广阔，更博大的文学视野，而这一切，有赖于高校的理论教学，以及对学生的人文关怀的培育。知识的学习是思维的训练、视野的开阔、方法的习得，知其所以然，才能走得更远。

其二，是校园中大量活动的文学社团对文学创作的影响。恰同学少年，风华正茂，书生意气，挥斥方遒。指点江山，激扬文字，粪土当年万户侯。一群志同道合的伙伴，一种有方向的努力，对于在孤独的文学道路上的跋涉者来说，有多么重要，相信大家都能够体会。宁夏大学的文学社团自建校时便已有之。李增林先生在为宁夏大学雨巷文学社所写的特稿《诗事忆旧》中对文学社团在文学活动所起到的基础作用有非常多的分析，同时也不断地提到了学校的知识教育和人格培育对他们的重要影响。在宁夏大学的文学创作群体中，走出了如今宁夏文学中的很多有影响的创作者，老先生专列一稿，对六十年来在宁夏大学师生中走出的各类文体的创作者们，以及他们在与文学艺术相关的各领域中的影响进行了较为详细和全面的介绍。在这里我就不再列举了。在前三年的原创文学大赛中，我们也已经从“雨巷”文学社、“红豆”诗社之于宁夏大学原创文学的影响中初见端倪，2020年的全区原创文学的参赛学校和学生作者们数量更多，对各高校的文学社团的影响力以及如何培育这种影响力，相信会有更多的发现。

其三，还有赖于各级各类期刊和各类媒介形态的推介、发表和提携。期刊与文学创作的互动关系，媒介之于文学的力量，构成了校园文学发展的又一个基础。在宁夏校园文学的创作舞台上，不论是《朔方》《黄河文学》《六盘山》还是《宁夏法制报》，都曾经以专号的形式开辟创作推介版块，阳光出版社还持续出版了近年的校园原创文学作品集。对文学创作新人的推介，是对他们文学写作的鼓励。正是在一次次的成功中，写作者们才更进一步地坚定了写作的信念，一意向前。同时，正是在与编辑老师们的不断交流中，稚嫩的写作者们才慢慢地具有了有意识的写作的状态，才开始发现自己写作中的问题，并着手有针对性地进行调整。而这些有意识的创作者也必然会成为文学创作的新力量，丰富宁夏文学，使宁夏文学的发展持续更新和突破。在新的文学时代，还有更多的新的媒介的参与。比如自媒体的出现，在“原创文学大赛”的发展过程中，我们就可以看到“宁夏中文人”“心的岁月”等微信公众号的大力的扶持。

最后，也期待宁夏文学批评领域有更多更丰富的文学批评成果。让校园文学成为宁夏文学的新生力量，让宁夏文学成为中国文学甚至世界文学中真正具有话语权的努力，不仅来自创作者，来自教育者，来自传播者，还来自批评者。文学批评的目的在于有所洞见，能发现文学文本的特色，文学创作者的风格，能敏锐地捕捉文学现象的发生，推介文学理念和体系观点。正是在文学批评的过程中，在对文学批评的接受中，文学创作者们才能更有意识地，更为自觉地去进行文学创作，文学形态与其文学特征才能更好地被发现、被丰富、被认可、被评说。宁夏校园文学的创作，离不开文学批评者们的洞见，宁夏文学的未来发展，也离不开文学批评者们的努力。

期待在多方的共同努力中，宁夏校园文学的未来发展进入一个更加有效的良性创作过程，并最终成为世界文学发展中的一种力量，成为联通生命的力量。

下 编

作家作品编

第一章 高耀山长篇小说中的声音场域与乡村生活空间

——以三部长篇小说为主的“乡村志”考察

本章选择了高耀山21世纪初完成的三部长篇小说《风尘岁月》《激荡岁月》和《烟火人家》作为主要的研究对象，将其界定为“乡村志三部曲”，通过对三部相互关联的作品的整体研究来考察高耀山创作的文学空间生产方法及其价值。需要强调的是，本文所研究的声音，并非叙事学上所关注的叙事声音，而是泛指一切与听觉相关的声响，以此考察高耀山长篇小说中是如何对具有符号特征的乡村意象进行文学重构的。

三部小说的时间关系清晰。第一部完成的《风尘岁月》是对20世纪20年代末到40年代末的玛原畔村及其周边地区的记录。第二部《激荡岁月》是20世纪40年代末到“文革”时期以玛原畔村为中心的地域故事，第三部《烟火人间》是改革开放以后的王原畔村。三部小说的时间线索对应了共和国的成长史。《风尘岁月》

与《激荡岁月》从题名即可看出作者的构思，是通过王、马两个家族为主的两代人的命运和生活展开讲述，以历史长河中的特定时段为中心，而《烟火人家》则以空间场域为主，经由王氏家族堂兄弟的经历来展示改革开放后城镇化的故事。

小说所呈现的家族史与地域书写的特征也非常明显。三部小说虽然地理位置的设置有所区别，但都是以宁夏盐池境内一个三边相交的小村庄为背景，通过大量文化生活的细节讲述故事。这些或悲情或激昂或黯淡或温暖的事件，围绕着特定的历史与地域文化空间，构成了对将近一个世纪以来陕甘宁交界地区农民生活的群体书写。通过对时间和空间的不同维度的关注，“三部曲”实现了对乡村生活的完型叙事，因而具有统一性。小说中大量出现的日常生活细节，是对陕甘宁三边地区生活的具象呈现。这其中有对地方语言的声音记录，有对节庆风俗的仪式记录，有对地理景观的空间记录，因此笔者将这三个长篇小说概称为“乡村志三部曲”。而声音场域的构造在“三部曲”中有突出价值。

一、声音叙述中的乡村志

现代研究证实，记忆是以脑电波的形态被存储和使用的，但其生成过程却不是一种抽象的理念，而可能是多重感觉的综合作用，或者是单一感觉的强烈冲击。所以视觉的刺激是文学文本对记忆生成的重要呈现形态之一，传统的文学研究也大多关注图像叙事在文本中的作用与效果。但传统文学研究重视图像叙事的功能性，却忽视了其他知觉在人类感官体验中的重要性。在人类的感觉中，视觉感受是最容易被捕捉到的感觉之一，但却绝对不是唯一的。当文学反映世界的时候，也不会完全只靠视觉来呈“像”，而是通过各种身体感知来共同完成。文学文本中的声音叙述，包括各种环境声音对于场域空间的生产，也会体现出其生成作用。

现代对小说的认识都基本集中于其文本书写，把它看作是一个相对稳定的文字表意系统。但实际上，文学文本所包含的除了文字的表意系统之外，还包含着一个特定的语音系统。这一点在早期的话本中体现得尤为突出，声音曾经是文本的重要追求。“说话”传统对话本小说的兴起，乃至于整个明清白话小说体制的形成，都有重要的影响，这是中国文学史的共识。所谓“说话”，简单地说就是讲述古今故事，以为娱乐。在这一过程中，地域扮演了决定性的角色。不论是白话小说或者韵文小说，都深深铭刻着声音的痕迹。这种影响虽然至现代而有所弱化，但最起码可以通过文本所营造的声音空间来拟想其特征。因此在中国现代文学的创作中，有许多作家都选择用方言来营造声音场域效果。地域色彩非常深厚的方言叙述，使得文本获得了鲜明的地域特征，在写作者、文本中的人物与阅读者之间搭建了一座声音的桥梁，使写作者与人物之间构成了某种同一性，也在写作者与阅读者之间形成了关联。读者可能因为熟悉的乡音所带来的文化认同感而对文本产生浓厚的阅读兴趣，也可能因为声音的陌异性而选择阅读或者放弃。

“三部曲”不仅完成了对空间场域的宏观搭建，更完成了对其中细节的精致还原。小说中有大量的关于三边地区风俗人情的日常生活细节叙述。正是这些看似闲聊的细节，使小说的声音场域具有浓郁的地域风情。巴尔扎克曾经因为在《人间喜剧》中对法国所有重要城镇地理空间的大规模细节描写而赢得了“法兰西地理”的称号，在当代的文化地理学研究中，更是对空间场域的地理表征深为重视。“三部曲”中精细地讲述了三边地区的地形地貌、房屋建筑、饮食习惯，食物类型、节庆风俗、仪式活动等极具辨识度的细节，使这个被形象的陇东方言所营造的语音世界充满了地域的风情，形成了“三部曲”声音叙述的地域风格。

叙述者讲述了每年寒食时，三边人“家家户户都要用麦面蒸两种形状如‘Λ’‘Π’名曰‘紫锤’的供品。到了清明节这天，家家户户大人小孩都提着‘紫锤’去扫墓祭奠。庄稼汉多么聪明啊，那两种形状的麦面馍上下拼凑起来，正好形如‘介’字，‘紫锤’正好是方言子推的谐音！”[①] 讲述了三边地区的特色面食“搅团”的做法和吃法：“它是用陕甘宁地区特产的荞面做的一种特殊风味小吃。做搅团最好是一人将细白的荞面徐徐向开水锅内撒，一人用擀面杖频频转圈搅动。‘搅团要好，七十二搅’。搅的时间愈长，做出的搅团吃起来就愈筋道。吃搅团也有讲究，关键在于配好调料，才能吃出美味。必备的调料有蒜汁、油泼辣子、炝醋里漂上葱花、香菜末。还离不了腌酸白菜、干泡酱菜、咸萝卜丝、鲜韭菜等蔬菜。”[②] 讲述了正月初七农闲时，村民聚赌的《参赌人员登记表》[③]；

---

① 高耀山．激荡岁月．北京：中国文联出版社，2000，42.
② 高耀山．激荡岁月．北京：中国文联出版社，2000，31.
③ 高耀山．烟火人家．银川：宁夏人民出版社，2008，166.

姓名	性别	年龄	春节参赌（次）	以前参赌（次）	输赢赌资（元）	没收赌资（元）
王五元	男	41	1	0	400	150
赵　华	男	30	3	5	3000	1200
耿顺子	男	32	1	1	300	120
王八元	男	33	4	12	6000	1600
田　江	男	27	2	3	4000	4000
……						

人是群居的动物，人群的聚集达到一定规模，所生产的听觉空间便会有某种裹挟效果或者说是同化效应，使得个中人的私人焦虑获得一定程度的纾解。所以准备考研的大学生喜欢扎堆在同一空间里复习，球迷喜欢呼朋引伴一起观看电视转播的比赛，就连传销者们都发现可以把人封闭在一个相对狭小的空间里以强化洗脑效果。可见，声音的场域效果之强。

对于人类的日常生活来说，声场的生产有多种途径。但不可否认的是，方言是其中的一个重要方式。文本对人类声音的细节化呈现，或者说大量有空间构造价值的人的对话、独白，是构成空间效果的重要因素之一。具有强烈辨识度的声音，在文本中构造了基本的文化语境，使阅读者第一时间了解其文化特征。

文本中的声音场域构造包含着各种环境声音对于场域空间的生产，也包括人的语言活动与话语方式的生产。“三部曲”一个非常独特的角度，就是通过对声音形态的有意识处理来呈现近百年来的“岁月”与“风云”，以一个移民作家的在地书写，完成对陕甘宁交界地区的“乡村志”书写。有基于共同体身份的方言之声音，属于地域文化特殊形态的歌唱之声音；也有叙述者对乡村生活文化形态的讲述之声音；还有属于乡村生活重要特征的自然之声音。诸种声音虽然在三部小说中各有侧重，却从多个角度构成了对乡村历史与文化生活的声音完型。同时，正是由于这样的多元的声音效果，使得文本的历史书写并非仅仅是巴尔扎克式的“历史的书记”，而是沟通了文本中的人物、叙述者、隐含作者与隐含读者，呈现出了创作、文本与接受之间的良性互动关系。

二、作为文化符号的声音叙事与听觉空间

“三部曲”的声场建构主要包含着两种方式。其一是地域声音场域的构造，其二是乡村声音场域的构造。

地域声场的构造最重要的是方言叙述。视角人物的声音具有强烈的地域性，这与叙述者的知识分子声音形成了对照效果。读者在视角人物极具地域特色的方言叙述和叙述者规范书面语言的对照性叙述中，就会对这个被陇东方言所生产的地域空间产生最初的辨识。

语言的形成是族群共同体形成过程中最基本的要素，这种一致性带来了对群体意识的认同感。民间声音、民间记忆中包含着各种不同的人对事件的认知和体验、评价，掺杂进叙述当中，就会让叙述呈现出强烈的地域特征。这三部小说既是对乡村经验的历史叙述，也是对乡村生活空间的建构。在众多细节的讲述中，三边人的日常生活一点一点真实鲜活起来，乡村生活的独特性一

点一点充盈起来。从一个纯粹的封闭的小乡村，到新思想的逐渐渗透，个体意识的觉醒与抗争，再到土地改革，现代化建设，三边人的生活与共和国同频发展。而充满着文本中的声音细节，正是这种发展的特殊载体。

方言是最能体现地域特征的层面。明清白话小说普遍运用方言，正是因为许多故事发生的空间场域的原因。小说的作者对方言的趣味深有体会，像这样的文字趣味通过口舌发乎语声，才得凸显。话本小说的目的在于“讲”，而在没有说话人服务的情况下，读者就需要自行琢磨方言的发音，才能了解其内涵。于此可见作者所设定的读者应当是同一语言区中的人。这些对方言声音颇有感觉的读者追随叙述声音，听他们横眉竖眼打牙燎嘴，听他们在涨水的河边跳蹦子，听她们把自家男人骂做“囊怂”，听寒冬里一夜鸡爪子雪簌簌落下地来，听搞“四清”的吴组长燥烘烘地自说自话，给梁满囤扣帽子……个中滋味，唯有会心一笑。

文本中的大量的民歌小曲，也是地域声音场域的构造方法之一。

地方性的歌曲进入文本，这也是明清小说中常用的方法。这个故事，如果是由叙述者讲述出来的，那他免不了是要献唱一曲的。但即使作为小说文本，一曲曲“信天游”仍然诉诸读者的听觉经验，来模拟其音韵。将人物不便形诸于口的心事，叙述者为避免冗长或者评价太多而从简的讲述，以及整个三边地区人们质朴真诚的内在心性和心灵追求，通过一首首自远方悠悠传来的“信天游”表达出来。

相比于城市空间，乡村生活中也存在大量的声音。城市人流密集，声音传播方便，即使是很小的声音也容易被一部分人捕捉到。但乡村不同，因为地域广阔居住分散，声音传递相对不易。所以低声的私语大多只出现于极私密的空间当中，而多数时候都更倾向于声效强烈的传递方式，歌唱便是其中一种。因此当地人民把这种形式形象地称之为“漫”。当然，在三部曲的第三部《烟火人家》中，因为时代的巨大变化，城镇化的发展，农村里散居的现象逐渐被城镇中的小聚居所取代，这时那些响亮的歌声就显然不适用于日常交流了，因此，在《烟火人家》中，民间的俗语顺口溜就取代了“信天游”而承载起叙述功能。

声音有响度（loudness）与音调（pitch）之别，这一点，科学家们已经通过实验证明。响度由振幅和人离声源的距离决定，分贝为零的声音人耳听不见，高于100分贝的声音则会引起听觉痛感。虽然这个数值只是平均值，个体之间会有一定的差别，但超越阈值的冲击会造成严重后果是共识。现代科学还借由实验标注出了人类的听觉范围和人耳的听觉痛感阈值。悠扬而嘹亮的歌唱之效果，鲁迅在《社戏》中早有所言。从他听戏时几次逃离剧场和“这里不适于生存”的童言童语来看，儿童时期的他听觉痛感阈值应该是在人类平均值之下。不过也正是因为他不能像多数国人一样，去近距离地承受舞台上的大敲大叫，我们才读到了《社戏》中那段距离产生美的精彩叙述——“冬冬喤喤”的声音在远处听起来竟然成了仙乐，原来听觉空间的边缘竟是美妙的仙境！其实，中国文学早有表现声音的传统，白居易在《琵琶行》中就绝妙地描绘了“琵琶女”的弹奏在不同距离中听起来所产生的差异性感受。那遥远的夜听让诗人“如听仙乐耳暂明”，而随着距离越来越近，琵琶的声音也如“银瓶乍裂水浆迸”“大珠小珠落玉盘”，不断地撩拨着远游客的神经，以至于在听到了“琵琶女”的身世经历之后竟然泪湿春衫。这不能不说是声音场域对人所产生的强烈影响。

茅盾小说《子夜》中的吴老太爷是鲁迅的江浙同乡。吴老太爷从寂静得像“一座坟”的乡村生活中骤然进入喧闹的上海，当天便发作了脑出血，这是对声场效果的另一种证明。虽然视觉的冲击也是城市带给吴老太爷的痛切体会，但视觉刺激所带来的心理影响需要经历缓慢消化的过程后，当心理体验慢慢积累质变，才会对那些违背自己的道德标准与文化标准的影像产生越来越剧烈的否定。但听觉的痛感体验显然用不着这么麻烦。强烈超越听觉痛感阈值的结果是直接的生理体验。茅盾正是用这样的方式呈现出了“十里洋场”的城市生活是如何对“乡下人”构成强烈的感官冲击的。

与此类似，三部曲中的声音场域构造的另一个重要方式就是对于乡村声音场域的构造。乡村生活中的声音，在大多数城市人看来，主要的自然就是劳作之声，就像乡村人认为城市的声音就是车水马龙的往来人声。这是基于地域身份的误读。在高耀山的小说中，乡村的声音是多样的，这其中当然包括许多人类活动的声音，比如王家兄弟与村民为大元出殡的忙碌之声；五黄六月，为一桶水亲兄弟的打斗之声；鞭炮唢呐轰响，新娘下马，宾客入室的婚俗之声……凡此种种，不一而足。在各种各样的声音中，各色各样的影像中，三边人与地、与自然，共同构成了这段“岁月”“人家”的歌唱。但与人声相比，“三部曲”更多地呈现出的，却是丰富的自然的声音。

因为生活方式和劳作方式的影响，乡村人更亲近于自然。在他们的世界里，自然与人类共存，相依为命。这个世界里有落雪的声音，北风横吹的声音；有让人泼烦的蝉声，小河涨水的声音；有黄河水面上冰凉的夜风里，闷雷似的河岩崩塌的声音，四月初的夜晚，大兰母子三人顶着呼呼的北风背着柴捆回家的声音；更有更深人睡，万籁俱寂，静谧清凉的无声。无声也是声场效果中的重要一环，乡村生活没有那么多的娱乐设施，人们逐日作息，夜晚时四下俱寂。正是在这样的无声中，才真切地传来了大兰被“刁寡妇”的男人们抓走，拼死呼救的声音；不知所措惶恐无依的小兰在鸡叫前绝望自缢时的挣扎声；王宝生与林秀秀一前一后走在乡间小路上内心甜蜜的初恋私语声；抓丁的枪声，羊皮筏子靠近河岸的声音，芦苇丛被梁满囤分开的声音……这些只有在万籁俱寂之时，在广袤的乡村空间中才格外清晰的声音，带着强烈的悲剧效果，冲击着阅读者的感官和心灵。

三、知识分子的在地书写与身份建构

我们谈到文学文本的志书写作时，往往强调的是其对日常生活细节的精致再现，强调其文献价值。但事实上，文学是人学，文学创作永远不会脱离人性，脱离人情，孤悬于文献故纸当中。“三部曲”的声音场域正是在无声与有声，失语与发声，弱声与强声，独语与众声喧哗当中，完形了其乡村志书写作，也体现出了创作者对时代的理解与思考，对人物的同情与悲悯。

“三部曲”的叙述声音是具有差异性的。《风尘岁月》以成长中的王宝生为中心，涉及多个人物，既包括第一代的马三礼、王二德，白凤娥，也包括第二代中的林秀秀、马小兰，梁满囤，他们对事件的讲述构成了文本的多元叙事结构，这个看似众声喧哗的世界被不同的个体所感知，所经历，每个个体都有属于自己的生命体验，每个个体都通过自己的态度去讲述。但其实，他们内在的心灵的声音和外在的现实的声音是不同步的，心灵的声音多而现实的声音少。梁满囤的结结巴巴的声音，林秀秀疯癫的声音，马小兰内心渴望爱情和爱欲的声音，还有拉夫抽丁的团兵凶恶的声音，视角人物身处其中时讲述的声音具有很大的差异性。

声音是一种权力关系，渴望能够发声是这座山乡巨变的基础。《激荡岁月》的视角人物集中于王宝生和梁满囤两人，通过知识分子和进步农民的双重叙述观照现实，文本中内心的声音明显弱于第一部，不仅是因为小说所呈现出来的成长主题是由限定的视角人物的生命体验来完成的，更因为其成长经历所体现出的是社会经验的成长，必须要由人与人之间的关系来完成，因此沉默与发声也成为人物权力身份的象征。《烟火人家》则是对改革开放以后三元家族的家族叙事，主要是对同一时代多个个体的不同人生选择的讲述，其中主要的视角人物是退居二线又带着考察农村问题目的的三元。他的身份是知识分子，也是农民；是城市人，也是乡村人。这样的双重身份正体现了高耀山在写作中有意而为的叙事策略以及知识分子反思意识。城乡差距，商品经济的发展和乡村农民的身份选择，都被容纳在这个双重身份中，从而构成了选择的张力。这部小说中的声音越来越呈现出一种说话的声音多，而内心声音少的特点，这样的众声喧哗恰恰是时代喧嚣的体现。每个人都似乎拥有了越来越多的权力，越来越多的自由，却也似乎因此拥有了越来越多的困惑和烦恼。

三部作品的地理空间虽然名字略有差异，但其地域文化特征是一致的。作者也谈及，村子是以自己的故乡甘肃环县为原型，地域身份则选择了自己参加工作时的“在地”宁夏盐池。在笔者对老先生的访谈过程中，他将自己归为”山药蛋”派，因为自小喜读赵树理、马烽、柳青等作家的农村题材作品，本人又是农民的儿子，从小滚爬在黄土里，使作品自然具有了浓厚的泥土味。并谈到了初到盐池时深感自己是外来户，日久却产生了他乡即故乡的感受。这种异乡人的感觉的消失，一方面源于宁夏文化的“移民”特征使迁入者没有感受到强烈的被排斥感，而另一个重要的原因就在于，环县紧靠盐池南部山区，与盐池山水相连，地形地貌，风俗习惯，语言文化等非常相似，这种视觉场域与听觉场域的相似性，使他仿佛从这个村移到邻村，甚至于并不认同自己的移民身份，认为与江浙京津迁到宁夏的移民大不相同。这一点，在三部曲的地域空间设置上非常重要，也因此而实现了这个三边地区小小村庄的地域“兼载”。

在小说《烟火人家》的后记中，高耀山谈及自己安排结构的考虑，认为传统的在剧烈冲突中展现理想人格或进行道德评判的作品，其实“并不能很好地反映他们真实而平凡的生活，更不能保留生活的原汁原味和血肉气息，所以我选择了尊重生活，贴近现实，本色地去写，力求像生活本身那样。”[①] 可以说，这种安排不仅是基于知识分子文化反思的需要，也是高耀山文学观念的显现。

---

① 高耀山．烟火人家·后记．银川：宁夏人民出版社，2008，271．

叙事从一开始就是一种生产感觉空间的行为，今人采用的叙事手段越来越丰富，但从实质上说仍未摆脱对诸种感觉交流的模仿。罗兰·巴特认为小说世界与咖啡馆、立体声响有相似之处，巴赫金说陀思妥耶夫斯基的复调小说以各种声音的对话为中心，中国古代小说则努力用书场感征服读者。这些其实都是运用声音叙事方式营造听觉空间的方法。人类社会进步的一大标志，是由空间中事物的生产发展到空间本身的生产。在人类的文学史中，口头叙事用声音覆盖住一定范围的空间，剧场、影院和音乐厅等实体空间则容纳了形形色色的叙事交流。同样地，评价和议论也是叙事消费的重要方式，一些注重“被看”的消费者甚至把传播场所当作社交平台。当今时代，电脑屏幕上不时弹出的弹幕会使消费者产生和人边看边聊的感觉，微信的群聊功能也是虚拟空间中的互动。傅修延先生在《叙事与听觉空间的生产》一文中对人类生产听觉空间的种种方式进行了细致的考察和梳理，同时指出，讲故事从一开始就是一种生产听觉空间的行为——一人发声而众人侧耳，这种“点对面”的沟通已在对人类社会架构进行最初的塑形。只是由于声音的不可见性质，许多人处在种种的听觉空间之中而不自知。迄今为止的研究虽从不同侧面涉及这一话题，但都未对其作专门探究。因此，从“生产”角度仔细考察与叙事交流有关的听觉空间，或许会让我们获得一些新的发现。[①]“三部曲”的声音场域的构造，正可为我们提供这样一种分析研究的平台。

---

① 傅修延．叙事与听觉空间的生产．北京师范大学学报（社会科学版），2020年第4期．

第二章 漠月小说中的“荒野”与知识分子的精神原乡

——以小说集《放羊的女人》为中心的考察

有人说，有史以来最好的虚构大师，不是托尔斯泰，不是卡夫卡，是弗洛伊德。他给世界提供了一套语言，还给世界提供了一套故事模板，这是作家的终极梦想。不论你是否同意把弗洛伊德当成一个小说家来看，这种解释就是一种小说的解释。小说让我们注意那些有意思的事。弗洛伊德是精神分析的开创者，他最初研究精神分析的时候，写过很多案例报告，他记录自己的梦境，然后对梦境进行分析。在弗洛伊德之前，人们对自己的潜意识，对自己的幽暗心理少有认识，也不知道该怎么谈论，弗洛伊德提供了一整套的理论框架。

米兰·昆德拉也谈到过传统小说叙事的局限性，他认为小说还有一种可能性就是思索，不是像哲学家那样思索，而是用小说的方式来思索。如果我们把《生命中不能承受之轻》和电影《布拉格之恋》做一下比较，看看小说中有哪些东西在电影中磨损了、消失了，就会由此发现，昆德拉的小说试图叙述什么。这种对于人类思考的叙述和表现，是当代小说的新的机理。而弗洛伊德和他的后继者们，正是以他们的心理分析系统，给这个机理注入了活力和动力。对于人类精神世界的那些幽暗得难以窥见的角度，作家们正是借由心理分析的角度去加以发现，当然前提是你要有足够的心理体验和想象力，还要找到进入这个符号系统的方法，比如说对人的潜意识的挖掘。

世界文学史上，最早对人的潜意识进行主动挖掘的当然要上溯到19世纪俄罗斯的两位天才作家陀思妥耶夫斯基和列夫·托尔斯泰。他们以自己的小说文本开启了文学向人类的精神世界探索的大门。这对于20世纪世界文学的转向具有重大意义。这个过程毋庸赘述。对于现代中国文学而言，自新感觉派以来，对潜意识的描写也比比皆是，但多是塑造自我和本我的纠缠，以此构成文本的张力。文本中的心理分析，不仅构成了对自我、本我与超我的对话和角力，还可能从社会学的层面形成对社会控制的文学表达。对超我的道德追求，其实是一种文化追求，这个用荣格的集体无意识来解释就比较简单了，我们追求道德感，但道德是文化的表现形态，所以这种若有若无的约束在人物的潜意识活动中就构成了意义，成为伸出果院，又要被修剪掉的那些枝条，这些枝条于那个下定决心剪树枝的人内心恍惚的感受，具有了相当强烈的符号意义。这绝对是可以代表宁夏作家的文学感受力和表现力的一个作品。前文所论及石舒清的小说《果院》，在这一点上就处理得非常巧妙。但其实在宁夏文学中，漠月笔下的超我世界也非常值得我们去认真关注，尤其是当我们以空间视角去考察他文本中所构造的叙事空间的时候，这一点就更有意味。

本章选择漠月而非石舒清作为20世纪70年代作家的代表进行叙事分析，其主要考量是基于对漠月小说所构造的“荒野”空间的考察。作为真正意义上引起文学界关注的土生土长的宁夏作家之一，石舒清的创作所呈现出的向民间文学靠拢的趋势，尤其是他最近新发的《地动》中具有的口述史的整理以及非虚构写作的倾向，非常值得研究。石舒清所代表的宁夏知识分子的乡土写作是以知识分子立场对民间文学的重构，所以在作品里所涉及的人物心理的处理非常特殊，如果借用弗洛伊德的心理结构来加以关注的话，那这些小说中就明显构成了个体对于超我的追求。这一点，如果放在现代文学的视野里是非常有意义的。但石舒清的天才书写更集中于对私人生活空间的关注，而漠月的文本中构造出的特殊的“荒野”文化空间，则不仅是属于漠月的，也是属于宁夏文学的，更是属于整个中国文学的，这是一个承载了全部中国知识分子文化理想的精神原乡。在这一点上，可以说，漠月的文学创作，更承载了宁夏文学与中国文学的蕴含关系。

本章对漠月小说的考察，主要是以舒斯特曼实用主义身体美学理论为基础，同时结合了对世界文学中不同作家的文本比较，讨论漠月作品中的“荒野”空间所呈现出的中国文学独特的文化心理。

一、仪式空间的身体表演

仪式是一种集体程式化的行为，具有一定的稳定性。作为一种文化现象，通过仪式叙事机制，可以在行为、符号和意义之间建立起一座桥梁，可以通过仪式中呈现的文化习俗、社会价值、权力关系，在仪式当中隐含丰富的象征意义。与仪式叙事密切相关的物质依托比如器物服饰、仪式场所等，也就同样传达出被遗失或忽略的信息，强化其叙事的隐喻性，纠正文本叙事的历史局限性。《大草垛》《挽歌》《白狐》虽然都是短篇小说，但文本通过视点人物的“凝视”，将牧区人的日常生活通过身体仪式的表演做了细致呈现。牧驼老人在冬日里打扫驼圈时死去，他“将自己放松了，坐在一道沙梁上大口大口地喘气。过了一阵后，老人便不再喘了，平静得无声无息。老人感觉到自己飘飘而起，然后稳稳地坐在了驼背上，向着大漠的更深处走去。”[①]《湖道》中的亮子眼中打草的罗罗“弯着腰，屁股撅得老高，像一只母羊吭哧吭哧地嚼着眼前的草，饿极了的模样。罗罗身上的汗褂儿滑脱了，一大截皮肉露在背处，浑圆而饱满，这是一个女子熟透了的腰条儿。那腰条儿真是很白，白花花地闪着亮，褪去皮的锁阳一般，水光四射，柔嫩而新鲜。亮子就被狠狠地蜇了一下，眼前恍惚着一片雾似的，整个的人都晃了几晃。”[②]《放羊的女人》中的“她”则在

① 漠月．放羊的女人．银川：宁夏人民出版社，2012，84.

② 漠月．放羊的女人．银川：宁夏人民出版社，2012，3.

孩子生产前一刻还在劳作：

> 她的娃正在一步一步抵达生命之门，期待着喷薄而出的那一时刻。她提个很小的水桶走在通往水井的路上，她得把屋里那口大黑缸给蓄满水。她的身子已经显重了，她走得很艰难，不长的一截路要走好几个时辰，走几步歇一阵，歇一阵再走几步，脚下这条走了无数遍的小路，似乎比任何时候都要漫长。她直一直腰，笑一笑，朝着镇上的方向，说："你永远'猴'在车上，你别回来。"[①]

小说集《放羊的女人》中的身体仪式主要是通过劳动实现的。出生与死亡，婚姻与分离，成长与衰老，一切皆萦绕在劳动之中。无论在打草、做饭、喂驼、牧羊还是清扫圈棚，日复一日的劳作，"天色已是黄昏，暮霭正在合拢，向着驼圈、粪堆和屋子逼近，那远方是更加的苍凉而厚重了。晨出与暮归，构成牧驼人一日的轮回。"[②] 在劳作中，生命流转，由生到死，由青春到衰老。

> 老人将粪块揽进筐里，一趟趟背出去倾倒在巨大的粪堆上。巨大的粪堆就是这样一筐一筐堆成的，以至有一条深陷的小路蜿蜒在驼圈和粪堆之间。老人揽得很慢，芨芨筐里的粪也只有一半，多了不行，多了老人背不动。

① 漠月．放羊的女人．银川：宁夏人民出版社，2012，37.

② 漠月．冬日，见：放羊的女人．银川：宁夏人民出版社，2012，83.

> 从这个冬天开始，老人收拾驼圈的速度明显的慢了，收拾一遍差不多需要一天的时间，揽完了驼粪，还要用钩叉撸匀圈里的沙土，这道工序才算结束。冬日的阳光晒透沙土表面，驼羔夜里卧上去便能保持体温，不掉毛不塌膘，能够轻松地熬过漫长而寒冷的冬天。早些年这样的活是由儿子去完成的，儿子干活时常常心神不定，丢三落四，老人没少责骂过。现在儿子逃脱了，所有的活都得老人自己去完成，去完成一个牧驼人在每一个冬日里的每一道工序，不能忽略任何一个细节。老人一辈子没偷过懒，老人做着这些活的时候，心情是平静的，同时也很充实。①

小说对牧驼老人生命的期许和追求没有进行评价，而是反复地呈现老人清扫驼圈的动作。对一个牧驼人来说，这样的劳动，大概才是他们所认同的生活。儿子离开了草原，去了小镇，背弃了牧驼人的生活方式，让老人无比失望。而小镇上那个细腰细腿的驼雕则一下子激怒了老人。人类身体既是宗教又是世俗神话的核心内容。如果说神话揭示了具备某种朦胧意识的初民对于身体意象的大胆运用，那么在某种意义上，神话中的诗性逻辑就是初民对世界情感投射的主导思维模式。在仪式叙事中，承托物被尽力简化了，而叙事对象的身体属性则被刻意加强。通过视角人物的目光，身体所具有的这种意象意义被突显出来。血肉之躯的隐

① 漠月．冬日，见：放羊的女人．银川：宁夏人民出版社，2012，81.

喻恰恰成为一种十分有效的解释、掌控万物的手段。正是基于身体隐喻的诗性特征，身体与世界万物产生了共通感。牧驼老人质朴的生命诉求，在日复一日的劳作中，以日常生活的多个画面构成了人生的图样。男人与女人、老年与青年、人与驼的相互凝视和身体表演，具有强烈的仪式感。这些身体的核心特征，可以概括为一个词：洁净。

洁净不是表现为表象上的一尘不染，而是一种生命需要。洁净是生存的基础。居所的洁净和心灵的洁净同样重要。

作为家里主要的经济来源，动物与人的关系是极为复杂的。一方面牧区人把羊和驼当作是家庭成员，父亲为了一只老儿驼花费整个夏天去寻找，牧区人关心的似乎又不仅仅是具体的羊或者驼，而是在那盛大的队伍中呼啸飞奔，迎风恣肆的心灵体验。此时，人与动物是一体的，无所谓姓名，无所谓身份，只有回归自然状态的天真的满足。另一方面，壮大的羊、驼的队伍，又是牧区人的身份标签，队伍的数量越大，社会评价就越高，自我满足感就越强。牧区人就是在这样的双重心态中，与动物保持了一种微妙的平衡。

这种感受不同于石舒清笔下的人与动物的关系。在石舒清的故事里，羊是家里的经济命脉，宁可苦了人，也不能伤到羊。大姑姑失手打死了家里的黑脸羊，吓得不敢回家，内疚让她恨不得被父亲打死，叔叔放羊时丢了羊，几次三番被爷爷责打。然而受口蹄疫波及之时，大批的羊被“屠杀”，四面的荒野里山头上坐满了羊的主人，他们面对自家的羊的死亡，撕心裂肺地大哭。个体的遭遇是细节，而人与羊的集体受难却是能指。羊所具有的那种驯顺的、牺牲的原型意义，并未被文本刻意地强调，但这个集体受难的空间仪式，却使这种原型力量获得了一种能指的意味。而这一切在漠月笔下，却变成了天高云淡，粗砂旷野中人与动物的相互依存。

养羊、杀羊，大块吃肉，大碗喝酒，是顺应本心的快乐。托着女人慢慢走向深水的驼子，在女人美丽的身体上感受到了自己的“欲”而不能，他痛哭失声，一步步走向深水，却最终挣脱了恨，并未掩埋自己的人性；遮蔽着宗德的小屋子，黑暗的夜，一堵堵的墙，就是保护他脱离社会，回归原始欲求，却又将他牢牢锁闭在道德中的“卡吕普索”[①]。潜藏在内心中的道德诉求让宗德最终从原始欲望中惊醒，逃离了女性的诱惑，金钱的诱惑，而坚守住了内心的底线，并最终飘然而去。然而这一切，却在一场瞬间而至的沙尘暴中被湮灭。一切的一切，都敌不过自然的伟力。人类的种种欲望，在自然之力面前，渺小如沙粒。那么，坚持与放弃，区别是什么呢？戛然而止的结尾，正是小说中的空间仪式所构成的悲剧性的审美效果。

老人在日复一日虔敬的劳作中慢慢老去，在儿子看来，这一切都是无谓的消耗，但对老人而言，这是刻印进他生命的仪式。在漠月的荒野空间里，大草垛无疑是非常特殊的意象，在他的一系列小说中反复出现。他也不止一次地通过对人物的割草的细节

---

① 卡吕普索是古希腊长篇叙事诗《奥德赛》中奥德修斯与女神共同生活了七年的海中仙岛，其希腊文之意为帐篷，即遮蔽之意。在这个岛上，别人都吃了忘忧果不记得过往，只有奥德修斯坚决不肯食之，并最终挣脱了女神的束缚，继续向心中的故乡漂泊。

描写来强化这种劳作行为的仪式感。草是牧区人最熟悉的，大草垛是牧区人现实中的身份象征，谁家的草垛大，谁就被尊重，但它不仅是自然物，不仅是身份的象征物，更是人的映像。牧区人如草一样，有顽强的生命意志，安然地承受天命，不过度索取，不贪婪攫取；牧区人也如草一样，在并不丰盈的物质世界中却获得了丰盈的精神世界，乐善好施，乐于助人，知恩图报，不计前嫌。心灵的“洁净”和生命的“悲戚”是漠月笔下人物的基本特征。“悲戚”为表象，“洁净”为内涵。

苦吗？

马子善老人面对儿子为母亲杀羊的要求时，他无法对儿子判定，到底是生者更重要，还是死者更重要。牧驼老人也无法向孙子说明，什么是苦。苦难作为一种生命体验，看起来是一种生存环境，但实际是却是一种非常个体化的生命体验。没有人能够用自己的价值标准去判定别人的生命体验。虽然，老人在儿子离开后，把孙子作为继承牧民传统的希望，但他在孙子的穿着、行为和态度中也分明地发现了，孙子活在与自己完全不同的空间中，那个空间改变的不仅仅是吃穿用度，不仅仅是居住环境和建筑格局，更是人心，是人对世界的体验和需求。

在回答意大利中学生关于活着与幸存的问题的时候，余华曾经说过，在中国，对于生活在社会底层的人来说，生活和幸存就像是一枚钱币的两个面，而它们之间的分界线在于方向的不同。就《活着》而言，生活是一个人对自己经历的感受，而幸存往往是旁观者对别人经历的看法。《活着》中的福贵虽然历经苦难，但是他是在讲述自己的故事。用第一人称叙述，福贵的讲述里就不需要别人的看法，只需要他自己的感受，所以他讲述的是生活本身。如果用第三人称来叙述，有了旁人的看法，那么福贵在读者眼中就只是一个苦难中的幸存者。生活是对于自己而言的；幸存是别人的评判。这就是余华对自己作品的理解，也是余华的创作观。他所说用第一人称叙述，福贵的讲述里不需要别人的看法，只需要他自己的感受，所以他讲述的是生活。如果用第三人称叙述，就是旁观，是读者眼中的苦难的幸存者其实就是一个视角的差异。作为先锋派作家，他曾提出“零度”写作的观点，即作家不需要在文中有判断，只需要记录。余华笔下的苦难与经历苦难的福贵就是一个众生相，就如同鲁迅笔下的阿 Q，写的就是很多如福贵一样的小人物的生活。但不同的是，鲁迅用“哀其不幸和怒其不争”来表明态度，余华却只想记录下那历历在目的生活场景，因而读后没有怒，有悲悯与包容，有人性的无奈与撕裂，所以余华不想加入个人态度，不想用第三者的态度去评价福贵的人性，他也无法用观望者的角度评判一个人的人生与人性乃至社会的问题。其实，这也是为什么宁夏文学在整体性地表现苦难的生存状态的时候，并未让读者陷入一种悲苦或者怜悯的阅读体验之中，因为对作家而言，大多数作家其实主动地选择了一个人物视角，去反映在某种生存状态中人物内心的坚守和执着。而这一点，让宁夏文学在整体上具有了一种非常沉静和安宁的特点。在事件来临的时候，保持了一种身体与心灵的一致。于是“洁净”就不仅是一种身体状态，而成为一种生命状态。而这一点，其实是现代人非常渴望又常常遗失的状态。

在宁夏文学中，许多小说文本的整体布局上，对叙事空间的重视不下于小说的主体。石舒清的小说《娘家》《果院》《底片》等篇章中，我们读到的地方志式的叙述，甚至超过了故事本身。尤其是在其小说《底片》中的风物景观的描绘同样是对等存在的。这种对风俗的重视，绝不仅仅是作为故事的装饰，也不仅仅是故事的舞台和背景，而是小说叙述的外部契机。如果我们把小说的叙事部分看作是一种人生经验的描述的话，那风俗描述就是虚拟的人生场景的舞台，成为小说里人生故事的文化语境。因此，对文本叙事空间的拓展，不仅仅在于传达风俗的奇异，也成为构成小说真实性的重要因素，更重要的是它揭示了一种文化的语境。

漠月也是如此。宁夏人的日常生活，牧区艰苦的生存环境中安然面对生命的高蹈的态度，这不仅仅是中华民族的处境的隐喻，从某种意义上说就是我们自己的前身。原始主义的描绘，更易使我们看清生存的本质，人物与风俗的互相渗透，人物活动与自然风景的交相融会，迟滞了小说的情节化叙事。也导致了小说对其本身意味的超越。这是对中国传统美学观念的回归。

石舒清在为《放羊的女人》作序时曾说：

> 一个人不论写多少文字，换多少手法，归拢到一起看，大致上也只是一种风貌，限制造就了风格，漠月也莫能外。漠月的小说看多了，就会发现有这样一个特点，他似乎不大情愿写到一个具体的人，似乎不愿意使他的人物有一个名字。因此在他的小说里，出现的人物多是男人、女人、老人、儿子、小孙子，等等这样一些显得

笼统的称呼，但真正写起来，又把这样一个个无名无姓的人写得真切可感，如在眼前。这样一种写法如若出自无意，则是很有意味很值得探究的。同样不愿意给他的人物起名字的西部作家还有一个红柯，但红柯与漠月的风格是很不一样的，漠月也写意，比较于红柯，却是写实得多了。

于是在漠月的小说里，我们总是那么的容易看到一群近乎无名无姓的人，一群容易被忽略的人，一群在漫的岁月里难得被关注的人，却是那样坚韧而又深情地生息在一片寂寞的土地上。①

这一评价，非常精准地指出了漠月小说中人物设置的特点。与为个体树碑立传的英雄书写不同，漠月小说呈现出的是对牧区人的群体书写。他们是真正怀有赤子之心的人。荒野是他们的家园，这里粗粝的风沙、寒冷的气候和广袤而荒凉的自然景观并未磨损他们的道德感，相反，却促成了他们更强烈的自我评价。他们虽然也生活在他者的世界里，也承受着他者的评价和挤压，但他们却是以不断地自我确证来回应这样的挤压。

在中国现代小说的发展初期，小说家对于叙事时空关系并没有给予足够的重视。对于风土人情、场景描写和人物的心理发展过程这些解释性、装饰性、象征性的描写并不重视，在许多西方

---

① 石舒清．有关漠月（代序）见：漠月．放羊的女人．银川：宁夏人民出版社，2012，5.

小说的译本中，甚至将其完全删去。“急切的政治功利目的，使‘新小说’家不可能领悟这种民俗背后隐藏着的民心民意，以及一代代人的痛苦与欢乐。缺乏这么一种同情心与好奇心，……大大减弱了小说的审美价值。”[①] 其实正是这些解释性、装饰性、象征性的描写，将行动过程作为场景来观察，打断了时间进程，却加强了叙事空间的展现与小说氛围的渲染。没有这些，故事照样可以讲述，但有了这些，小说的诗意情趣才真正体现出来。可以说，正是通过这种方式，作家才极大地延展了作品的抒情空间。陈平原在《中国小说叙事模式的转变》中引胡适对中国小说缺乏风景描写技术的解释说“‘到了写景的地方，骈文诗词里的许多成语便自然涌上来，挤上来，摆脱也摆脱不开，赶也赶不去。’如此趋易避难，现成词组现成思路，放弃景物‘个性’的把握的同时，也就放弃了艺术独创性的追求。”[②]

得益于“五四”作家的努力，沈从文开始创作的时代，读者已经习惯于作家用审美的眼光选择最富于诗意的细节，借助这些细节把作家的主观感受外化。这其中融进了作家的个人情感与审美体验。这一特点，在当代中国西部文学中被继承了下来，漠月的小说创作也体现出了这样的抒情特色。在他的小说中，我们可以大量地看到这种关于风土人情的描写，将对于人物心理体验的展现以身体仪式的方式呈现于文本之中。正是这些叙事时间上的停顿，使他的小说得以极大地延展了其抒情空间，从而更好地完

① 陈平原．中国小说叙事模式的转变．北京：北京大学出版社，2003，115.

② 陈平原．中国小说叙事模式的转变．北京：北京大学出版社，2003，115.

成了他建立在生存体验之上的文化思索与选择。

其实在东方文学中，还有一个作家在文本中热烈地表达着一种对“洁净”的追求。那就是日本作家川端康成。川端康成小说中的洁净也表现为一种生命形态。他的代表作品《雪国》中就塑造了一个与白雪互为镜像的少女驹子。驹子生活在白雪覆盖的村庄，有驹子的地方就有雪。雪的洁白映射了驹子的纯洁朴实，岛村眼中的驹子是“洁净得出奇，甚至令人想到她的脚趾弯里大概也是干净的”[①]。“都市的艺伎生活却给她留下惨白的肤色，而今天又渗入了山野的色彩，娇嫩得好像新剥开的百合花或是洋葱头的球根；连脖颈也微微泛起了淡红，显得格外洁净无瑕。”[②]“岛村朝她望去，突然缩了缩脖子。镜子里白花花闪烁着的原来是雪。在镜中的雪里出现了女子通红的脸颊。这是一种无法形容的美。”[③]“也许是旭日东升了，镜中的雪愈发耀眼，活像燃烧的火焰，浮现在雪上的女子的头发，也闪烁着紫色的光，更增添了乌亮的色泽。”[④]雪与镜相映，镜与人相叠，在虚幻与真实之间交错，互为表里。

洁净不仅是状态，更是发现。从这个角度上讲，仿佛连脚趾

①（日）川端康成．雪国，叶渭渠，唐月梅译．见：雪国·古都·千只鹤．南京：译林出版社，1999，9.

②（日）川端康成．雪国，叶渭渠，唐月梅译．见：雪国·古都·千只鹤．南京：译林出版社，1999，34-35.

③（日）川端康成．雪国，叶渭渠，唐月梅译．见：雪国·古都·千只鹤．南京：译林出版社，1999，22.

④（日）川端康成．雪国，叶渭渠，唐月梅译．见：雪国·古都·千只鹤．南京：译林出版社，1999，22.

弯都是洁净的驹子有美好的生命需求，而发现了这种洁净并肯定其价值的岛村也同样具备了这样的生命需求。岛村几次来到雪国，无论是“洁净”的驹子，还是“悲戚”的叶子，吸引他的，正是这种内在的生命需求。在雪国，他处处所见皆是一片纯白，冬天山上的覆雪，夏末丘陵上盛开的芭茅，杉林中仿佛蒲公英的绒毛一样漫天飞舞的蜻蜓，还有在雪中清洁绉纱的雪国少女们。暮雪镜中映出的叶子悲戚的眼神和冬日清晨被白雪映照的驹子冰冷得仿佛燃烧着的黑发，都更增添了小说文本空间的诗意。这不仅得因于川端康成小说叙事与抒情的对接和互融，更得因于其叙事过程中来自岛村的那道始终凝视着的目光。

因此，他的小说一开篇，那个叙述声音就将我们带入了一个清冷寂寞的氛围中。

“穿过县界长长的隧道，便是雪国。夜空下一片白茫茫。火车在信号所前停了下来。

……

黄昏的景色在镜后移动着，也就是说，镜面映现的虚像与镜后的实物好像电影里的叠影一样在晃动。…

在遥远的山巅上空，还淡淡地残留着晚霞的余晖。透过车窗玻璃看见的景物的轮廓，退到远方，却没有消逝，但已经黯然失色了。尽管火车继续往前奔驰，在他看来山野那平凡的姿态越是显得更加平凡了。由于什么东西都不十分惹他注目，他内心反而好像隐隐地存在着一股巨大的感情激流。这自然是由于镜中浮现出姑娘的脸的缘故。…这使岛村看入了神，他渐渐地忘记了镜子的存在，只觉得姑娘好像漂浮在流逝的暮景之中。”①

这是《雪国》中的第一次空间叙述。岛村眼中的暮色和窗玻璃上映出的叶子的脸，这两者构成了一个迷离朦胧的世界。因为火车的存在，却又将这二者，也就是说，将自然和人截然地分隔了开来。人成了独立于自然的另外一个存在。因为是傍晚，叙述者强调了车窗外夜霭的朦胧和车窗内昏暗的光线带给岛村的迷茫感受，以及由此而带来的短暂的幻觉。人物的心理感受是朦胧迷幻的，但这种迷幻又是以孤立于人群之外冷眼旁观来实现的。火车里其他的人和他们的喧哗骚动似乎都被抹去了，在这个层叠嵌套着的空间中，只有姑娘的脸被内心涌动着巨大感情激流的岛村凝视的目光定格在这幅画面上。

岛村在蚕房失火之夜人山人海的围观中，共同目睹了叶子的死亡，从而也完成了其对于生命之美的重新认识。“女人的身体，在空中挺成水平的姿势”“在这瞬间，生与死仿佛都停歇了。然而，她那副样子却像玩偶似的毫无反抗，由于失去生命而显得自由了。”② 在这个充满了仪式感的叙述中，身体成为通向终极之美的隐喻。摆脱了身体束缚的叶子，获得了真正的自由，如银河中的星辰，实现了美的本质。身体之美，只是美的物质形态，会随着

① (日)川端康成. 雪国，叶渭渠，唐月梅译. 见：雪国·古都·千只鹤. 南京：译林出版社，1999，3–5.

② (日)川端康成. 雪国. 叶渭渠，唐月梅译. 海口：南海出版公司，2013，117.

各种因素而改变，真正的美，必得摆脱物质的约束才可以达到永恒。叶子的死并非核心事件，相反，目睹死亡之时，岛村发现了生命的终极意义，那就是对美的追求。那条在小说中多次被提及，仿佛哗啦一下碎入了他怀中的银河，既是死的表征，也同样诠释了一种认识：生命无常，不断流转。而美正是经由死亡，才具备了恒定的特征。这既是川端康成的认知，也是日本文化中对于生命与死亡的美学认知。

二、身体仪式的空间建构

川端康成文本构成的封闭空间是经由死而达到的美的空间，其物质形态就是川端康成毕生热爱的古典之美。小说一开篇就将其构建在一片白茫茫隔绝于尘世之外，沿着县界长长的隧道一路行驶才能够到达。如前文所引，这个被火车穿越而进入的空间是隔绝于人世的。不论外面如何沧海桑田，这里都维持着一种恒定的冷寂的白色。“火车从北面爬上县界的山，穿过长长的隧道，只见冬日下午淡淡的阳光，像被地底下的黑暗所吞噬，又像那陈旧的火车把明亮的外壳脱落在隧道里，在重重叠叠的山峦之间，向暮色苍茫的峡谷驶去。”[①]“岛村仿佛坐上了某种非现实的东西，失去了时间和距离的概念，陷入了迷离恍惚之中，徒然地让它载

① (日)川端康成．雪国．叶渭渠，唐月梅译．海口：南海出版公司，2013，57.

着自己的身躯奔驰。”[①]

在这个特殊的空间中，小说的叙述从一开始就强调了其非实体性的特征，当火车载着岛村进入雪国之中，正从地底的黑暗中穿过，已经脱落了物质的躯壳，进入了一个失去时间和距离的封闭的灵之空间。这个世界与外界是并不相通的，它被白雪所覆盖，山尖终年覆雪，触目皆是纯白。相比于岛村生活的城市，雪国中的时间仿佛是停滞的，在这里，上千年如一，未曾改变。人们住着式样古朴的房子，少女们映着霞光“雪晒”；也同样是在这里，叶子在银河璀璨的夜晚从蚕房摔下，完成了生者对死者的祭仪。小说的结尾与开篇相呼应，又一次将这个文本空间的特征加以明确：那是一个死的空间，同时，也是经由死而凝固下来的具有传统文化特征的美的空间。日本人推崇白色，“日本古代人还以白的色相来表示美的理想。他们认为人死后升天是最理想的归宿，但其条件是要有一颗洁白的心。人死后最美的所在，是白色的世界。所以他们的墓穴和陪葬物大都涂白色……可以说，在古代日本，白色是象征清明、纯洁的”[②]。而雪的晶莹洁白，正契合了日本人对白色的推崇。可以想见，川端康成为什么将声音美得仿如天籁的叶子的葬身之所选在了雪后的蚕房。

川端康成的小说中，自然现象的描写很多，但对自然现象的描写中，更多地强调的是人无法接近或无力改变这一基本主题，

---

① （日）川端康成．雪国．叶渭渠，唐月梅译．海口：南海出版公司，2013，57.

② 叶渭渠．物哀与幽玄——日本人的美意识．桂林：广西师范大学出版社，2002，49.

所谓“雪月花时最怀友”，正是无法主宰生命所产生的孤独感。川端小说中所出现的自然意象多是辽远的星空，从天而降的雨雪，自生自灭的花草。作为物质生命的载体，身体最终必然衰竭，这是永恒的自然法则，是人类无法逃脱的命运。人与虫，挣扎皆是徒劳。文本中，岛村第一次坐车时对叶子那迷人的美，几乎颤动的玻璃镜像一直在岛村的脑海里飘荡。无论是驹子还是叶子，她们都有着雪一样的洁净和纯白。同时，她们对岛村来说又只是水中月、镜中花，也会如那美丽的雪花一样飘然落下。“洁净”不仅是形态，更是行动。驹子的美是身体形态的世俗之美，它需要日夜不断地行动维护，驹子那勤奋却缺少韵味的三弦声仿佛就是川端对世俗之美的哀叹。不论多么努力，都摆脱不了渐渐消退的命运。只有脱去物质的形态，才能在绝对的形态中保持纯粹之美。而这一抵达纯粹之美的方式，便是死亡。

很多人注意到川端康成小说中驹子与叶子的对立统一关系，却忽视了一点，即通过二者川端所表达的生命与死亡的认知。正是在这个封闭的白色场域中，通过驹子无奈地分别与叶子在死亡中得达自由，川端康成完成了其对于美，对于生命的隐喻性表达。当岛村最终发现摔下来的是叶子的时候，当他知道叶子的生命即将凋零的时候，他抬头看银河，却是“银河好像哗啦一声，向他心坎上倾泻了下来”。[③] 叶子的无可奈何花落去，就如岛村的银河倾泻了。仿佛怅然若失，又似乎若有所得。地上美好的薄雪，就

③（日）川端康成．雪国，叶渭渠，唐月梅译．见：雪国・古都・千只鹤．南京：译林出版社，1999，84.

如叶子必死的身体，终会遭人践踏，而以死亡飞升入银河，获得绝对意义上的自由，才是抵达美的唯一途径。雪夜中的银河、火光，照亮的是叶子那短暂而又如夏花般绚烂的生命，照亮的是岛村对叶子那可遇不可求的深深的悲哀，而这个隐于地下的美的文化空间，也承载了川端康成对于美的执着追求。

相比于《雪国》，漠月在其小说集中则构造了一个“荒野”的文化空间。在这个充满了自然生命形态的空间中，是经由身体的劳动仪式，在不断自我确认中达到精神的洁净。

宁夏文学中少有人去进行动物叙事，陈佳冀在考察了当代中国文学的大量文本之后，提出了中国文学动物叙事的历史传承与类型衍生。在他所考察的所有具有动物叙事特征的56个文本中，仅仅罗列了两个与宁夏文学相关的文本，一个是石舒清的《清水里的刀子》，另一个就是漠月的《父亲与驼》。他认为这两个文本才真正具有了他所说的以动物为主体的，将动物进行隐喻的文本追求。但是，这是否就意味着宁夏文学与动物关系疏远呢？甚至是否有人会觉得，宁夏山区的极度干旱缺水的自然环境使人们的日常生活中与动物关系甚为疏远，所以带来了文学方法上的变化呢？当然不是。因为我们所言之动物叙事，不论是完全或者部分的以动物为主角的作品，都存在着一个共性的特征，那就是在肯定人的主体性地位的同时，将人与动物的关系简单地二元分为非此即彼。在宁夏文学中，动物比比皆是，而自儿时与动物基于感受所产生的情感体验也让写作者和阅读者都很难将动物简单对立于人类之外，而是强调人与动物，人与自然的相处是基于一种感性的，同时又是非常真诚和自然的情感体验。比如石舒清在他的最新的小说《地动》中所讲到的那只地震前夕将主人拖出窑洞，然后又以死与狼群相搏，护主人周全的懒狗，还有《疙瘩山》里为了即将被“屠杀”的羊而哀哭的乡民们。对他们而言，动物是家人，是朋友，是伙伴，是一切可以给予你温暖力量的情感，同时，也是与自己生命相通，息息相通的另一个自己。他们凭着感受去爱他们，同时也以它们为镜，在他们的世界里看到了自己的影子。这使得宁夏文学中所出现的动物与人构成了一种奇妙的镜像关系，这种关系，将平庸的日常生活进一步诗意化，这使得宁夏文学呈现出一种抒情和感伤的气质，而不具有极其尖锐的对立。要知道，将“人”与外在世界进行二元对立的解读和分析，实在是西方哲学最通常的理论基础。

漠月在散文集《随意的溪流》中曾经谈到过工作后在固原吃羊羔头的感受，说自小受到牧区人生命经验的影响，也认同他们的生命态度。人与动物都受自然滋养，都有属于自己的生命历程，这大概可以算是最平和的生态文学了。他说：

> 到端上桌来，我才明白固原的羊羔头是要剥皮的。被剥了皮的煮得烂乎乎的羊羔头，面目全非地呈现在食客的眼皮子底下，令人望而生畏。香则是香，的确名不虚传，但于我而言多少有些难以接受。我是在内蒙古阿拉善牧区长大的，而且和当地的蒙古人在一起生活多年，耳濡目染，在接受了牧业劳动方式的同时，饮食习惯也受到很大的影响。其中一条就是不吃羊羔头，甚至连羊羔肉也不吃。按照蒙古牧人的说法是，羊羔来这个世界

上，至少要完整地度过一年四季中春夏秋冬的每一个季节，真正吃遍了各种各样的青草和黄草，将奶肚子彻底换成了草肚子，它的生命才是完整的，那么它作为一种牺牲或者一种奉献也就死而无憾了，否则就是杀生害命，老佛爷也不会答应的。比较而言，我倾向于这种说法，也尊重这种传统的饮食习惯。这和封建迷信无关，这和一个人，甚至一个民族的宗教信仰有关。[①]

由此看来，漠月想在文本中所构筑的，是一个人与动物平等地生存于自然之中，各自保持生命的尊严，不贪婪，不放纵，恪守自然规则和自己的"本分"的世界。动物因生命意志存在，而人类以道德自律处世。因此，即使在看起来荒凉的世界中，这种彼此的温暖却从来都没有缺失过。这也才能解释，为什么父亲会为了那头老儿驼，穿越整个夏天去寻找它，看顾它，而别人眼中的丑陋无用的驼子为什么最终将小城女人送上了对岸；牧驼老人为什么会为小城里的一座现在雕塑怒火中烧；宗德又为什么在十年中先后拒绝了两次深夜里的诱惑。实在是对于牧区人而言，这才是最正常不过的生命的样貌。于是，我们才看到了漠月小说中十分独特的一篇故事——《菜园》。这篇可以拿来与沈从文的小说《菜园》共读的故事，彰显了漠月文学中最具辨识性的文化空间。那个修建于牧区的风沙中的菜园，那一捆一捆一簇一簇鲜嫩的菜蔬，与玉家菜园里遗世独立不苟合于世的白菜一样，实在是体现了中国知识分

---

① 漠月．随意的溪流．银川：宁夏人民出版社，2012，13.

子浓烈的文化精神与高尚的人格尊严。而这修建在文明与荒野、城市与乡村、中心与边缘、获得与给予、坚守与顺从的边界上的“菜园”，也就成了两位作家所精心构造的文化空间！

三、知识分子的精神原乡

仪式是一种生命体认。这种生命体认，既可以是宗教性的，也可以是对民族文化的认同和传承。将身体行为仪式化，从而达到一种生命体认，呈现出了对民族文化的强烈的认同感。身体与心灵不是二元对立的，而是一个身心统一体。这个身心统一体与社会环境密切相关，与他人交往，相互交换能量、信息、情感和经验，从而与他人发生联系，并缔结某种可以建构他自身的关系。东方哲学追求身心合一的美学体验。换言之，身体改善的终极目的是达到乌托邦身体。在乌托邦身体阶段，自身隐藏到更广泛的行动中，感觉不到身体的存在，达到“无我之境”。这正是文学文本身体表演仪式化的原因，也正是文学空间构建的终极目标，是小说家构建文本仪式空间的重要原因。

仪式的终极关怀落脚点着眼于此岸的现实层面，但它并不缺乏宗教般的神圣信仰，这些信仰在早期文化中主要是由神话、神话思维完成的，这也是礼仪能够被广泛接受的精神支柱和核心所在。神话往往假定在现实世界之上存在着一个超越性的神圣世界，仪式则恰恰是由现实世界通往神圣世界的对话。卡西尔就将神话看作是一种无意识的虚构，在神话的想象中，总是暗含着一种相信的活动，没有对它的对象的实在性的相信，神话就会失去它的根基。仪式的书写不只是早期的文学想象，也不只是民族主义在历史中寻找民族自尊和认同的证据，作为一种信仰和思维，它已经融入历史。

在漠月的小说中，荒野不仅仅是牧区人的生存空间，更是知识分子书写的文化空间。它既远离尘嚣又不绝情于人世，既亲近自然又恪守道德传统，非常明显地体现出了中国的知识分子所追求的生命形态。荒野从来就不仅仅是荒野。在文学文本中，作为一个独特的空间场域，荒野是知识分子的理想之窗，是创作者构造理想世界的途径，批判社会的方法，确证自我的动力。荒野是人眼中的世界，更是人类社会评价体系的坐标。在茫茫山经与海经之中，世界皆为荒野；在奥德修斯漫长的漂泊中，只有水与岸，只有世界与家。荒野是随着人类文明的发展而逐渐产生出来的评价，而这一评价的核心标准则是与人类社会价值标准的亲疏关系。

以英国文学为例。莎士比亚在《暴风雨》中让普罗斯彼洛以折断魔杖的方式告别荒岛，回归人世，“荒岛”这个理想国与人世构成了鲜明的对立，唯有毁灭方可越界；笛福的荒岛是殖民的成果，斯威夫特的荒岛彰显了英格兰的恶臭，戈尔丁的荒岛是“蝇王”的天下，希斯洛普的荒岛则是麻风病人的天堂。受英国地理环境的影响，英国文学中的荒野主要形态是封闭的荒岛，这个“岛”类似于福柯所说的“异托邦”社会，是确证权力的实验室，它因权力与外界相隔绝，重新被设计和分配。但从空间设置上来看，这些文本中的荒岛都呈现出了与人世的二元对立关系。只有打破权力才能越界。

而中国文学中的荒野、异域与人世则留有一条狭窄的通道。

历代文学中的隐逸传奇，多有突破现实而进入的“异”空间，供写作者处身世外，评说现实人心。从接舆许由到林下饮者，从渔人曲径通幽找到的桃花源，到采药误入的天台山，这个“异”空间虽然看似独立于人世之外，是主人公心中所向，但不管是烂柯观棋的山洞还是黄粱梦境，还是南柯幻城；不管是花妖狐妻相伴的书斋，还是重勘前世以判来生的地狱冥界，不论情节如何发展，不论主人公们在“异”空间中有如何的奇遇，最终必须要回到现实的世界中来。这条通往人间的狭窄通道虽然走起来艰难，却并非不可遇不可得，它是中国知识分子们不忘情于现世人生的精神牵系。与重视个体价值的海洋文化相比，中国的知识分子关注的不是披荆斩棘，创建新世界，而是更关注个人的族群价值和伦理价值，更看重如何以自身的道德力量改良现有秩序。君子当有德，达则兼济天下，穷则独善其身。这是中国知识分子的精神气质。秉持理想，淬炼道德，贫贱不移，富贵不淫，才是君子的品格，而君子的风骨，更是威武不能屈。正是这一精神诉求，让中国叙事文学的空间结构呈现出了特殊的套层结构，与西方文学中的“乌托邦”空间有着明显的差异性。西方文化强调个体价值，因此强调个体对环境的“建造”或“征服”，无论是古希腊文学中阿里斯托芬戏剧中凭着雄辩术征服群鸟，建立了“云中鹁鸪国”的雅典人珀斯忒泰勒斯，还是大航海时代凭借着魔法建立了海外仙岛的普洛斯彼洛，或者是更远一点独居海外开辟新世界的鲁滨孙；不论是勇闯天涯，寻找新世界的美国西部牛仔，还是一意向前，在大海深处与鲨鱼恶斗的老渔夫，这个以自我的力量开辟出的新天地，建设出的属于自己的“乌托邦”，才是他们不断描绘，又不断反思的“异”空间。

有意思的是，与英国同为岛国的日本，其文学中却少有“荒岛”。《雪国》结尾处叶子的死亡场景中，作家用大量的篇幅营造了其纯净、空灵而又热烈的空间效果。一道银河横跨天际，比任何月夜时还要亮得多的璀璨群星，清冷而纯白的雪国冬夜，万众瞩目的群团，被大火驱散了却在围观的人群。在这样的场面中，叶子从二楼倏然落下。于《雪国》而言，洁净的外在环境强化了对人物内在心灵的映照，两者相互渗透，共同构成了川端康成对于古典日本文化精神的场域特征。三岛由纪夫的《潮骚》虽写海岛，但海岛却是温暖有爱的。于《潮骚》而言，澎湃的海浪强化了少年冲破一切困难的意志和雄心，东方式的温和的群体意识、伦理关系与西方文化中对个人力量的赞美和讴歌，深深地交织于三岛由纪夫的小说中，使他的作品呈现出了新的特征。但正是这种“新”，也更显出了日本文学空间构造的一致性。无论是岛村向雪国腹地的旅行，还是新治深入大海证明自己的能力和勇气，最终为海岛伦理社会所接纳；无论是鹰四、蜜三郎回到峡谷深入的故乡森林，还是《八月的六日间》中与记忆和解，重新确证自己的“我”在不断攀登中一次一次冲击顶峰，最终登上的天下第一枪岳，可以说，向深处走，这是日本文学空间生产的基本特征。这种向深处的行进治愈了主人公的心灵困境，使得他与现实世界和解。这个空间衍生于现实空间，彼此相连，所以经常会有“入口石”或者入门仪式来作为进入的标界。加藤周一在论及日本文学中的时间与空间问题时曾经通过对日本民间故事叙事形态的归纳，提出了日本文学中的三种空间认识：深入的概念；对水平面的强调和“扩建”的思想。[①]这不能不说是日本受汉文化影响而形成的特殊的文化心理。

以此角度看世界文学中的诸多文本，就会发现许多有意思的差异。比如我们经常在谈到中西方穿越文学的时候会发现，中国文学的穿越以返回历史为多，穿越回古代是常见的题材，而西方文学则通常是穿越到未来，在破碎的未来世界里创造新秩序。甚至有人因此谈中国当代通俗文学的这一问题时说现代中国人丧失了意志力，没有改造世界的进取精神。这实在是一个文化的误读。正是因为中国文学传统中这种济世和救世的价值追求，使得中国的历代知识分子所认同的人生都是与当下紧密相连的。因此，改造世界，重建秩序就成了历代知识分子的精神追求，而欧美文学所追求的个体本位的人生价值观念则让他们更看重自我实现，创造新世界。这微妙的精神原乡的构造所呈现出的不同文化心理中的同旨异趣，实在值得我们仔细咀嚼。

① 关于这三种空间意识的具体论述参见（日）加藤周一所著《日本文化中的时间与空间》（彭曦译，南京大学出版社，2010年8月版）

第三章 张学东小说的“镜像”叙事与复式空间

张学东是宁夏文学的重要参与者与写作者。选择为高耀山、漠月、张学东和马金莲四位作家写作专论，主要是出于两个方面的考虑，其一当然是他们是宁夏文学中一直稳定而持续地进行着文学创作的作家，作品的数量和质量都能够代表宁夏文学的成就。同时，四位作家的创作都在进行着一定的调整或者说转型，且有文体的自觉性。这一点非常重要也非常珍贵，对于宁夏文学而言，这种文学的自觉调整是作家对于文学的认知以及自身文学追求的一个定位的转变，表现出了宁夏文学所具有的涵容性和发展性，也是未来宁夏文学可以有新发展的关键所在；其二是因为四位作家在题材的选择和作品的风格上有明显的差异，高耀山的作品在进行乡村叙事时所呈现出的志书特点在中国文学史的平台上也是极具创新性的。漠月的作品表现出了明显的诗性写作的气质，他的小说和散文都在空间构造上以及叙述风格上表现了世界文学20世纪以来的一个共同特征——叙事性的因素降低，而抒情性或实验性的内容增强。张学东的小说情节冲突非常明显。作品中的冲突并非以戏剧化的场面来实现，而是通过互为镜像的空间构造来完成。这一点，在宁夏文学的作家作品中堪称翘楚。而马金莲的小说在舒缓的叙事节奏中所呈现出的女性被边缘化的生存空间与坚韧的心理空间之间的相互烛照，也使她的作品在书写女性的大批作品中独树一帜；其三，是考虑到四位作家的创作基本上代表了20世纪60年代、70年代和80年代出生的创作者们的文学观念以及文学创作实践中的某些共性。虽然以作家的出生年代来划分其文学创作风格的方法不甚科学，但换一个角度来说，通过这样的方式，大概也可以考察对于宁夏文学而言，文学在不同的时代中的发展趋势与走向。

考察文本会发现，张学东的小说中透过文本中的镜像效果，实现了他对处于“边缘”的成长者的关怀和悲悯。在他的文本中，个体与群体，自我与他者，倾诉与失语同时存在，相互交织，从而形成了强烈的叙事效果。

一、镜像叙事的发生机制和叙述逻辑

作为宁夏文学“新三棵树”之一，张学东的小说创作有其突出的特点。这种特点其实并不仅仅是很多评论者所言的，在题材的选择上不断触及城市题材，以笔者个人的浅见，宁夏文学真正能够触及城市文学的实质而并非只是在城市题材上有所突破，相对来说，还有一个比较长的过程。这是文学观念和文学创作方法的变化，所以大概还需要更多的创作者的文学实践来填充它。

阅读张学东的小说，会产生一种相对奇异的阅读体验，这种体验使读者对角色一方面感同身受，一方面又与叙述进程保持了相对的独立性，因此而对角色在同情中有评价。在《西北往事》《被狗牵着的女人》《阿基米德定律》《泥鳅》《迷雾》《尾》《人脉》《害羞的纽扣》《妙音鸟》《坚硬的夏麦》等一系列小说中，我们都可以察觉到这种叙事效果的存在。而其所构成的“陌生化”的效果，应该是张学东的小说之于其他作家最大的差异性，也是张学东小说创作自觉追求的文学目标。小说通过对文本叙事层面的切割，构成了强行对照的艺术效果，使他笔下那个被人为撕裂了的世界充满了生长的疼痛。需要说明的是，此处所用的“镜像”并非来自拉康的理论体系，而是针对张学东小说的文本特征进行的概括。他小说中引入的艺术空间是独立于文本世界的，与现实空间互为表里，进一步延展了人物的生命体验，共同完成了对角色心理空间的建构，具有非常明显的对照性，因此以“镜像”命名。

何为“镜像”叙事？

电影《八佰》大火后，多有人进行评价。但电影的发生机制和叙事逻辑是什么？我们看过很多抗日神剧，战争影视剧，但有没有一部作品，里面有一帮人在打仗，另一帮人近距离看他们打仗的呢？《八佰》里强化了苏州河这一地标，河这边是租界地，河那边是战场，因为日军不敢打租界，所以形成了租界这边的人可以近距离隔岸观火的局面。也就是说，这是一场如此特别的战争电影，它自带观众。这既是电影本身的故事场景，也是它的叙事逻辑。那边在浴血奋战，这边在隔岸观战。它有很强的代入感，当对岸的战士报着自己的籍贯名字，充当人肉炸弹纵身跳楼炸掉日军的钢板阵时，当对岸的战士用血肉之躯保护旗帜时，这边的群众无不深受感动，热泪盈眶。这时我们作为观众怎么可能无动于衷？要知道，这种有观众和没有观众的区别是很大的。很多竞演节目，如《我是歌手》《我是演员》等，镜头为何要不断地从台上切到台下，就是制造一种共情场景，节目中的演员哭了，你也会哭了。这是《八佰》自带观众的叙事逻辑所致，绝不是刻意煽情那么简单。以苏州河为地标，电影的镜头叙事构成了“岸”与“岸”的镜像对比。一河之隔，天堂地狱。对岸浴血奋战，此岸隔岸观火。对岸人间地狱，此岸歌舞升平。而且他们还是同胞，对岸的成败还决定了此岸人们的心理曲线和命运走向。相应地，此岸的观看，包括外国记者的长枪短炮，也影响着对岸战士的决心、意志和表现。对岸从一开始一场面向世界媒体的表演，慢慢变成一种证明上海还在，唤醒中国同胞的壮举。此岸呢，又因为对岸的残酷战斗，战士的英勇壮举开始觉醒，行动。女子夜半送国旗，刀子冒死送电话，最后此岸群众拿枪对抗，搬开铁篱笆鼓舞士兵过桥，最终此岸和对岸感情和目标融为一体，由开始的对立镜像，变成不分你我的血肉关系，而此时同样作为同胞的我们深受感动，也是自然之义了。

我们所说的“自成镜像”，其实也就是一种“自带观众”。“河”与“岸”本身是一对很经典的镜像意象。在马克·吐温的《哈克贝利·芬历险记》那里，河代表自由，岸代表压迫；在苏童的《河岸》那里，河代表欲望，岸代表权力；在罗萨的《河的第三条岸》那里，河代表理想，岸代表现实……但如果我们把“河”看作是一个地标，那么河的两岸也有可能会构成一种相互的观看或者镜像。比如雨果在《巴黎圣母院》中就设置了这样的一种镜像结构。故事发生的社会空间，是以巴黎塞纳河两岸的两个广场为代表的两种生存状态。吉卜赛姑娘爱斯美拉达街头卖艺的特殊职业决定了她可以出入露天的格雷勿方场和巴赫维方场。围绕这两个中心活动点，形成了各个人物赖以立足活动的空间场所。中心活动点之一的格雷勿方场位于塞纳河右岸的巴黎市区。方场的一侧是绞台，别一角是荷兰塔，塔底小黑屋住着女修士，她恶毒地诅咒少女，却最终发现这竟是她丢失多年的女儿。方场的附近是乞丐广场，住着巴黎下层人民，乞丐王国像“奔泻的水每天早上从那儿流出”。甘果瓦每天早晨离开乞丐的大本营，帮少女收集她所赚来的钱。而中心活动点之二的巴赫维方场位于塞纳河左岸的巴黎城区。方场的一边是圣母院教堂，教堂北塔的密室住着副主教孚罗诺。他蜷伏在靠北的塔楼，遥望对岸的格雷勿方场或俯瞰脚下的巴赫维方场，教堂的钟楼住着卡西莫多。方场另一边是富丽的哥特式建筑，法比经常出入那里的贵妇住宅，四处留情。

环绕格雷勿方场的荷兰塔、乞丐广场、圣母院，和环绕巴赫维方场的贵妇露台、圣母院，分别形成了两个不规则的圆形场所，它们如同两个相切的圆，切点上的建筑就是圣母院。因此，圣母院同时属于两个圆形场所的建筑，从而构成了两个圆形场所的基本态势。依托着圣母院和塞纳河的两个环境就构成了一种相互的“观看”“窥视”“俯瞰”等不同的观看行为。塞纳河是自然形成的地标，圣母院是人为建造的历史。它们同频共在，一起目睹了一场人间悲剧的发生，也见证了旷世的爱情绝唱。在这样的相互关系中，河与岸与人，完成了雨果著名的两极对照目标，实现了自我与他者，自我的内在与外在，贫穷与奢侈、理想与现实、真情与虚伪、永恒与片刻、官方与民间等的多层对照关系。这一方法，其实在张艺谋所拍摄的电影《金陵十三钗》中也有体现。在这里不再赘述。

这就是所谓的自成镜像的含义，简单来讲，因为自带观众，而此岸与对岸又彼此互为镜像，同声相应，同气相求，所以两岸的感情和行动形成共振，而作为观众的我们自然被代入其中，因此造成强大的叙事效果。所谓催泪，这不是简单的煽情，而是故事的场景和巧妙的叙事逻辑所致，从这一点看，它无疑是独特的，也是成功的。

二、镜像叙事的主体：成长中的边缘化角色

张学东在谈及自己的小说时曾提到，他的小说中大量使用了成长中的人作为叙述的主体，因此使小说呈现出了一种成长小说的效果。考察他的创作会发现，其叙事主人公的确大多数都是少年或者青年，正处于人生的起步阶段，要么求学未竟，要么创业未成。他们的人生还没有形成一个明确的目标或者方向，因此在行动过程中显得迷茫、困惑，面对生活中出现的困难也往往无力去解决，甚至因此而引发出一种悲剧性的结局。《人脉》中的乔雷，《坚硬的夏麦》中的小北，《阿基米德定律》中的朱安身，《泥鳅》《迷雾》《超低空滑翔》《西北往事》《屋顶上的人影》莫不如此。成长状态和边缘化的身份，使人物性格的发展具有了强烈的不稳

定性，使叙事进程往往出乎读者的阅读期待。

读过福楼拜的小说《包法利夫人》的读者一定还记得，福楼拜为了使自己小说在叙述过程中不至于有特别强调的评价，是采用了很多特殊的叙述方法的，其中之一就是对人物称谓的人为切割。爱玛是女主人公少女时代的名字，在结婚之后就变成了包法利夫人。在小说里，叙述者反复地将这两种称谓混用，但不是杂乱地使用，而是意有所指。激情的，真诚地渴望爱情和人的生活的爱玛，以及狂热的，以奢侈的物质生活填补精神空虚的包法利夫人，称谓设计对应着精神与物质的对立，使女主人公被虚伪现实所割裂的生命体验以及最后的悲剧具有了隐喻的效果。

读张学东小说时也不难发现这种身份称谓的切换。比如《尾》中刚一出场时的“马太太”后来变成了“冯梅”，在小说结尾时又出现了所谓的马先生夫妻。看似只是一个简单的人物称谓，却隐喻着女主人公的人生状态的改变。前文已经多次说过，马太太这样的社会身份是不具有个体意义的，对一个女性来说，不仅不具有个体意义，还额外附加了一个内涵，那就是家庭关系中的从属地位，女性意识的自觉让渡。马太太能够成为冯梅，原因在于遇到了以前的同学，情窦初开时朦胧的爱情对象牛大夫，于是她那颗早已经被一地鸡毛的生活磨损得淡漠的心又慢慢地活了。可一系列的情怨纠缠，最终她仍然无力挽救自己，改变人生，以自杀结束生命。自杀，大概是她对自己生命的最后一个自主性选择了，虽然被救回来了，但冯梅却再也不是冯梅了，马先生夫妇又重回到人生的常轨上去了。

对于冯梅而言，她的人生的转机其实是来自给儿子看病的时候偶遇同学。那个早年对自己充满了爱情幻想的男孩子现在却成了儿子的主治医生。在接触中，她女性的自我意识被唤醒了，于是在平庸乏味的生活中她渴望能够有一种独属于自己的，充满了爱意和关怀的生命体验。这是小说情节发展的契机，如果我们还套用叙事学的基本叙事模式来解释的话，可以说，正是这个偶遇在她的心中所投射的光芒，打破了她看似处于平衡状态一潭死水般的生活，让她的生活经历了一系列的冲突和不平衡，并为小说带来了叙述的动力。

冯梅是边缘人吗？看起来并不是，因为她有家庭，有工作，有丈夫有儿子，看起来怎么都应该是主流世界的一部分。但实际上，小说一开篇就说了，她在单位是那种可有可无的人，是“这倒也不说，她在单位有多么重要，情况也许恰恰相反。在一个人浮于事的部门，彼此间比拼的往往不是谁更能干，而是谁更能在领导跟前八面玲珑要风得风要雨得雨。在这方面，她恐怕永远都望尘莫及。”[①] 在这个只有巧言令色才能顺风顺水的单位里，冯梅正是因为不懂得这一套规则，也不愿让自己完全丧失自我，而被大大地边缘化了。

同样地，《阿基米德定律》中朱安身的“边缘”也并非源自于社会身份。他有一份村里人羡慕的城市工作，毕业之后就有稳定收入，这是多少乡人的梦想啊，但他却因为天生容貌丑陋而在人前无法自信地生活。从上学的时候就开始的自我封闭，在工作之后更为严重。如果不是为了让行将就木的父亲安心而雇佣马娜

① 张学东．尾．郑州：河南文艺出版社，2017，32.

陪自己演戏，那么他的生活可能还会一直延续下去，成为一个公共世界里的沉默的存在。但是，在与马娜的接触中，他们之间基于相互怜惜的温情唤醒了他内在的激情，以至于在马寅虎一定要将“野女人”揪出去的行为中上演了悲剧性的一幕。

还有《泥鳅》中的小磊。作为一个学生，他是班里的体育委员，他有父母家庭，有未竟的学业，马上就要面临考试的他，按说人生还有无限的上升空间。但事实上，他虽有家庭，但父母感情不和，父亲一直要跟母亲离婚，多次上门逼迫争吵；他借住在舅舅家里，舅舅经常不在家，于是他不得不忍受舅妈整天的唠叨、监视和不信任；他虽然是班里的干部，但在老师眼里，只有学习好的孩子才是好孩子，而像他这种只知道往外跑的，大多无可救药。于是，这些被压抑的愤怒，在一个正处于青春期的孩子身上最终以极其残忍的暴力方式爆发出来了。小说将人与人的关系以一种近乎残酷的语言方式对立起来，寄住在舅舅家里的小磊的世界里，这种被压抑的愤怒化作了对舅妈的称呼“我舅妈吴彩虹”。这个连关系带姓名的叫法，将他们之间的关系彻底界定为是一种社会关系，只是因为婚姻关系，这个叫作吴彩虹的女人才成为他的舅妈，而事实上，他们是没有情感交流的，于他而言，她不过就是一个叫作吴彩虹的熟悉的陌生人。

一个很有意思的现象是，在张学东的这些边缘化的角色身上，具有两种特征。一种是成长的困惑。就像小磊，因为缺乏适当的引导和应有的温情，他的成长中充满了愤恨，对不尽责的父母的愤恨，对缺乏信任感的舅妈的愤恨，对不理解自己的老师的愤恨，所有这些愤恨，最后化作了冲动，发泄在了不回应自己爱意的陈娜身上。张学东曾经说过，他的叙述主体，通常喜欢选择成长中的人。这是他的叙述视角。也是作家对生活的独特观察和思考。因为他要写的并不是普通意义上的成长小说，不是一个人如何完成了人生的种种体验，从而成长成为具有健全人格的人的故事，而是关注那些处于边缘状态的群体，他们渴望爱与被爱，渴望尊重、关怀、交流，渴望成为和其他人一样的正常的人。但是这样的要求却因为种种原因无法实现，所以他们内心被压抑的热切的渴望最终变成了一种毁灭的力量，这是人物悲剧的内在原因。

边缘人物呈现出的第二个特征是失语。文本中人物的日常状态通常是沉默不语或者很少与人交流。但这并不是因为他们没有交流的愿望，相反，他们的内心世界是沸腾的，每时每刻，每一个细小的变化，都会在他们的内在世界激起剧烈的反应。这种外在和内在的差异，源自于他们现实中所处的边缘状态，以及他们内心被压抑又无处倾诉的渴望。而这两者之间的落差，正是构成人物悲剧的重要原因。作家无意于将这种个体的偶然性的悲剧归结为命运使然，相反，作家秉持着对人性的悲悯的洞察，因此而追问人存在的价值和意义，通过分辨他们身上的破坏性激情的来源，希望找到一条避免悲剧的道路。这恰恰是他小说的温暖所在。

三、镜像叙事的效果：相互烛照的复式空间

据说某位老师在博士后答辩的时候，被老教授问道语言哲学和形式研究有什么意义？于是就以当年春节晚会爆红的小沈阳的事情为例作为回答。他说，小沈阳火了，网上大致有两种观点，

要么说这个人娘娘腔，不登大雅之堂；要么说春晚就是开心啦，不要那么认真。没有一个人从审美的角度，语言的角度去分析这个事情。小沈阳的表演里面有一句台词，“可以有”，大家听到都笑了。但没人注意到这其实就是一个语言问题。“可以”表主观意愿，“有”是客观现实，但小品把他们并置在一起，于是有了幽默效果，所以全国人民都笑了。但没人聊这个，为什么？就是长期以来的语文文学教育，动辄归纳主题思想，中心意思，很少从语言的审美，形式技巧层面去分析。他说，这，就是我的研究的意义。

语言审美，形式技巧，也是我们从文本的叙事逻辑出发去研究张学东的方法所在。张学东的小说中具有一种非常有意义的镜像叙事方式，使得他的文本总是呈现出对视的效果。这种对视，并非两个相似的主体之间的对视或者对话，相反的，我们在他的小说中看到的不仅是不同类属的主体之间的对视，甚至于有基于整体与个体、具体与抽象的叙述，而这样的两种叙述，一方面将他的文本的同一性打破了，使文本呈现出叙事上的不稳定性，或者换句话说，使得他的文本与传统的文学对世界普遍规律的笃定表现之间呈现出了差异。因为基于表现论的传统文学所追求的，是对世界普遍规律的呈现，是对人物性格的共性与典型性的表现，而张学东的小说所追问的，却恰恰是这种整体性的背后，构成规律的那些具体的，个体的人被忽略掉的，独特的生命体验。现代小说是叙述的艺术，作品的成功，不仅来自情节和细节，更来自对叙述方式的选择和把握。张学东小说的成功以及文本所构成的悲剧性的力量，恰恰来自于此。

以此来考察张学东的小说创作，就会发现他的小说中所具备的镜像特征。

个体对自我身份的界定构成了人物的第一层对照。《尾》中对于马太太冯梅的叙述语言的切换。实际上构成了她自我的理想与现实之间的镜像关系，构成了追求和失落的对照，使人物的生命追求具有了相当强烈的悲剧性。《人脉》中，叙述视角的转换也构成了非常有意味的对照和镜像。小说的主人公乔雷是个孤儿，被养父乔万金收养。小说中的叙述者“我”就是那个感受性的乔雷，他的孤独、无助、愤怒、渴望，他所有的情绪和内心的呼告都是通过“我”的叙述来实现的。从他在乔万金家被乔云乔雨排斥，被地痞欺负，到他爱上上官莲、与丁丽英的情欲之爱，以及最终养父溺死，他在镇上经商，一个少年人成长中的种种体验都是通过这个声音来进行叙述的。这是属于个体的声音。但小说中同时还存在着另一个叙述声音，他冷静地讲述着乔雷行动所带来的种种后果，冷静地分析着这些行动背后的诉求或者与他人所构成的关联。这个旁观的声音是理性的，平静的，他让我们看到了生活中另一些不为人知的真相，有些是属于对“我”的限知视角叙事的补充，有些却是对事件更为客观的评价。这种主观与客观的叙述视角，其实也构成了一种镜像的效果。

其次，诗性的理想世界与庸常的现实世界的对照。小说中经常会出现特殊的文学艺术作品的意象，这些意象所面向的意境与人物所生活的现实世界所构成的对照，使小说形成了基于个体生命体验又高于个体生命体验的阅读效果。众所周知，书籍代表了人类的理性与智慧。并由此构成了一个与现实相关又相异的形而上的世界。但丁在《神曲》之《地狱》篇中，专门把那些古代的文学家、思想家、艺术家安置在了黑暗地狱唯有的一方福地林菠狱，为的就是要表明诗人对人类文明的态度。所有的文学艺术、哲学、科学，都是人类智慧的结晶，而创造这一切的人，当然也要在理性所及的范畴中获得最大的幸福。由此来看，书籍所具有的是对人类精神和知识的概括性、想象性描述。这其中所隐含的思考，既是抽象的，同时也是具体的。《坚硬的夏麦》中反复出现了小说《老人与海》，出现老人的“打不垮”的精神。陆小北推崇《老人与海》，在家庭生活艰难，自己面临升学而哥嫂分家另过，分走了几乎所有家产的时候，陆小北拒绝吃父亲讨要来的鸡蛋，并在冲动中毒死了嫂子硬分走的一群鸡后逃离。在他的身上，理想世界和现实世界是被割裂的，在理想世界里，他应该像老人一样，面对苦难从容不迫，保持一种失败中的优雅气度，不被生活打败，而现实世界里，穷困的他面对父亲为了自己上学低声下气地去求助并拼命工作的窘境，除了气急败坏地毒杀哥嫂家的鸡，几乎再也无能为力，更不要说保持一种超越苦难的态度。这两个分裂的世界，通过一部作品，构成了联系和镜像。所以最终，少年的被割裂的世界在看到落水的爷孙三人的时候，化作了以死相助的英雄行为。理想世界和现实人生又终于合而为一了。

同样地，在《尾》中，牛医生也在自己的情感和现实的困惑中不断地想起了一本书，就是美国作家霍桑的小说《红字》。他深感自己的怯懦就如同书中那个不能正视自我，任情人独自受难而不发声的牧师丁梅斯代尔，他就是自己的精神同伴。丁梅斯代尔在深夜的刑台上一遍一遍反复模拟白兰受难的过程，让自己说出自己就是那个隐秘的罪人。但到了白天，在罪行面前他又变成了一个失语的人。但霍桑的小说强调的是如何面对自己的罪，所以小说终于跳出这样的循环，让丁梅斯代尔在幽暗森林里，面对着自己幽暗的内心下定决心要逃离，并最终公布了自己的行为，而牛大夫却在几次遭受羞辱的过程中强化了自己的鸵鸟原则，那就是要忍，一定不要发声，这不能不说是在不同的文化语境中，人物在社会评价中所作出的差异性选择。作为少年的陆小北怀着英雄梦，最终实现了自己对生活的绝地反击，而早已经被成人世界的成规和秩序磨掉了勇气和梦想的牛大夫，最终却只是重新回到自己早已经习惯了的成人世界中。张学东以悲悯的目光，通过这样的一组镜像，不断地追问着人生的意义与价值，这也是他的小说中所呈现出的冷与暖的交织。

张学东小说中的镜像特征还表现在小说的题目和结构安排构成的读者与文本之间的对照关系。《阿基米德定律》《安魂曲》《小幻想曲》《妙音鸟》《害羞的纽扣》《坚硬的夏麦》《尾》《泥鳅》，看着这些题目，就会发现张学东的小说在选定题目上的思考。他的小说经常会以意象暗示小说中人物的某种精神气质或者人生特质，以希望的诗性世界与小说中的人物构成对话关系，以此来实现互文和镜像。比如《小幻想曲》里的茎蓝头帮助受迫害的老师时告诉孩子们说，“想象”是一种非常有作用的东西，所以通过想象可以让现实当中令人作呕的粪车想象成大红花轿和香喷喷的新娘子，于是孩子们在吃鸡的诱惑下，靠着想象的力量来帮助老师推粪车。直到茎蓝头被父亲捉回家，又被鸡的主人打聋了耳朵，这时的老师已经不堪沉重的劳动累得晕倒，而那只久寻不到的鸡却已经腐败发臭再也没办法拿来如他所愿地给老师补身体。幻想中的美好在现实的残酷面前似乎脆弱得不堪一击，因为一切都未能改变，但又似乎完全不同。因为人性中的同情、善意、关怀，这些当初老师在孩子们心中种下的种子，在这样的一种奇异的扭曲的环境中居然发芽了，这不能不令人感动。乐曲的美好与人性的光芒一起，构成了作品中温暖的底色，就如同那个繁星灿烂的夜晚，在村外的大地上，苤蓝头仰望星空时所看到的一样。

《阿基米德定律》中的朱安身作为"丑男"的个人生活和"野女人"马娜的漂泊生活，都处于一种无根的漂泊状态，所以，为了告慰行将就木的父亲，他花钱雇马娜假扮自己的未婚妻回家，却不料在家中遭遇变故，导致朱安身的冲天一怒。小说写的是小人物的生活状态，却在结尾处让朱安身的自言自语将个体的人在现实生活中的无力感以一个物理学上的定律来加以描述。这种具体和抽象、整体的局部的关系，也同样构成了一种镜像化的叙事。

以镜像化的叙事方法，在作品中不断地关注失语的边缘人，是张学东小说最具个人气质的书写方式，也同时让他的小说构成了独特的对话感。在自我与他者，内在和外在，个人与宇宙，整体和局部的不断对话中，小说实现了空间的嵌套。冷漠残酷的现实世界和成人世界，各种漠不关心的议论、捕风捉影的流言、落井下石的构陷，还有生活条件的恶劣、生活的捉弄，孤寂的童年，不被理解的成长，这一切，构成了作品的那个冷酷的现实空间，然而，在这样的世界里，阅读张学东的小说却不会因此产生强烈的绝望，究其原因，就在于小说中还存在着一个被爱、关怀与善意所温暖的人性的空间，一个被理想、希望、信念所烛照的诗性世界。这两重空间的相互对照、彼此渗透，才让那些基于本能的扶助和献身充满了理想主义的动人气质，使小说文本具有了一种悲悯的人类胸怀。

第四章　马金莲“乡土成长小说”的道德空间

马金莲的小说中利用成长者的视角与对“乡土”的叙述营造了一种感伤的叙述效果，这一点与现代文学史上诸如沈从文、萧红是相似的，但其内在逻辑与叙述目标却是有差异的。马金莲的小说中所呈现的情节模式是在个体的自我意识与乡土道德的选择中实现的，回归乡土成为这些成长者的主动选择，而作者在叙事过程中对这一选择的内在原因的探寻也就构成了其文本中的乡土道德空间的完型。

将马金莲的小说定义为“乡土成长小说”其实是借鉴了世界文学中对于成长小说的定义。我们在马金莲的小说中基本可以完整窥见一个人的成长过程，他或她在生命进程中如何去寻找自我，确立人生目标并为之奋斗努力。不论是被认为开创了欧洲成长小说先河的作品《威廉·迈斯特》还是19世纪中如狄更斯的《大卫·科波菲尔》，20世纪如罗曼·罗兰的小说《约翰·克利斯朵夫》，成长小说基本都在呈现主角自幼年或少年至成年、自天真无知至成熟世故的历练过程，或许进入社会吃亏吃苦而逐渐明白世道艰难人心险恶，或许经历某个或某些重大事件而使人生有所领悟有所改变。而在这番转变的领悟和改变完成之际，故事也到达圆满的，或虽不圆满但尚称释然的尾声。但成长小说传入中国以后，也有了一些变化。将之前通过叙述他们各种遭遇和经历，以在巨大的精神危机中长大成人的故事呈现角色的思想和性格的发展，以及角色所面临的巨大的精神困境，置换为对日常生活的既定秩序对成长的磨蚀与改写，叙写“成长中”状态或“成长的破碎”状态的作品越来越多。正是对未完型的成长仪式的不懈探索，构成了中国式的成长小说个性生成的主要特征。马金莲的小说，虽然也延续了这样的一种书写方式，将人物的成长与日常生活的秩序与磨蚀勾连起来，但却并未将“破碎”作为成长或者青春的特征，即使在刚刚走入文学的少女时代，她笔下的“成长”也已经具备了一种明确的选择性，而这一选择，是指向她所执意歌咏的乡村生命形态的，是指向乡村的家庭道德与伦理传统的。但这并不意味着对这一传统的无条件的回归。相反，在经历过选择之后，那些个体（尤其是女性）逐渐明确了自己的主体性，因而在传统的乡村社会空间中发出了属于自己的声音，以行动确立了自身的价值，并因此赢得了人们的尊重。这使得她小说中的成长既实现了青春与成长的共鸣，同时又将别的作家的文本中对立着的传统观念与现代意识以一种温暖的道德自觉统一起来，在她的感伤的倾诉中，具有了一种强大的温暖的力量。马金莲小说里看似充满了对土地的挣脱欲，表现出对未知世界一往无前的勇气，这是女性意识的自发状态。但她的小说中的挣脱，并非将自己完全从乡土中抽离出来，相反，在其角色的成长选择中，乡土的意义反而经由选择变得更鲜明，更强大了，这是她的小说最具辨识性的。

一、“成长者”模式：诗意乡土的具象化呈现

“成长”，似乎天然是和青少年联系在一起的。就成长小说而言，“过程”相当重要，因为它写的必然是成长的过程，是有一定长度的时间历程。而就人的成长过程来看，即使是在少年时期，也充满了无序与复杂。在这一点上，它与纯粹的儿童文学具有明显的区别。儿童文学是有所禁忌的，许多所谓的“阴暗面”是不宜在儿童文学中展示的。因为以儿童的心理和智力发展，他无法理解这些现象背后复杂的原因，却会将这种现象本身作为一种体验铭记于心。而成长小说却能甩掉这些“分寸”“尺度”，进行大胆甚至是放肆的书写。在对生活取舍的原则上，它与成人文学没有根本性的区别。比如前文所说的《麦田里的守望者》，它的写作原则，就是一般意义上的写作原则，区别仅在于它把注意力集中在“成长过程”上。虽然只是很短的几天，但却充满了“成长”与“过程”的意味。写成长小说的人时常陷入由“四不像”状态而产生的犹疑与尴尬中。这不是因为这些作品“什么也不是”，或者也正是因为它什么都不是，才恰恰向我们展示了它的独特价值。

成长小说所展示的年龄段很难确定，但大体上来说是在少年向青年过渡这一过程中。也就是说，是在进入成年门槛前的那一段时间。人生在这一段时间里，非常情绪化。焦躁、渴望、浮躁、不安、迷茫、激情，同时，又难以一下褪尽少年的稚拙、单纯、

怯懦与善良。也正是在这个意义上，我们才说，成长小说有其独特的价值。它是处于成长阶段的青少年获得更真实也更深切的人生体验的过程，而这种从纯粹天真稚拙中向人性和社会的更深处探索的过程本身，就是对人性、对社会，甚至于对文明和文化形成自我评价的过程，更是一个作者借以呈现自我评价的过程。

钱理群先生在分析鲁迅的散文集《朝花夕拾》时曾提出了一个关于反向叙述的观点。他说鲁迅的小说中通过看与被看的对立模式与“无知者”形象的设置构成了文本的一种特殊的效果。《从百草园到三味书屋》中的儿童视角既描写了自己的童年生活，描写了自己思想和情感变化的过程，同时又表达了对成人生活和当时社会与文明的批判，这都是基于其文本的儿童视角的特殊性带来的效果。儿童的叙事真实而无知，成年的叙述却复杂多义。对于儿童而言，成人所作所为大多无法理解，但对成人而言，儿童的一言一行所隐含的诉求和原因，却基本上是清楚明白的。这种儿童和成人之间的思想上的行为上的反向差异，构成了叙事性文本中的冲突和张力。

以这样的角度关注马金莲的小说，会发现马金莲的小说中通常也会有一个处于成长状态的人，大多数时候是少女，正处于童蒙初开却未谙世事，对世界、对人生、对自我都还抱持着一个理想主义的以及本能的态度。《杏花梁》《山歌儿》《1987年的浆水和酸菜》，甚至是《瓦罐里的星斗》，小说中的视角都呈现出童真未褪的气质。一个正在成长中的个体，他并不是一个还很幼稚的小孩子，而是一个少年，是一个不论是心性、智力、精神都在成长中的少年。鉴于在视角论的体系中，并没有一个专门的关于少年的视角，而她的小说中的叙述者又带有突出的成长的特点，所以我们姑且将其称为“成长者”视角。

马金莲小说中的叙述者，大多是以一种童真的爱来观察着自己所生活的乡土世界。她笔下的少男少女们，孩子们，在观察着这个世界的时候，那些微妙的复杂的成人间的计算似乎都隐退了，如果一定要说有，那就是存在于成人们的谈话中。不同的声音在争夺话语权的过程中不断地争吵，进入或者退出，但在主人公的眼中，世界首先是纯净的，其次是真诚的。如果我们罗列一下她的小说中所出现的描述性的词语，就会惊奇地发现，这些词语中少有抽象性的描述。马金莲的小说中独特的气质之一，就是这种具体的描绘。马东听到父母吵架谈到新妈，具体内容已经从他的“漏勺”一样的少年心中淡忘了，残存的记忆是“一个黑色的话尾巴夹在心的缝隙里，时不时翘上来，硬撅撅晃荡着，把他吓一跳。”① 马兰嫁到婆家，秋天看到的“豌豆也扯起满地的小手手，大家这才慢个个套起牲口，去某一个山洼洼上种一片荞麦。”② 她经常在烧火的时候看到火“呵呵笑着”，她和母亲说话，慢慢睡去时，夜色是“浓浓的”，落在脸上，“黏黏的，凉凉的”，冬天的卧牛川，低矮的杏树榆树，挂上了一层“白凌凌，毛森森”的白霜，杏树以它们独特的姿态“趴”在那里，落霜使它们加速了“苍老”，他们看着远处的山路，是“带子”一样，穿过卧牛川的“腹部”，延伸到远方；《瓦罐里的星斗》中，克里木眼中，地上

① 马金莲.1987年的浆水和酸菜.广州：花城出版社，2016，25.
② 马金莲.马兰花开.宁夏：宁夏人民教育出版社，2014，120.

是“落满”了阳光，而阳光强烈到了竟然让“几只黑蚂蚁在阳光地里打转，好像被这么毒烈的日头烤晒着，它们已经昏头转向了，找不到回家的路程了，就急咻咻打着转”。[①] 而穿过门缝的风，在克里木的感觉里，竟然像“一束束撕得细碎的绸子，就那么一绺儿一绺儿地往进来飘，掠过人的面颊，也是柔柔的，绵绵的，果真就像是最好的绸子了”。[②]

这样的描写在马金莲的小说里非常普遍，具体的动作，具体的感觉和知觉，具体的喻体构成的比拟。这种具体的思维方式是儿童式的，一个孩子的形象思维能力远远超过其抽象思维能力，所以，他对世界的感知往往是具体的，有色彩有形状有味道的，所以他们看见地上的土，会觉得浮土“无声无息地飘起来，仿佛女人的大脚惊动了它们甜美的睡梦，它们心有不甘”，于是就“紧紧依恋着她，纠缠着她”[③]，而乡间的炊烟“翻着跟头乱窜，挣脱了烟囱的束缚，似乎它们也感觉舒了一口气”[④]。一切在他们的眼中，都是有生命的，都是运动中的，都充满了生命力，充满希望和喜悦。正是在这样的喜悦和希望中，我们看到了村子里几乎家家都院里养着狗，炕上盘着猫，虽然贫寒人家并不一定喂得起牛羊，但动物在村庄中却是不缺少的。

前文曾经谈到过，为什么宁夏文学中缺少成规模的动物叙事作品呢？这并不是因为在西海固文学的土壤中孕育不出动物，并

① 马金莲．瓦罐里的星斗．六盘山，2010 年第 5 期．
② 马金莲．瓦罐里的星斗．六盘山，2010 年第 5 期．
③ 马金莲．瓦罐里的星斗．六盘山，2010 年第 5 期．
④ 马金莲．杏花梁．北京文学，2015 年第 1 期．

非因为干旱使得这里的人们绝少豢养除经济型动物而外的动物。恰恰相反，在这里，在这个很多人眼中的苦甲天下的地方，动物与人的生存是和谐地统一在一起的。考察动物叙事的一个基本标准，就是要看叙事过程中，动物是否具有与人一样的主体性，换句话说，在人类这个当然的主体面前，动物的独立的主体性其实大多数时候意味着是要与人类意愿相悖，相对抗才能构成真正意义上的独立的主体性。而在宁夏文学中，这种相对抗的主体性是被大大地弱化了，动物与人和谐相处，而且，这种和谐表征着整个乡村文明所追求的那个宁静的、和谐的、自然的传统世界。

米克·巴尔在《叙述学：叙事理论导论》中提出“空间中的物体决定了对物体所处空间的占有，被占有的空间所呈现出的效果也是由该物体的形态、体积、颜色及其组合方式等确定。”[①]生存空间在文学中作为一个抽象概念。承载着人物活动、性格养成以及叙事进程的展开等，隐喻着人物的生存处境。如果没有生存空间的支撑，人物只不过是一个抽象的概念。马金莲小说中的“成长者”并不是类型化的人物。相反，是有血有肉的，成长中的少年。正是通过这个“成长者”视角，在这个独特的诗意乡土中，马金莲将成人世界中备受关注的关于贫穷、困苦、灾祸、无助等这些令人痛苦的悲剧性体验，以一个正在成长中的少年的眼和心加以具象。于是，我们在叙述中听到了真诚的痛，真诚的爱，真实的渴望和真实的绝望。面对这个自己力有不逮的世界，他们并

① (荷兰) 米克·巴尔．叙述学，叙事理论导论，谭君强译．北京：中国社会科学出版社，1995，107.

不是要尽手段，挖空心思地去追名逐利，蝇营狗苟，而是以自己真诚的愤怒和最直接的态度去反抗。母亲拒嫁的愤怒的哭声，李玉花在鲁美死后绝望失语，马鱼为了寻找小猫子孤注一掷地留下，每一种行动背后，都是一个少年关于自我，关于世界的一腔热血。他们像飞蛾一样，为了眼前那一线光明不顾一切，所以他们的视角，他们眼中所见，心中所想，就与成人世界的估量，考评，形成了鲜明的落差。以至于，文本中的那个叙述声音，经常是激烈的，烦恼的，甚至是疯狂的。

二、情节模式：自我意识与乡土道德的成长选择

马金莲小说中的“成长者”是带着强烈的个性色彩的少年，他的自我意识已经初步地觉醒了。作为一个个体的人，他懂得追问自己的权利。也许，她是一个乡村的少女，在经过了懵懂无知的童年之后，开始对自己的人生方向有所规划，但却在现实的打击面前被迫屈服。《马兰花开》中的马兰，就是这样的一个少女，虽然她已经十九岁了，但读书晚，正在高二，身体和心灵的成长都在走向最灿烂的时期。她期望着自己可以凭着努力摆脱家庭带来的困扰，考上大学，走出乡村，走向一个更大更广阔的世界。但是这个世界是什么样子的，自己到底可以做些什么，其实她又是完全无知的。她的那些书本知识的储备让她对自己有一份初步的自信，但在现实生活中，尤其是嫁到卧牛川李家之后，并没有什么用武之地。相反，她的道理、追求、自律，这一切都让她在与嫂子的日常交锋当中，经常处于弱势。

而从小读书，很少经手家务和农事，又让她在生活中疲惫不堪，同时又手忙脚乱，经常遭到婆婆和嫂子的批评。这个时候，她的委屈中就明显地体现出了她对于女性权力的自发的认识。她想要具有家事上的，或者是自己的小家庭中的决定权，想象着自己如果在外面读书就不会处处受人钳制和指责，觉得有时候婆婆也明显没有尊重自己的意愿和设身处地地替自己想，丈夫对自己的关心流于形式或者甚至连形式都懒得给。这一切，都向我们证明，马兰所需要的，并非物质上极大的富足，比如掌握家庭的经济权力从而让自己的日子如何享受，她需要的是一份真诚的关心和尊重，所以一涉及家里那个赌鬼父亲，就总觉得羞于见人，而要跟丈夫尔萨出门去打工也不是为了偷懒少干活，而是希望在年轻的时候能够去看看外面的世界。这种自发的自我意识和女性意识，让马兰最初的婚姻生活中充满了细小的矛盾，她也在内心不断地抱怨，经常委屈抵触。

《杏花梁》中情窦初开的“我”出于对男生杨树懵懂的爱，在嫉妒中鼓动代丽丽报复杨树的现女友鲁美，致使代丽丽在怀孕之后绝望地杀死鲁美并焚尸。案件发生后，“我”抵受不住内心的折磨，精神几近崩溃。“我”是生长在城市中的少女，在爱而不得的焦虑中，以自我需要为基本准则，所以她怨恨那些被杨树所喜欢的女孩子，内心郁积着报复的冲动。但良知又在得知杀人案之后对自己的自私和残酷给予了强烈的谴责。在这两种心态的矛盾中，她茫然无措，不知道何去何从，痛苦焦虑。这是一个标准的青春期的少女，对自我的强烈的渴望，实现欲望的野心和潜意识，以及法律人伦，道德诉求，这些或隐或显的价值标准在她的头脑中还没有真正完成构建，所以她的状态是非常不稳定的。

《山歌儿》中的母亲，一心要找机会退掉与父亲的婚事，因为觉得他太窝囊，并不是自己想要嫁的人。正是因为强烈的自我意识，使得她从一开始就抗拒这门被家人定下的亲事，她想为自己作主，所以即使被迫到了婆婆家，还是想尽一切办法来实施她的离婚计划。

《疯牙》中的马鱼和冯亚，都因为高考落榜而在复读班学习。马鱼拼命学习，两耳不闻窗外事，只希望再努力一年，可以弥补那三分的差距，如愿地考上师范学校。而冯亚则带着一群年龄相仿的男孩子组成了少年团伙“疯牙”，并成为他们中的老大。

正是自我意识的苏醒，使得这些少年们在青春热血和激情的裹挟中本能地去寻找一个方向，为此不懈努力，执着不悔。他们每一个人，都在试图以自己的方式来实现自我。在他们看来，这种实现就是最美好的了。在马金莲的笔下，青春正是一个巨大的转折时期，这种转折会带来人生的方向性的选择。而在这一选择中，通过人物的成长过程，我们也会发现，真正能够带给人们精神上的动力的，恰恰是来自乡村的传统的道德力量。

马兰是在婆婆日复一日看似缓慢却非常平稳而高效的劳作中逐渐悟出了人生的道理。所以在婆婆下葬之时，为自己选定了人生的方向，“婆婆已经在她的心里竖起了一面无字的碑。她这辈子只要踏着婆婆的足迹走，就不会走岔。”而我则在杏花梁体验到了真诚的关怀，看到了踏实努力的劳作和对命运的安然承受，找到了人生的方向，意识到人生是需要自己不断努力向前的过程，所以终于下定决心，走出自己人生的阴霾，重回学校读书，并将自己的名字改为“李玉花”以纪念这段岁月。而《山歌儿》中的母亲则在婆婆家众多亲人真诚关怀中体验了温暖和牺牲，所以下定决心投入这个贫寒家庭的建设中，并最终与父亲一起慢慢改造着生活。

而与之相对的是《疯牙》那一群复读的男孩子，正是十七八岁青春热血之时，没有学习的动力，也没有更多的活动场所，所以混迹街头，组成了少年团伙，拿打架斗殴，拦路霸凌这些行为来发泄过剩的精力和热情。最后，终于在一场大规模的械斗中，让无辜的马鱼被围殴惨死，成了牺牲品。

从叙事的角度来说，一切叙事作品都可以将其模式简化为一个“平衡——不平衡——平衡”的基本模式中。在这些少年的成长故事中，最初的微弱的平衡当然是以他们在潜滋暗长的自我意识为基础的，生长是一个基本的状态，在蒙昧的生长过程中，自我意识在逐渐地萌芽了，只是最初的时候还维系着基本的和平共处，但一旦出现一个偶然的催化力量，先前那种表面上的平衡就被撕毁殆尽。对于马兰来说，是父亲欠下的一万元赌债。尽管她努力读书，在学校俭省，平时回家尽量多干些活，但一万元赌债让父亲撕下了最后一块遮羞布，半贩卖式地将女儿推上了婚姻的战场；对李玉花而言是因爱生妒，即使父母给了她优越的物质生活，但精神世界中的她是无处皈依的，这一点在带着她看病的过程中显示得极为真切。父亲的不耐烦，母亲唠叨抱怨，没有人真心地去关心女儿的心灵世界，这让本来就对爱恨情仇充满了迷茫的“我”更加丧失信心；对“母亲”而言是出嫁后婆家众人的温暖，从碎巴巴摇摇摆摆的追随的眼光，到婆婆和哑巴小叔为了护住一家的口粮与群狼搏斗，大家的温暖一点一点融化了她的愤怒、反抗和厌恶；对马鱼和冯亚来说则是小猫子。一个软弱猥琐的少年和他背后的凄凉的故事，激起了马鱼的巨大的同情心和冯亚的残忍的虐待欲。当这些意外事件来临的时候，那被小心遮掩着的矛盾一下子鲜明起来，他们好像不再是他们，他们沿着自己最初选择的方向奋力向前的时候却发现自己似乎走错了路，于是，在人生的十字路口，每个人都曾经停下来追问过意义和目的，当然，在短暂的停留之后，他们又继续前行了。不同的是，经过价值洗礼的他们，最终为自己选定了一条人生之路。这条路不再是凭着本能走下去的，而是真正地以一个“人”的姿态，为自己的生命向前。

这是一般的成长小说都必然具备的情节模式，当然，马金莲的小说中也不例外。但重要的是，在那个短暂的停留时刻，他们经历的，是一场关于什么的选择？其实，在情节模式的叙述中，我们基本可以梳理出来，这个选择，基本上都是将人物置身于乡村—城市的二元对立的场域中所进行的，是一场关于出走与归来的追问。而追问的结果，是向乡土道德的归来。

三、叙述效果：乡土道德空间的现代书写

将其作品中的理想之境称为乡土道德，而不用乡村，是因为马金莲并非将乡村与城市这两个空间进行了二元对立，即使我们所看到的情节，基本上就是乡村和城市，离开——进入——离开，这样的基本活动轨迹，但事实上，在人物的精神世界中，乡村和

城市构成了两种生活态度和精神价值追求的符号意义，从而将现代人所面临的现代与传统的追问推向了读者。

在十九世纪的世界文学中，“离开——融入——离开”的情节模式，基本上是用来表征个体意识与群体观念之间的矛盾的，这个模式来自俄罗斯文学，始于普希金的创作传统。作为一个具有亚洲式心理和欧洲式文化的民族，俄罗斯文学在十九世纪之后也在不断地将传统与现代，个体与群体的讨论和思考以文学形式表现出来。叙事诗《茨冈》是普希金的创作由浪漫主义向现实主义过渡的标志。《茨冈》描述贵族青年阿乐哥不见容于政府，跟茨冈人一起流浪，并成为茨冈姑娘真妃儿的丈夫。两年后，他发觉妻子另有新欢，怀着嫉妒和复仇的心理杀死了妻子和她的情人，遭到茨冈人的唾弃。长诗表现了茨冈人无忧无虑的流浪生活，歌颂了他们淳朴善良、酷爱自由的性格。诗的前半部呈现了浪漫主义的“回归自然”主题，阿乐哥激烈批判城市文明的虚伪和对金钱的膜拜，欣赏茨冈人自由自在的生活方式，但在后半部，阿乐哥与茨冈人的冲突中，普希金将老茨冈人代表的原始道德观念与阿乐哥的利己主义行径相对照，既对朦胧的个性自由理想表示怀疑，也指出茨冈人的自然生活法则不会带来真正的自由和幸福，从而说明“回归自然”只是不切实际的幻想。通过阿尔哥的“离开——融入——离开”的行动说明自由的获得必须付出代价。一是牺牲他人，二是放弃自我。表明个性与环境总是处于冲突之中，从而否定了主人公回到自然的美好幻想。自此之后，俄罗斯文学史上，甚至是世界文学史上，许多的创作者都以此模式来讨论个体与集体的关系，并以此对简单的个性解放或者自我中心表达了自己的忧虑。

我们也在此借用这个模式来分析马金莲的小说世界，并将她笔下的成长者的心路历程归纳为“离开——进入——离开”的模式。

马金莲小说中“成长者”的两次精神出走，意义并不相同。第一次的离开是对日常生活状态的反叛。一个乖顺的少女，从小伶俐听话，温和含蓄，深得长辈欢心。他们守着日常的相处模式，看似和谐地相处，有人在读书，有人在种地，有人在学习女孩子的一切家务和女红，生活朝着既定的轨道平稳地运行。然而，突然有一天，这种平稳被打破了，少年的自我意识在突如其来的变故面前旺盛地燃烧，她不明白，为什么同样是人，自己就没有选择自己人生道路的权力，为什么同样是人，有些人的生命却可以被别人践踏在脚下。于是，反抗亦随之而来。虽然没有更好的方法，也没有学会怎么尔虞我诈，但他们有一腔热血，一颗真心，所以他们随时准备着，以粉身碎骨的方式与这个世界决裂。于是，他们将自己置于一种成长的激情和疯狂之中，这是成长的第二个阶段。他们哭泣厮打，以超乎常态的行动去捍卫内心的坚持——人的尊严和自主。

但激情不能长久地维持，我们无法始终与世界保持战斗的姿态，于是他们也在一点点地蜕变。大多数时候，在怀着敌意和仇恨去看待这个世界的时候，那些“成长者”们遭遇了意想不到的柔情。不论是婆婆真诚的关怀，哑巴的拼死维护，穗子的体贴羡慕，都一点点地在他们心中投下了印迹。这些柔情，慢慢融化了他们外在的坚冰，终于使他们发现了“爱自己”的世界之外，更美好的“爱他们”的世界，并最终决意终生践行。这是第二次的离开，是对那个激情自我的理性反拨，是明确了自我价值的真正意义之后的道德选择。这是他们向乡土道德世界的主动回归，正是这种回归充盈了这个世界，才使乡土道德保持了持续的活力，在不断变化的世界中始终具有真诚的感染作用。

谢尚发在评价贾平凹的小说《暂坐》时，提到了他的小说所具有的城市的“乡土味”，将其看作是城市生活中无处不在的乡村气，认为小说表现出了城市转型过程中出现的一个很大的问题，就是虽然人工景观已经被改造，巨大的建筑四处都是，但生活于其中的人却仍然带着“土”的品性继续生活。换句话说，就是观念上的变革还远未完成。这不仅是因为拆迁、进城这些事件本身所带来的，更是因为即使混迹于城市景观中的青年人，也仍然带着城市的车流与乡村的泥土这样的双重身份。

《一碗浆水面》中的奶奶从乡下来给儿子看孩子，城市的生活让她又惊又爱。物质生活的极大丰富和便利是乡村所不具备的，但人伦关系的步步惊心也让她很是不解。儿媳告诉她别看店里的小媳妇看起来温和，其实她们赚钱很多还很黑心，经常为了口感好要在面里放添加剂。她大吃一惊，再也不愿到店里去买面条馍馍，多年不做饭了又开始亲自下厨做饭。邻居的老太太跟她打听家里的情况，她一股脑地全讲清楚了，才突然想起儿媳叮嘱她不要和陌生人讲家里的状况。为了打消疑虑她试着向对方问起人家的情况，结果对方一言不答转身就走。更有甚者，因为请老汉吃了一碗浆水面，结果谣言四起，逼得她不得不离开儿子家回乡下去了。也许她永远也不会明白为什么会带来她最后的遭遇。当然，为什么这些谣言会带来这么大的后果，还有一个重要的原因来自她的儿子和儿媳。她们看起来已经成为现代都市的成员了，房子买在城里，有车，有社会身份，受过良好的教育，孩子也送到好的学校去受教育。但事实上，他们的精神还远没有进城。这一点，也是小说向我们昭示的现状。

《疯牙》中的冯亚，一再地关照马鱼，是因为自己与他都是青草沟的乡邻，祖辈还有远亲。在马鱼父亲的殷殷的求告中，自觉有一份关于乡党的责任，所以一再地维护他。在打群架败了之后，想到马鱼有可能落在对方手里，即便明知道打不过，却还是执意要去寻他。这份坚持，大概是这个早已经习惯于横行学校，四处惹是生非的混混头领最温暖的情感体现了。他可以看着小猫子一支接一支地抽烟，差一点死掉，可以用最残酷的方法去虐打他而不觉有错，可以无缘无故地抓一个人来凌辱还哈哈大笑，但他却无法放任一个只是与自己同在青草沟生长过的乡邻被一群人打死。看来他心底深处，仍然潜流着一股关于责任与担当的意识，只是，在“城市”这个特殊的环境中，在日复一日的作恶中，这种潜流的道德，早已经变得极其稀薄。

《平安夜的苹果》中的男孩和女孩都有美好的追求。相比于很多女孩们一进城就迅速改变自己的外形，以使自己显得像个城里人，并尽力去享受城市生活，“她”迟钝得在他眼中是如此美好。那带着乡土气息的衣着，单纯的眼神，都使他觉得自己应该去追求她，用爱去终生呵护她。但她却不爱他，只是把他当成是一个可以选择的对象，半推半就地继续着彼此的交往，在单恋的绝望的痛苦中提出了平安夜的约会，并一再地刺激他；而对“他”来说，内心的这种对单纯美好的追求，是通过一个具有乡土特征的少女唤醒的，他极力地想要留住这份美好，想要呵护这份美好，从不敢轻易去触碰它。所以他没有像之前跟女孩子相处那么随意，不花言巧语地讨她欢心，也不像别人谈恋爱那么随意轻薄她。但是这份美好还是慢慢地变了，她终于也换上了城里人的衣裳，像别的女孩子一样为自己的改变而快乐，这让他充满了不安全感。更让他猝不及防的是她的态度的变化，她的忽冷忽热和平安夜里他本以为终于等到了幸福的时候她的冷嘲热讽和不耐烦的轻视。那一刻，他感觉到自己已经无法拥有那份美好，而毁掉她的，却是城市的生活方式和生活态度。于是，在冲动中，一场看似毫无理由的杀人事件发生了。看起来，是他的激情杀害了理智，但其实，是他在绝望中从自我所构建的那个理想世界中发出的绝望的最后一击。

如此看来，真正能够给人的内心带来平静，能够促使人朝着更高尚的，更具有“人”的特殊性的精神生活迈进的，恰恰不是城市所代表的现代文明，不是物质的充盈和生活的便利，而是乡村所具有的道德的力量。我们经常强调说道德是穷人仅有的权力，并因此而将贫穷与道德绑架联系起来，但事实上，在匮乏的物质世界里，在极度简单的生活状态中所孕育出的，对高尚人格的执着追求，却也在这乡土的世界里变得更令人仰望。

在马金莲的小说中，通常意义上的通过儿童视角所构成的对成人世界或者文明社会的讽刺或者批评中的“痛”柔化了，变成了一种美丽的，好奇的，充满希望和感伤的生命体验。它不在意此刻的物质的匮乏，或者暂时的困厄，他们较少关心遥远的未来，而是以一种单纯的快乐去面对当下，尽力在当下寻找温暖，体验柔情。可以说，正是这个充满了柔情，诗意化地成长着的乡土，使马金莲的小说成了勾起许多人童年回忆的资源。童年总是美好的，因为我们还不懂得烦恼，不懂得贫穷，我们只是把一切都当作正常来接纳。所以，当我们重新回望童年之时，故乡在心底所蕴藏的温暖就一下子击中了阅读者柔软的内心世界。因为正是故乡，正是家，教会我们如何去爱，去体验，去为爱牺牲。而一旦离开了乡土这个道德的滋养之地，悲剧就发生了。为了个人的利益可以不顾一切，在无处可逃时也会做出疯狂的行为。道德感的枯竭是这一切悲剧的根源。

如果简单地去看马金莲的小说，我们当然也可以得出其小说出所呈现出的道德自洽的感性认识，但对其文本进行细读的过程中，却会在其叙述背后，看到她通过传统—现代，乡土—城市的二元对立模式中所隐含的道德诉求，以及通过“成长者”视角所构成的对于成长发展中的乡村道德世界的构造。

后　记

又是一年盛夏，金乌流火，稻麦垂穗。是激情洋溢，也是汗流浃背。生命的形态各异，观测的角度变了，所得必有差异。

正如恩师在序言中所言，对许多有影响的创作者和研究者而言，宁夏文学是“热土”，是“高地”，是情之所起，一往而深。从书稿完成的2020年盛夏开始，大概最艰难的就是这个始终写不成的后记。从父母爱人，恩师学友的引领陪伴，宽容呵护，到前辈学者的无私提携，再到生命中给予自己点滴温暖，在困隘中毫无所求伸出援手的友人们，需要感谢的太多，与内心澎湃的感受相比，苍白单调的文字无法尽述，只显得矫情。我知道，这与自己还未能得窥文学的堂奥有关，所以无法自如地书写。也正因如此，对于前行在创作之路上的写作者们，对于他们付诸心血的作品，就更多了一份敬意。在写作中，也不断提醒自己不能以一隅之见，使文学批评失于偏狭。这是选择现象学作为理论方法的初衷，也是自己对世界的一点所知。

文学是个体生命与世界的对话。创作如此，阅读如此，传播亦如此。置身于世界之中的生命，有种种可能，也建构了重重关系。只希望，自己的微末之思，也能够作为宁夏文学的一线声响，成为所有生命歌唱中的一种。

谨以此，致谢于所有无私帮助呵护我的人们，致敬于所有热忱前行于文学之路上的人们，致爱于宁夏这片长养我的热土与家园。

2021年6月于宁夏银川